守銭奴騎士が俺を泣かせようとしています

Hare Takizawa

滝沢 晴

Ruby collection

Contents

物紹介

character profile

アドヴァルド
王直属騎士団の副団長。騎士としての実力は最強だが、とにかく金に汚い。あだ名は守銭奴騎士。
リュート
酒場の息子。まっすぐで、お人好し。涙が魔石《ジェム》化する秘密がある。

登場人

カダット

ドュゴ帝国の皇太子。商人イサーフと名乗ってラピスバルドに潜入。

バニス

騎士団の魔導士長。女性と見間違えるほど美しいが、本性は腹黒。

アリーヤ

ドュゴ皇帝の側室。盲目。リュートの味方をしてくれる優しい女性。

カリム

ドゥゴ帝国の使用人の息子。孤児。リュートのお世話係となる。

守銭奴騎士が俺を泣かせようとしています

【第一章】運命の歯車は動き出す

……いいか、リュート。もうお前も五歳だ、いつも泣いてばかりじゃ格好がつかないぞ。男だったら泣くな。特に人前で涙を見せてはだめだ。いいな、これは父ちゃんとの約束だ。お前は、人前で、絶対に涙を見せてはいけない。

＋＋＋＋＋

「おーい！　ザハ酒あと二杯くれ」

「こっちには四杯！」

酒場独特の喧騒《けんそう》の中、威勢のいい男たちの注文が飛び交う。カウンターから調理場に顔を向けていた灰茶色の髪の青年が振り返った。

「はいよ！　全部で八杯ね！」

フロアはどっと笑いに包まれる。「なんでそうなるんだよ」と髭面《ひげづら》の商人が、足し算を間違えた青年を指差した。紫色の瞳《ひとみ》がぱちぱちと大きく瞬きをする。

「なんか間違えた、俺？」

さらに酒場の客たちは一斉に沸いた。

「気をつけろ、リュートは売り上げ少ない日は無意識に注文水増しするぞ！」

リュート、と呼ばれたその店で働く青年は口を尖《とが》らせる。

「しょーがねえだろ！　学校行ってねーんだから」

「平民は行ってないヤツのほうが多いが、普通一桁《ひとけた》の計算じゃ間違わねえんだよ」

若い男性客が、リュートの頭をつついてからかった。


十九歳の誕生日を迎えたばかりのリュートは、平均的だがすっきりした顔立ちに生意気そうな瞳のはつらつとした青年だ。灰茶色の短い髪に、少し白いが健康的な肌。背も国の男たちの平均身長ほどで、国内を探せばどこにでもいそうではあるが、ただ一つだけ珍しいのは、瞳がこの国にはほとんどいない紫色だということだ。

十五歳から手伝っている父親の酒場は、ラピスバルド王国の城下町にある。街はレンガ造りの建物がひしめき、狭い路地が多い割に結構な人で賑《にぎ》わう。酒場の隣が運良く宿屋になっているので遠方や異国からの商人や旅芸人、傭兵《ようへい》などの宿泊者も立ち寄ってくれる。父親の作る熟成肉料理もうまいと評判で、城下町の中でも繁盛しているほうだった。その常連たちの間で、長く働いている割に一桁の計算すら間違えてしまうリュートの才能は、日々酒の肴《さかな》にされていた。

「さぼってねえでこの皿持ってけ！」

厨房《ちゅうぼう》から父ダブリスの怒号が飛んだ。いつものことなのでリュートは驚くことなく、ペロリと舌を出しながら三枚の皿を抱える。その皿を厨房から一番離れたテーブルに運ぶと、帯剣している傭兵たちが三人で深刻そうな顔で、この国民が好む安価な発泡酒・ザハ酒に口をつけていた。

「ドュゴ帝国との国境はもう一触即発だな……向こうは戦いたくてウズウズしてたぜ」

「騎士道なんてないからな、ドュゴの騎馬隊は。街に攻め入られたら地獄絵図だな」

そんな男たちの顔の間から、リュートがにゅっと手を伸ばし、熟成肉を香草と一緒にグリルした料理や、卵と揚げた野菜のサラダをテーブルに並べた。明るい声で「へいお待ち！」と白い歯を見せながら。

「何か暗い顔してんな、兄ちゃんたち。便秘か？」

そんなリュートに傭兵の一人が「お前は毎日気楽でいいな」と言いながらその小さな頭を撫《な》で、もう一人も頷《うなず》いた。

「お前はずっとそのままアホでいてくれ」

「アホじゃねえ！」

嚙《か》み付くリュートをあしらいながら、傭兵たちはまた真剣に話し込み始めた。

「ギュールズからもう少し魔導士を派遣してもらえれば戦力上がるのにな」

「この国の魔石《ジェム》の輸出量がもう少し増えれば、出してくれるんだろうけど」

リュートは難しい会話に首をかしげながら、空いた皿とグラスを厨房に持ち帰った。

ちりん、と酒場の扉についた小さな鐘が鳴る。反射的に「いらっしゃい！」と声を上げて振り返ったリュートは、その客の姿を見て一瞬で顔をしかめた。

「なんだチビ、その顔は」

頭を傾けながら入り口をくぐったその大男は、青みがかった黒髪をかき上げながら、翡翠《ひすい》色の双眸《そうぼう》を細めてリュートに笑いかけた。優しげに……ではなく、底意地の悪さを前面に押し出して。

「チビじゃねえ！　そしてお前は出入り禁止だ、アドヴァルド！」

アドヴァルドと呼ばれたその男は、野性美を思わせるその顔に余裕の笑みをたたえながら、カウンターに腰掛けた。

「ザハ酒をくれ。あと、塩漬け肉一枚焼いてくれないか」

リュートにではなく、厨房にいるダブリスに向かって言うと、「あいよっ」と威勢のいい返事が聞こえてくる。そして、アドヴァルドは形のいい唇を引き上げ「今日は釣り銭間違えるなよ」とリュートに意地悪を言うのだった。

アドヴァルドが酒場に来ると、客は一気に落ち着かなくなる。

理由は三つ。

一つは、アドヴァルドが美丈夫であるため、女たちがせわしなく化粧直しをしたり、声をかけるチャンスをギラギラと狙ったりしていること。

もう一つは、アドヴァルドが王直属の騎士団に所属していて、その出《い》で立ちが平民と違って、白地に国旗の色でもある瑠璃色《るりいろ》の縁取りをした、目立つ団服を着ていること。背中に差した異国の大刀が、後ろだけ伸ばして一括《ひとくく》りにした髪と一緒に揺れている様子も物々しい。

そして、最後は――。

「おい騎士様よォ」

かなり酔った傭兵らしき男がアドヴァルドに声をかけた。かけられた本人はザハ酒を喉《のど》に流し込みながら、視線だけを男に寄越《よこ》す。

「華麗なる騎士様がこんな場末の酒場に来るなんて酔狂だなぁ？」

後ろでリュートが「場末って言うな」と抗議するも、二人には聞こえていないようだ。

「安くて美味《うま》いからな、ここは」

アドヴァルドはからかわれていることも気にせず、呑気《のんき》に答える。

「さすが『守銭奴騎士』だな」

男は指をさして嘲笑《ちようしよう》した。アドヴァルドは「倹約家と言ってくれ」と首を傾けた。のらりくらりと挑発をかわされて、男は白けたのか舌打ちしながら自分のテーブルに戻って行く。

リュートは胸を撫で下ろしながらもアドヴァルドのそばに寄って「お前悔しくねーのかよ」とけしかける。当の本人はナッツをつまみながら首を振った。

「揉《も》めても一ルーブにもならん。エネルギーの無駄だ」

「ほんと守銭奴だな」

そう、アドヴァルドはこの街で「守銭奴騎士」と揶揄《やゆ》される有名な男だった。王直属の騎士団は、基本的に高貴な生まれの人間が選び抜かれて入団するため、金に困っている騎士はいない。さらに言えば、街でも羽振りが良く、騎士が立ち寄るとどの店も大歓迎だ。

しかし、アドヴァルドだけは違った。なるべく安く済ませようとするし、貴族ではありえない値切り交渉だってする。わずかな釣り銭もきっちり受け取る。それだけではなく、騎士団の訓練を抜けては、隊商や貴族の外出の護衛など、出稼ぎのような真似《まね》までしているため、傭兵の仕事を横取りしている形になっているのだ。そのため、アドヴァルドは平民の中でも、傭兵からの評判がすこぶる悪い。酒場などで酔った傭兵に絡まれるのは日常茶飯事で、今日は殴りかかられないだけでもいいほうなのだ。リュートがその権限もないのにアドヴァルドの出入り禁止を声高に叫んでいるのも、よく店内で揉《も》め事《ごと》が起きるからだった。その割に、アドヴァルドが大人しく一方的に絡まれているのを見ると、先ほどのようにけしかけたくなるのだが。

リュートが客の帰ったテーブルを拭《ふ》きながら、カウンターに視線をやると、別のテーブルで飲んでいた街の女がアドヴァルドに上目遣いで声をかけていた。アドヴァルドは見向きもしないで、しっしと手を振って女を追い払う。そして言い放った。

「俺に抱かれたかったら金持ってこい」

リュートは、守銭奴騎士が来店するたびに心に誓う言葉を、今日も繰り返した。

(俺は絶対にあんな大人にはならねえ)

再び軽やかな鐘の音が鳴り、リュートは扉を振り向いた。

「リュート」

明るい鈴のような声で名前を呼ぶのは二つ年上の幼馴染《おさななじみ》、ユーリアだった。数軒先の衣料品店の娘で、長い金髪に白い肌、薄茶色のガラスのような瞳で、愛くるしいその顔や態度から、城下町のマドンナ的存在だった。

「ユーリア、珍しいな！　どうしたの」

もちろんリュートもユーリアに夢中になっている男の一人で、幼馴染であるが故に、自分には他の男よりアドバンテージがあると思っている。さらにこんな夜更けに会いに来てくれるぐらいなのだから、きっと向こうも自分のことを少なからず思ってくれているに違いない、とすら考え始めていた。

息を切らしてリュートに駆け寄ると、ユーリアが瞳を輝かせてこう言った。

「あたしね、お嫁に行くことが決まったの。その方、貴族なのよ！　あたし貴族になれるのよ！」

興奮しているユーリアとは対照的に、リュートの顔から一瞬で表情が消えた。

「……え、嫁……？　貴族……？」

「先日うちの店を通りかかった方がね、あたしを見て気に入ってくれたんだって！　それで、お嫁に欲しいって」

ユーリアに恋心を芽生えさせてから約十年。リュートがゆっくり育ててきたその芽は、貴族によって一瞬でなぎ倒されてしまった。ショックが大きいせいか、足がその場に凍りついてしまったように動けない。リュートはそんな感情を押し込めながら、ぎこちない笑顔をユーリアに向けた。

「……おめでとう、よかったじゃないか。ユーリアは綺麗《きれい》だから、きっと評判の奥さんになるな」

「ありがとうリュート！　来週から花嫁修業なの、その話もまた聞いてね！」

結婚するまでの間、失恋した相手の花嫁修業の話を聞かなければならないことに憂鬱《ゆううつ》になりながら、リュートは「うん……」と返事をしてしまった。

ユーリアを見送ると、リュートの気持ちを知っていた父ダブリスが厨房から出て来て、ぽん、と肩を叩《たた》いた。そして小さな声でこう言った。

「裏行ってこい」

こくりと頷《うなず》くと、リュートはしおしおと裏口へ向かう。その背中を、翡翠色の瞳が意地悪そうな輝きをたたえて追っていた。


裏口を出て扉を閉めると、ガヤガヤとした酒場の喧騒《けんそう》の大半が聞こえなくなる。

人気のない静まり返った裏路地で、リュートは空を見上げた。ひしめき合うレンガ造りの建物の間で、小さな星がちかちかと瞬いている。そのきらめきは、日差しを反射するユーリアの髪の色に似ていて、リュートは鼻がツンと痛くなった。

「くそ、何が貴族だよ。ばかやろ……」

紫色の瞳から、下まつげにみるみる涙がたまっていく。瞬きをすると、その大粒の雫《しずく》がまぶたを離れ、重力に引っ張られて石畳に向かって落下した。

コツン

その場に響いたのは、涙が地面に着地する音ではなく、小石のようなものが落ちた音だった。

リュートは気にせず、もう一度瞬きすると、反対側からも涙が落ち、またコツンという小さな音を立てた。

足元に視線をやると、水滴が落下したはずの場所に、白みがかったエメラルドグリーンの石が二つ落ちていた。砂浜に広がる海のような色。大きさはどちらも小指の先ほど。リュートはしゃがみ込んでそれを拾い上げ、赤い目でふっと笑った。

「俺の失恋ってこんな色なんだ。変なの」

リュートには、両親しか知らない重大な秘密があった。

感情をたかぶらせて流した涙が石になってしまう、という――。

煙を吸ったり痛みを感じたりして流す、生理的な涙は石化しない。石になるのは感情によって流された涙のみで、その時々で色を変える。これまでの経験だと、感情が色に、涙の量が石の大きさに関係しているようだった。しかし、色が付いているだけで、その石は売れるような宝石でもなんでもない。両親はこれが周囲に知られたら、見世物にされるのではないかと懸念し、人前で泣かないよう幼いころからリュートをしつけてきたのだった。

もうこの歳《とし》になってからは、ほとんど泣くことはない。今日の涙だって数年ぶりだ。前回は飼い犬が死んだ時だった。今日の石は失恋記念にでもとっておこうと、その白っぽいエメラルドグリーンの石をポケットに入れようとして、突然手首を掴《つか》まれた。

「!!」

誰もいないと思っていたリュートは、暴漢にでも襲われたかと思って振り向くと、そこには先ほどまでカウンターにいたアドヴァルドが立っていた。

「お前……それ、どういうことだ?」

強張《こわば》った表情で、リュートを問い詰める。両親に石化の秘密を「他の人に知られてはならない」と幼いころからきつく言いつけられているリュートは、視線を逸《そ》らして「なんのことだ」としらばっくれた。

「一部始終見ていたぞ……涙が石になるんだな? 魔法か、それとも呪いか?」

腕を軽々と捻《ひね》り上げられて、握りしめていた手を開かれる。その手のひらに転がった、形は歪《いびつ》だが美しい裸石をアドヴァルドに取り上げられた。

月光に向かってそれを透かし、翡翠色の瞳《ひとみ》で見つめる。

「しかも、これは……!」

何かを言いかけていたアドヴァルドを遮るように、リュートは意を決して口を開いた。

「……昔から泣くと涙が石になるんだ。なあ、見逃してくれよ。見世物になりたくないんだ」

アドヴァルドは、自分を見上げる紫色の双眸を見返し、少し考え込んだ。

「お前、この石が何なのか知ってるのか？」

「さあ、色の綺麗なやつが多かったけど、宝石でもないし、色付きガラスみたいなもんだろ」

その呑気な返事に、アドヴァルドは吹き出していた。

「そうか、色付きガラスか……はははっ」

なんだよ、と口を尖《とが》らせるリュートの身体を、アドヴァルドは突然、酒樽《さかだる》のように肩に担いだ。

「うわっ!! 何すんだよ！」

「決めたぜ、リュート。お前は俺が貰《もら》う」

「はぁ!?」

抱えられて背中側に頭のあるリュートは、アドヴァルドの顔がよく見えないので、冗談で言っているのか本気で言っているのかよく分からないが、なぜかその声音に嫌な予感がした。

そして、そのままズンズンと歩き始める。背中に担いだ大刀の鍔《つば》がゴッゴッと横っ面にぶつかる。

「なんで？ ちょっと？ アドヴァルド？」

「お前の秘密は守ってやる。その代わり、お前は今日から俺と暮らすんだ。いいな」

低い声が、ほぼ命令のような口調でそう伝えてくる。

「やだよ！ 頭おかしいんじゃねーかお前！ 父ちゃん！ 母ちゃん！ 助けて、人攫《さら》いだ！ 助けてー！」

裏口なのにやけに分厚い扉のせいで、その叫び声は両親に届かないまま、リュートはアドヴァルドに担がれて夜の街に消えて行った。

ベッドにあぐらをかいて、頬を膨らませている。リュートは怒りで顔が真っ赤だ。

「おい誘拐犯！　俺をどうするつもりだ！」

担がれたままたどり着いたのは、アドヴァルドの自宅のようだった。騎士団に所属できるほどの貴族のはずなのに、アドヴァルドはなぜか邸宅を持っていなかった。平民が住むような集合住宅の一室を借りているようだ。リュートは、貴族のくせに間借りとはけち臭い、と心の中で罵《ののし》った。もちろん、自分の家よりは豪華なのだが。怒りを買ってサーカスに売り飛ばされるなどという可能性も考えて、その感想は口には出さないでおいた。

アドヴァルドはきゃんきゃん吠《ほ》えるリュートをよそに、卵より一回り小さいくらいのペンダントを引き出しから取り出した。不思議な幾何学模様が彫り込まれた雫型の銀細工。その蓋《ふた》を開き、先ほどのリュートの涙の石を内部に一つ入れた。金属にぶつかって、キンという甲高い音がする。

「俺は本職じゃないんだが……」と言いつつ、アドヴァルドは瞳を閉じてペンダントを握り、何かを呟《つぶや》いた。すると、ペンダントを握りしめた手から白い光が漏れ始める。

「え？　手！　手！　光ってる!!」

リュートは驚いてベッドの上を後ずさりする。アドヴァルドはゆっくり目を開いて「これは……」と言いながら、リュートをもう片方の手で手招きした。大丈夫、と言いながら。

そして、水仕事で荒れ放題のリュートの手を取り、その光るペンダントを載せたアドヴァルドの手に重ねる。

じわりと優しい温かさが手全体に広がっていくのがリュートにも分かった。

「よし、いいぞ」

そう言われて手を引いて見てみると、あかぎれだらけだった手が、まるで貴族の手のように滑らかで美しい肌を取り戻していた。

「ええ!? 治ってる……」

「治癒系だったな」

アドヴァルドは得意げな顔で笑って見せた。

「いや『だったな』じゃねえよ、説明しろ!」

そう詰め寄るリュートの頭を押さえつけて、アドヴァルドはこう言った。

「これは魔石《ジェム》だ」

「じぇむ?」

理解していないかのような反応に、アドヴァルドは目を丸くする。

「お前、魔石も知らないのか?」

「時々客が言ってるような気がするけど、よく分かんねーからちゃんと聞いたことねえ」

はあ、と盛大にため息をついて、アドヴァルドはベッドに腰掛ける。そして、平易な言葉を選びながら、ゆっくりとリュートに説明した。

魔石《ジェム》とは、魔導士たちが魔法を発動するのに必要な石であること。その色によって発動できる魔法は様々であること。魔導士の能力や知識も必要だが、魔石が大きいほど強大な魔法が引き出せること。

そして、その魔石は国の戦力に直結していて、大陸にひしめく三大国、ラピスバルド王国・ドュゴ帝国・ギュールズ共和国の覇権にも関わっていること——。


「じゃあ、この石が魔法のタネみたいなもんなの？」

「まあ、そういうことだ。ちなみに大陸では、この国が最も魔石を採掘している。そういう土地のようなんだ。極小の物でも二十万ルーブは下らない。この石はおそらく戦争でも十分通用するサイズだから、その十倍、いや二十倍で取引されるぞ」

リュートはぽかんと口を開けた。一桁《ひとけた》でさえ計算が怪しいのだから、桁違《けたちが》いの魔石の相場の話は、脳が機能を停止しても仕方がない。アドヴァルドが呆《あき》れて「ザハ酒一万〜二万杯」と分かりやすく例え、やっと大声で驚いていた。

「しかし、こんな色の魔石、初めて見るんだよな」

アドヴァルドはランプに魔石をかざした。

「大体、この国で採掘される魔石は、赤や青の原色なんだよ。こんな複雑な色の石は見たことがない。緑は大体治癒系だが、違う効果もあるのか……？」

リュートはそんなことよりも、早く家に帰りたくてしょうがなかった。

「じゃあ、もうその石やるからさ、俺は帰っていいよな？　な？」

「いや『いいよな？』じゃないぞ」

先ほどのリュートの言い方を茶化すように、アドヴァルドは口の端を引き上げた。

「言ったろ？　秘密を守ってやる代わりに、お前は今日から俺のためにいっぱい泣いてもらう。金の卵じゃんじゃん産んでもらうぜ」

リュートはうかつにも、今思い出したのだった。この男が「守銭奴騎士」と呼ばれていることを。


「お、俺は男だ！　そう簡単に泣いてたまるかよ、バーカ！」

リュートは詰め寄る大男に向かって虚勢を張った。その頰をアドヴァルドがつねった。

「あっ、いてぇ!!　言っとくけどな、痛いとかしみるとか、そんな涙じゃ石にならねーんだからな。心から泣かないと石にならねーんだよ、残念だったな守銭奴！」

整った精悍《せいかん》な顔に、ほー、と興味深げな表情を浮かべたあと、アドヴァルドは歪《ゆが》んだ笑顔を見せた。

「心ねぇ？」

そして、足元が掬《すく》われたかと思うとベッドに倒される。すかさず馬乗りになり、大きな左手がリュートの両手首を頭の上に縫い付けた。

「どんな涙が見られるか楽しみだな……？　屈辱の涙？　それとも、快楽の涙……？」

嗜虐的な笑みに、リュートの血の気が一瞬で引いた。酒場で働いていれば経験なくとも猥談《わいだん》は耳にする。今から、どうやってアドヴァルドが自分を泣かせようとしているのかを、しっかり察してしまった。抵抗するが相手は自分よりも顔一つ分は背の高い大男で、さらに国内最強と言われる騎士団の団員だ。日々酒樽を運ぶ自慢の腕も、びくともしなかった。

アドヴァルドが、リュートの口を突然塞《ふさ》ぐ。

「んっ⁉」

口内で舌が暴れるようにうねり、少し離したと思ったら、また舌をねじ込まれた。

「ん、ふっ……やめ……っ」

口を解放したアドヴァルドの前髪がリュートの頬をなぞる。初めての口づけだった上に、欲望にぎらついた翡翠《ひすい》色の瞳に睨《にら》まれ、まるでカエルのように動けなくなっていた。

それをいいことに、アドヴァルドはリュートの耳朶《みみたぶ》をべろりと舐《な》め、耳元でこう囁《ささや》く。

「いい子にしてたら、朝まで抱き潰《つぶ》すのは勘弁してやるから」

「ひ、ひえぇ……！」

その瞬間、リュートの瞳からぶわっと涙が噴出し、三つの魔石に姿を変えたのだった。一つは親指大で、どれも色はまるでリュートの恐怖を代弁するかのような、濃い紫色だった。

アドヴァルドはにっこり笑って、リュートの手を解放した。「簡単に泣いてんじゃねーか」と言いながら。


石が挟まったように止まっていた自分の運命の歯車が、この守銭奴騎士アドヴァルドの手によって動き始めたことを、この時のリュートは知る由もなかった。

ぼそぼそと男たちの会話する声が聞こえてくる。

いつも使っているものとは違った、心地のいい寝台で寝返りをうつと「起きたか」と低い声が自分に向けられた。

リュートはうっすらと目を開ける。風になびいたレースのカーテンが視界に飛び込んできた。質素な自宅にこんな細密な模様のカーテンはない。

一気に昨夜の記憶が蘇《よみがえ》った。アドヴァルドに涙の石化を見られたこと、それが魔石であると知らされ、さらに泣かされたこと。何より、初めてのキスの相手が同性で、あんな卑猥《ひわい》なものだったこと——。そこからは覚えていない。いつの間にか寝てしまったらしい。

カッとなって、リュートは起き上がった。

「アドヴァルド！　そこになおれ、ぶっ飛ばしてやる！」

そう叫んで向けた視線の先には、守銭奴騎士ことアドヴァルドと、もう一人、長髪の男が立っていた。

背中までまっすぐに伸びたプラチナの長い髪、透き通るような白い肌、そして赤い瞳《ひとみ》。顔の作りも彫刻のように整っていて、まるでおとぎ話から飛び出したような美しさだった。アドヴァルドと同じ白地に瑠璃色《るりいろ》の縁取りがされた服を着用しているが、動きやすいようにデザインされた騎士のものと違い、ローブ風のものだった。

男はリュートと視線が合ったものの、何も言わずにリュートをじっと見つめている。アドヴァルドは、リュートに歩み寄り「お前、寝相悪すぎだぞ」と頭を小突いてきた。

「その人は……？」

小突かれた頭をさすりながらリュートが尋ねると、アドヴァルドが男を紹介した。

「同僚のバニス。魔導士だよ」

バニスという男は、ゆっくりと頭を下げベッドに歩み寄ると、リュートをその赤い双眸《そうぼう》で見つめる。

「……この国には珍しい瞳の色ですね。先祖がギュールズの人間なのかもしれませんね」

リュートは女性に見つめられているような気になってドキドキしていた。野性美溢《あふ》れるアドヴァルドとは対照的な、静寂の似合う端整な容貌《ようぼう》。そして昨日失恋したばかりのユーリアに似た、まっすぐでさらさらの髪。

「で、結局、何の魔石か分かったか？」

アドヴァルドがバニスの背中に尋ねると、バニスはベッド横の小机に置いてあった羽根ペンの先を折った。手のひらに昨日のエメラルドグリーンの魔石とペンを載せ、何かを呟いた。すると、淡い光に包まれた羽根ペンが、少しずつ元に戻っていく。

「何だ、この魔法……」

「私も久々に使いましたが復元魔法です。治癒魔法は傷しか治せませんが、復元魔法は有機物無機物問わず修復できます。ちなみにこの濃紫色の石はここでは発動できませんよ、猛毒性の魔法です。このサイズだと……おそらく三十人は即死かと」

「あぶねーなあ」

アドヴァルドは冗談めかして驚いてみせたが、リュートは真っ青になっていた。

(復元魔法？　三十人即死……？)

「しかし、なんて希少な魔石を……アドヴァルド、どうやって手に入れたのです？」

アドヴァルドは、腕を組みながら「こいつ」とリュートを指差した。

「何の呪いか知らないが、こいつの涙が石化して魔石になった」

バニスは絶句してリュートを振り返る。当の本人は、まだ三十人即死あたりからのショックから抜けられず、呆然《ぼうぜん》としている。

「初っぱなから秘密守ってねーじゃねーか！」と抗議するリュートに、アドヴァルドは片目をつぶってみせた。

「こいつは大丈夫、俺の相棒だから」

そして、ふっふっふと不敵な笑いを漏らす。

「こいつは金の卵を産むガチョウだ。ガンガン泣かせて、魔石を売っ払う。そうすれば二億ルーブなんてあっという間だ」

はあ、とバニスは大げさにため息をついた。「まだそんなくだらない口約束を信じているんですか？」と。

「俺は本気だって。お前も何個か本国に持って帰っていいぞ、魔石」

会話の内容が理解できないまま、リュートはアドヴァルドの発した言葉に顔を上げた。

「本国？」

「ああ、お前知らねーのか。魔導士って基本ギュールズの人間なんだよ。バニスはギュールズから派遣された腕利きの魔導士だぜ」

アドヴァルドがリュートに平易な言葉で説明したのは、このラピスバルドから魔石を輸出する代わりに、ギュールズでしか育成できない魔導士を一定数派遣する、という二国間の協定のことだった。

バニスが説明を付け加える。

「魔石がなくても魔法は使えませんし、魔導士がいなくても魔法が発動できませんからね。ちなみに魔石は裸石より、加工して魔装具にしたほうがより本領を発揮します。この猛毒の魔石、指輪にすれば何部隊殲滅《せんめつ》させられるでしょうね……ふふふふ」

その眼光は、人体実験を喜んで実行する類の人間のものだった。


猛毒、即死、殲滅……。今まで色付きのガラスだと思っていたものが、まさかそんな恐ろしい代物だったとは想像もしていなかった。魔石に手のあかぎれまで治してもらったので、少し胸がときめいたのだが、まったく逆の現実を突きつけられ恐怖で身を震わせた。

「……俺、もう帰りたい」

リュートはぼそりと呟《つぶや》いた。

「ん？　いいぞ、酒場だろ？」

けろりと答えるアドヴァルドに、リュートは顔を上げた。これまでに手にした魔石でもう十分なのかと期待もした。しかし、その期待は一瞬で儚《はかな》く消える。

「仕事が終わったら、ちゃんとうちに帰ってこいよ。帰ってこなかったら俺、店で大暴れした上で、リュートの秘密喋《しゃべ》っちゃうかもな？」

アドヴァルドはそう言って、顔色をさらに悪くしたリュートのこめかみに「俺のガチョウ君」とキスをした。リュートの脳裏には、魔石の猛毒を使えるならこいつを最初に……という思いがよぎった。

アドヴァルドにとりあえず解放されたリュートは、走って父親の酒場に到着し、裏口の階段から二階に駆け上がった。酒場の二階が両親とリュートの住居空間になっているのだ。

ドアを勢いよく開けると、食卓に座っていた母親のラミアが立ち上がる。よほど心配していたのか、リュートの顔を見るなり強張《こわば》った表情を和らげ、大きくため息をついた。

「よかった！　無事だったんだね！　何も言わず姿を消したから、あいつらに見つかったんじゃないかって……」

「ラミア」

後ろから妻の発言を遮るように、ダブリスが声をかけた。そして「あいつら？」と首をかしげるリュートに、昨夜のいきさつを問い詰めた。

「店抜け出してどこに行ってた。まさかユーリアのところじゃないだろうな」

父親の的外れな推察に両手を大きく振る。さすがに失恋したばかりで再びアプローチできるほどリュートの心は強靭《きょうじん》ではない。

「と、友達のとこだよ！　慰めてもらってたんだ」

色んなことが発覚したショックで失恋の痛みどころではない、というのが正直なところだ。問題は、涙が石化する秘密をアドヴァルドに知られてしまったことやアドヴァルドのもとで暮らすよう脅されたことを、親に打ち明けるかどうかだった。先ほどの母親の不安げな表情が脳裏をよぎる。

（やっぱり心配するよな……）

リュートは、なんとか今日のうちに自分で解決しようと心に決めたのだった。

それなのに。

「アドヴァルドとリュートの愛に乾杯!!」

その夜、酒場は何度もそんな音頭でザハ酒が飲み干されていく。真っ青な顔で打ち震えるリュートの肩を抱いて、アドヴァルドが「ありがとう、みんな」と微笑《ほほえ》み返していた。

酒場が営業を始め、客がテーブルを埋め始めたころ、アドヴァルドが騎士団の団服、しかも正装用で店にやってきた。そして父親のダブリスに突然「リュートと愛し合っている、一緒に暮らしたい」

と申し入れたのだ。

もちろんリュートは何も知らされていないので、驚いて運んでいたザハ酒を床にこぼしてしまった。その場で聞いていた客たちは大興奮だ。いくら守銭奴騎士と揶揄《やゆ》されているとはいえ、アドヴァルドは王直属の最強騎士団にいる、選び抜かれた貴族。平民の中の平民であるリュートのとんでもない〝縁談〟に、大盛り上がりだ。

「ちょっと待て、誤解だ！　何が愛――」

誤解を解こうとすると、肩に痛みが走る。親しげに肩を抱いてきたアドヴァルドが、こちらに優しい眼差《まなざ》しを向けながら「従え」と言わんばかりに握力を込めたのだ。そこはさすが騎士、少し力を入れただけのようだが痛みは少しどころではない。

それをよそに酒場の男たちの興奮は最高潮だ。

「リュート、ユーリア超えの嫁入り話じゃねえか！」

「いや、俺は男……」

「そうそう、腐っても騎士様だぞ。王女と結婚する騎士だっているのに、アドヴァルドは小汚ねえお前を選んだんだぞ！」

「いや結婚じゃ……って小汚ねえだと⁉」

いちいち否定しようとしても、もはや通用しなかった。というのも騎士には男色家も多い、というのがこの国の常識。騎士同士の愛を描いた戯曲は、貴婦人たちにとても人気のジャンルでもあるのだ。

「いやーアドヴァルドは二十六にもなるのに結婚の『け』の字もないから何かあると思ってたんだ

よ！」

周囲は、アドヴァルドが「節約」と言いながら平民の酒場に通っていたのもリュート目当てだったのだと勝手に納得し始めた。

みるみる埋められていく外堀。母親のラミアに至っては感涙している。その向こうからは、アドヴァルドを虎視眈々《こしたんたん》と狙っていた女たちがリュートを睨《にら》みつけていた。


「何よ！」

祝賀ムードを大声で壊したのは、騒ぎを聞いて駆けつけたユーリアだった。ユーリアはリュートに近づき、人差し指で胸を突いた。そして、今まで見たことのない歪《ゆが》んだ表情で、睨みあげた。昨日とは違って、自分に恨みでもあるかのような視線だった。

「ちょっと騎士に気に入られたからって調子に乗らないで、子どもも産めないくせに！」

そう言い放つと、つんとユーリアは店を出て行った。誰かが「ユーリアの縁談、側室としての話だったらしい」と彼女の不機嫌の理由を解説してくれた。

「側室……って何だ？」

教養のないリュートに、周囲が「二番目以降の奥さん」と簡単な言葉で説明する。

「二番目……」

複雑な思いでユーリアの出て行った扉を見つめるリュート。その背中に、アドヴァルドはそっと手を添えた。

「大丈夫。俺はお前だけだよ」

歯の浮くようなその台詞《せりふ》も、美形が凛々《りり》しく吐くと様になる。それを聞いた周りがヒューとかピーとか、口や指で笛を吹いて囃《はや》し立てていた。


アドヴァルドはカウンターの中にいたダブリスに、今日は仕事を休ませてリュートを連れて帰りたいと頼んだ。ダブリスは二つ返事で「よろしく頼む」と深く頷《うなず》く。

「え？」

困惑しているうちに腰からアドヴァルドに抱え上げられる。誰かが「初夜だな！　優しくしてやれよー！」と茶化すと、アドヴァルドは色気たっぷりに笑って、翡翠《ひすい》色の瞳でリュートを見つめた。

「優しくできるかな。今夜はたくさん泣いてもらうことになりそうだけど」

うおおおおお!!　と男たちの咆哮《ほうこう》が酒場にこだまする。そして次々に「リュートの熱い初夜に乾杯！」とザハ酒を飲み干していく。その騒ぎの合間から、女たちのすすり泣きが聞こえてきた。

「つ……つらすぎる……！」

リュートは真っ赤な顔で「覚えてろよバカども!!」と盛り上がる客たちを罵《ののし》りながら、アドヴァルドに担がれて店を後にした。


その背中を心配そうに見つめるラミアに、ダブリスは声をかけて肩を抱いた。

「大丈夫、アドヴァルドはああ見えて騎士団内でも最強の男だ。きっとリュートを守ってくれる」

ラミアは小さく頷いて、お守り代わりに首に下げている透明な石のペンダントをぎゅっと握った。


リュートはアドヴァルドの部屋に到着するや否や、ベッドに放り投げられた。

「お前、一体何がしたいんだよっ！」

身体を起こして吠《ほ》えるリュートに、アドヴァルドは脱いだ騎士団の上着をいたずらするように放り投げて被《かぶ》せた。

「ああ言っておけば、お前が俺の部屋で暮らすのも自然だろ？」

リュートは団服を鬱陶《うっとう》しそうに剥《は》ぎ取りながら抗議する。

「めちゃくちゃ不自然だろ！　お前……まさか本当に男色家なのか……？」

アドヴァルドは服を脱ぎながら「うーん」と少し考えたあと、肌着を脱ぎ捨てて逞《たくま》しい上半身を露《あら》わにし、自信に満ちた表情でこう言った。

「まあ何事も挑戦だ」

そのままベッドに上がって、リュートの足首を掴《つか》んだ。

「さて、ガチョウ君。今日はどんな魔石を見せてくれるかな」

舌舐《したな》めずりしながら、リュートを片手で引き寄せる。

「ひぃ！」

「安心しろ、優しく泣かせてやるよ。なんせ初夜だからな」

近づいてくる半裸の男の目は、金欲なのか性欲なのか見分けのつかない欲望でギラついていた。少しずつ近づいてくるたびに、腕や胸の隆々とした筋肉が蠢《うごめ》き、獲物を捕獲しようとする獅子《しし》にすら見えてくる。

リュートは唇を噛《か》んだ。秘密を握られている上、親や周囲公認の恋人同士にまでなってしまった。さらに、こんな肉体を見せられては、戦って逃げようという選択肢は浮かばない。

「くそっ。こうなったら……俺も男だ！　何されたって絶対泣かねえからな！　やれるもんならやってみろ、この守銭奴！」

開き直ったリュートに、アドヴァルドは瞳《ひとみ》を細めて再び舌舐めずりをした。

「いいね。威勢がいいの、俺大好き」

そう言って、噛み付くようにリュートの唇を奪って押し倒した。


「んっ……ふぁ……っ」

アドヴァルドが、組み敷いたリュートの服の下に手を忍ばせながら、口内も舌で犯す。生き物のように蠢く舌から熱が伝わってきて、リュートの背筋をぞわぞわとさせた。

その太い首から垂れる一括りにした後ろ髪を引っ張って抵抗しながら、リュートがうっすら目を開けるとアドヴァルドも自分を見つめながらキスをしていて、視線が合うと翡翠色の瞳が細められた。

「っ!?」

身体の芯《しん》が震えるような感覚に、リュートは目を丸くした。自分だって日々店の手伝いで身体はしっかりしていると思っていたが、その何倍も逞しい腕に抱かれ、本能が雄としての負けを認めている。それどころか舌から毒が回るように身体が甘く痺《しび》れ「委ねたい」と訴えている。きっと委ねれば、自分の知らない悦《よろこ》びが待っている、と本能が教えてくる。

アドヴァルドはそれを見透かしたように、リュートの口を解放し、耳から首筋に舌を這《は》わせた。

「んっ……！」

「意地張るなよ……楽になるぞ？」

「いやだっ……あっ……俺は、負けねえ……っ」

アドヴァルドの胸を押し返そうとするがびくともしない。そんな抵抗もアドヴァルドは楽しむかのように、リュートの服を脱がせていく。露わになった胸の小さな突起には、さっそく舌がいたずらをした。ぴちゃ……とわざと水音を立てながら、円を描くようになぞったり、吸い上げたり。

「あっ⁉　あ、なに、それ……赤ん坊かっ……やめ……‼」

「ん？　何をやめろって？」

意地悪にわざと聞いてくるアドヴァルド。

「やめ……胸……なめるの、やめれ……っあ、あっ！」

突起の先に優しく歯を立てられて、リュートの腰がびくりと浮いた。もう股間《こかん》にはしっかり血が集まっていて、触りたくてしょうがない。リュートは無意識にそこに手を伸ばそうとした。

「おいおい」

アドヴァルドはその手首を掴み「初夜で自慰はだめだろ」とからかうように言った。

「……あ、俺もう……だって……」

「俺も。ほら」

アドヴァルドは掴んだリュートの手を、自分の股間に移動させる。下着越しに、雄の象徴が硬度を増して待っていた。しかしそれよりリュートを驚かせたのは。

「熱い……でかい……」

その言葉に、アドヴァルドの雄がぴくりと動く。「お前、素直だな」と目を細めて笑った。アドヴァルドの手が、リュートの下着を全て剥ぎ取り、硬くなった中心を優しくなぞる。まるで羽を滑らせるように。その手を追うように腰が揺れ、もっと触って欲しいと頭の中でリュートの本能が叫んでいた。

しかし、アドヴァルドはそれをせず、何度も触れるか触れないかくらいのタッチで指を往復させる。

「あ、アドヴァルド……触ってくれよっ……！　俺もう……いきたい……っ」

「負けないんじゃなかったのか？」

そんな意地悪を言って、アドヴァルドは手を離す。リュートは頬を紅潮させ、紫色の瞳を揺らしながら「意地悪すんなっ……」と息を荒げる。アドヴァルドはその表情に、嗜虐心を煽《あお》られてさらに欲情していた。そして、思いついたようにリュートの耳に顔を寄せて、低い声でぼそぼそと囁《ささや》いた。

「それを……言えって？　……俺に……？」

目を丸くするリュート。

「ああ、そしたら触ってやるよ」

ニヤリと意地悪な笑みを向けられる。

「や、やだっ……なんでそんな恥ずかしいこと……っ！」

「じゃあずっとこのままだな。見ろ、こんなに勃《た》って、透明なよだれダラダラ垂らしてんのにかわいそうに、お前の息子」

喉《のど》の奥から、くっくっと楽しそうに笑うアドヴァルド。その鈴口を爪の先で少しだけ引っかかれると、リュートの脳内で張り詰めていた糸が切れた。

「……あ……だ、旦那《だんな》様ぁっ……俺の……はっ……はしたない……おちんちんに……おし、お仕置きして……ください……っ」

翡翠色の双眸《そうぼう》に見つめられながら、服従を誓うような卑猥《ひわい》な台詞を口にする。

羞恥《しゅうち》と屈辱。脳内をそんな感情が支配した瞬間、我慢していた反動なのか、紫色の瞳からぽろぽろと涙が溢《あふ》れた。こめかみを伝ってシーツに到達するころには、もう数粒が石化していた。

　すぐにアドヴァルドがその魔石の色や大きさを確認する……とリュートは思っていたが、実際はその石を邪魔だと言わんばかりにベッド横の小机に放り投げ、リュートに覆い被《かぶ》さって口を塞《ふさ》いだ。

「んっ！　んんっ……」

「お前は……なんてヤツだ……!!」

アドヴァルドは苦しそうな表情を浮かべてそう漏らし、硬くなったリュートの肉棒に自分の太い雄を添え、大きく熱い手のひらで包むと、二人分を同時に扱《しご》き始めた。

「あっ！　あひ、それ、や！　……あぁ、熱いっあぁ、アドヴァルドっ、こすれて……だめ溶けちゃう、俺のちんちんが溶ける……っっ！」

「うるせえ、俺もだよ」

涙で滲《にじ》んでよく分からないが、アドヴァルドも苦しそうに眉根《まゆね》を寄せているようだった。アドヴァルドが擦《こす》り付ける熱い手のひらと、血管の浮いた勃立からの刺激だけでも目がチカチカするのに、もう片方の手でリュートの鈴口を弄《いじ》る。

「ああ、あああっ、だめ、もう分かんねえ、出る……っ、出ちゃうよぉ……っ！」

先端から漏れ出したお互いの透明な体液で、扱く音に、ぐちゅ、ぐちゅ、という水音が混ざる。

「堪《こら》え性《しょう》がないな……と言いたいが、っつ、俺ももう……。リュート、一緒にいこう。俺の名前を呼びながらいくんだ、いいな」

リュートは理解しがたい命令を、達したい一心で受け入れて首を縦に振る。それを見たアドヴァルドは満足そうに、扱く手のスピードを速めた。

リュートの脳内は、もうアドヴァルドのことでいっぱいになっていた。自分の顔にかかる濡《ぬ》れた烏《からす》のような黒い髪、長い睫《まつ》毛《げ》、翡翠色の眼光、自分を抱き上げた逞しい腕、そして金欲に混じった雄の欲望……。

「……あ、アドヴァルド……っいくぅ……おれ、いっちゃうよ、あぁ、出ちゃう……っ!!　アドヴァルドぉ……っ」

ほぼ同時に、二人は吐精する。重力に従って二人分の体液がリュートの腹に散った。

はあ、はあ、と息を整えるリュートの頬を、アドヴァルドが獣のようにべろりと舐《な》めた。

「な、なんだよ……！」

急に襲ってくる自分の理性とアドヴァルドの野性じみた行動に、リュートはうろたえる。

「うーん、なんだかなあ」

何か複雑な表情をしながら、アドヴァルドはリュートの額に自分の額をこつんと当てた。

ベッドの脇にある小机には、赤みを帯びたブラウンの魔石が、見向きもされずにランプの光を浴びて輝いていた。


「一体どういう理屈で涙がこんな珍しい色の魔石に……しかもこのサイズ」

バニスは、人間の目玉より一回り小さいくらいのレッドブラウンの石をまじまじと見つめた。魔石のほとんどは、色は付いていてもガラスのように透き通っているのだが、これは透過度が全くない。よく見ると光を反射するような鉱物も少し混じっていた。魔導士でなければ、気付かずに道端で蹴飛《けと》ばしていてもおかしくない。

魔石はその多くが赤や青、緑、そして黒……といった原色に近い色を持つ。赤は火炎魔法、青は凍結魔法、緑は治癒魔法、黒は防御魔法が発動される。ごくごく稀《まれ》に、複雑な色の魔石が発掘されるが、多くは特殊な魔法を発動させるもので、高等な魔導士でなければ使いこなせない代物だった。しかし、戦争では相手の想定外の攻撃となり、かなりの戦力になるため、極小のサイズでも市場では一般的な魔石の数十倍で取引されていた。

ギュールズの魔導士の中で実力、知識共にトップクラスのバニスでも、今朝アドヴァルドが騎士団の訓練所に持ってきたブラウンの魔石は見たことがない。バニスは、中庭で防具も着けずに他の騎士と紅白戦をしているアドヴァルドに視線を移した。この石を持ってきた時にはさぞ鼻息を荒くしているだろうと思いきや、アドヴァルドは心ここに在らずといった風で、鑑定をバニスに依頼すると、雑念を追い払うかのように訓練に没頭し始めたのだった。

「いつもは訓練なんてサボるくせに……熱でもあるんでしょうかね」

バニスはくすっと笑って、レッドブラウンの魔石を手のひらに置いて目を閉じた。どくん、どくん……と大地が息づいている音がする。

「大地……土か」

魔石は燃料だ。そこに火をつけたり、発動した魔力をコントロールするのが魔導士の仕事だ。魔石の属性が見極められれば、着火役になる呪文も定まる。上位の魔導士は、複数の石を組み合わせ、さらに強大な魔法を生み出すこともできる。バニスが小さな声で二～三言呟《つぶや》くと、魔石がぎらりと光った。

ズドォォォォオン

中庭で他の騎士を次々となぎ倒していたアドヴァルドが、その轟音《ごうおん》に驚いて振り返ると、訓練所内にあった魔導士用研究所の屋根を突き破って、巨大な土柱が空に伸びていた。研究所内にもうもうと立ち込める土煙の中で、バニスは埃《ほこり》だらけの顔で憮然《ぶぜん》としていた。

「あのガキ、何者だ……？」

駆けつけたアドヴァルドが、バニスの滅多に見せない無様な姿を指差して笑っていた。

巨大な土柱が現れた騒ぎに、騎士団長のルドルフが王宮から駆けつけ、バニスは土埃《つちぼこり》をハンカチで拭《ぬぐ》いながら一通りの説明をする。もちろん、その魔石がリュートの涙から生まれている件は隠して。

強大な力を持つ魔石の出現にも動じなかったルドルフだが、中庭でアドヴァルドが真面目に訓練をしていたのには驚愕《きょうがく》の声を上げた。

「おい、アドヴァルド！　お前が珍しく訓練なんかするから、天変地異が起きたのかと思ったぞ！」

冗談めかしてそんな声をかける。

「それとも、やっと副団長としての自覚でも芽生えたか？」

アドヴァルドの七つほど年上のルドルフが、まるで弟でもからかうように顔を覗《のぞ》き込む。アドヴァルドも鼻で笑って見せた。

「その芽はとっくに枯れてる」

街の連中は、アドヴァルドを「ケチ臭い騎士」としてしか知らないため、騎士団の中でも平団員かそれ以下のように思い込まれているが、この野性美芳しい大男は、騎士団に着任して三年で副団長に任命された優秀な騎士だった。

王直属の騎士団にはルドルフを頂きに、アドヴァルドを含めて三人の副団長がいる。その副団長の下にそれぞれ約二十人で構成する部隊が十ほど配属。一部隊二～三人は魔導士で、部隊をまたぎ、それをまとめるのが魔導士長であるバニスの務めだった。

「俺の部隊はみんな優秀だし、副団長補佐は俺より指揮執れてるし、問題ないだろ」

そんな相変わらずの回答に、ルドルフはため息をついた。

「なんのための副団長だよ」

「お飾りだな」

「昔は『騎士になって聖女様を守るんだ！』とか息巻いてたのにな」

付き合いの長いルドルフが、懐かしそうに目を細める。アドヴァルドはふっと当時の自分をバカにするように鼻で笑った。

「その聖女は失踪《しっそう》。神殿は腐敗しきって守る価値もないのにな」

「もう二十年か……」

ルドルフは遠い目をして呟いた。ラピスバルドには聖女信仰があり、国内から神託によって選ばれた女性を聖女として崇《あが》めていた。大抵は聖女の崩御と同時に十歳くらいの少女が選ばれ、死ぬまで神殿で国民の平穏を祈りながら暮らす。神の元に嫁ぐ、という意味があり死ぬまで清い身体でいなければならない習わしのため、陰では幽閉に近いとも言われていた。

その聖女が突如姿を消したのが約二十年前。神殿は守るべきものを失い、過去の権威にすがって

「神に貢物をすれば平穏が訪れる」と学のない平民を騙《だま》したり、一方で国には運営難を声高に叫び助成増額を求めたりと、日に日に腐敗していった。王もそれを知ってはいるが、心のどこかにまだ聖女信仰が残っていて、その粛清ができないでいた。


アドヴァルドとの思い出話を一通り済ませると、ルドルフは踵《きびす》を返して王宮に戻った。いつの間にか身なりを整えたバニスが、アドヴァルドに歩み寄る。

「あの魔石は力を持ちすぎている。市場に出して他国の手に渡れば脅威になりますよ」

うーん、と呻《うめ》きながらアドヴァルドは頭を掻《か》いた。

「じゃあ小さいやつだけ売るか。あいつを泣かせるのも色々問題が出てきたしな……。手元にある大粒の魔石は国に買い取ってもらうよう、バニスから持ちかけてくれないか？」

「いいですが、泣かせるのに問題とは？」

その問いかけに、アドヴァルドは難しい顔で「色々、な」と呟いた。脳裏に、リュートの泣き顔が浮かぶ。たいそうな美青年というわけでもないのに、あの生意気にらんらんと光る瞳《ひとみ》が、涙を浮かべると蠱惑《こわく》的になり征服欲をかきたてる。アドヴァルドはそんな脳内のイメージを消し去るように、再び団員に紅白戦をけしかけた。

「おーい！　もう一戦行くぞー！」

中庭に、先ほどズタボロに負かされた騎士たちの悲鳴が響いた。

日が暮れるころ、ダブリスの酒場は営業を始める。

リュートは、営業中の印でもある扉のランプに火を灯《とも》した。オレンジ色の火がゆらゆらと揺れるのを見て、ランプの明かりに照らされながら互いの雄を擦り付けた昨夜の情事を思い出し、真っ赤になった顔をぶんぶんと振った。

初めは屈するまいと強がったが、結局最後は耐えきれずに愛撫《あいぶ》を求めてしまった。

(初めての相手が男で、しかもあのアドヴァルド……さらに相手は俺の涙というか金目当て。俺って色々かわいそう)

フロアには客が一組、二組と入りだす。昨日も来ていたのか、騒ぎを聞いたのか、リュートに生温かい視線を送ってくる。予想通りなのだが。

「よお、リュート。昨日は盛り上がったか?」

注文を取りにテーブルに行くと、傭兵《ようへい》の一人が下品に笑いながら話しかけてきた。ここで恥じらっては相手の思う壺《つぼ》だと知っているリュートは、ため息をつきながら事実だけを答えた。

「おかげでしっかり泣かされたぜ」

傭兵は想定外の落ち着いた回答に「大人になったな……お前……」と目を丸くした。今日は営業が終わるまで、アドヴァルドとのことを聞かれたら、これを模範解答にしようと胸に誓った。

客が混み合い始めた。鍛冶《かじ》職人たちが集まるテーブルに肉料理とザハ酒を運ぶと、「昨夜は……」のやりとりを一通り終えてから、一人がリュートにこう尋ねてきた。

「明日の御前試合は見に行くんだろ？」

リュートが首をかしげて「なんだそれ」と尋ね返すと、他のテーブルの客まで驚いていた。

「恋人が優勝候補なのに、そりゃねえだろ！」

「誰が？　何の候補？」

リュートは理解できないまま、しばらく客たちになじられ続けた。その後、説明された内容はこうだ。

御前試合とは、年に一度、騎士たちが王の前で手合わせをする娯楽試合だという。屈強な騎士たちが一対一のトーナメント方式で戦い、優勝者には賞金も与えられるが、何よりその名誉が騎士たちにとっては一番の褒美なのだそうだ。しかしこの三年はアドヴァルドの一人勝ち。王からの直々のお褒めの言葉も断って「賞金だけくれ」と言ってのけるものだから、周囲を驚かせているのだという。

「それって平民も見られるのか？」

「ああ、見やすい場所は貴族席だが、後方に一般席がある。運が良ければ、王族のご尊顔も拝めるかもしれないぜ」

商人の若い男がうっとりと目を閉じる。

「俺、去年見たんだよな。シトリン王女。天女かと思ったぞ」

「カーネリアン王子はご長男だし、運が良ければ祭事で見ることもできるけどな、シトリン王女はなかなか見られないよな」

リュートはそのあたりの事情がほとんど分からないが、現国王のオブシディアン二世には三人の子どもがいる、ということくらいは知っている。

「もう一人は？」

リュートが尋ねると、男の一人が気まずそうに顔を掻いた。

「一番お若いジェダイト王子はな……お身体が弱くて、もう何年も臥《ふ》せってるんだとよ。成人されてからは誰も見ていないんじゃないかな。噂だと、たおやかで女性と見紛うばかりの美しさだとか」

そう聞いて、リュートは魔導士のバニスを連想した。美しすぎると性別を超えてしまうのかもしれない、などとぼんやり思っていた。


閉店の一時間ほど前にアドヴァルドが店に来た。夕飯ついでの迎えのつもりらしい。訳知り顔で客たちがニタニタしている。

「迎えなんかいいよ、明日『ごぜんじあい』なんだろ？」

いたたまれず、リュートはアドヴァルドを戸口へ追い返そうとするが、分厚い身体はびくともしない。

「あれは遊びみたいなもんだから」

その日に向けて一年間鍛錬する騎士も多い中で、アドヴァルドはなんとも気の抜けた発言をしていた。

「見に来るなら、席を用意しとくぞ？」とアドヴァルドが目を細めてリュートの前髪をかき上げる。

二人のそんなやりとりを、店にいた女たちが忌々しそうに見ているのも知らずに。

「い、行かねーよ、俺忙しいんだぞ！」

ぷいと顔を背けるリュートに、アドヴァルドが肩をすくめ、わざとらしい甘い声でこう言った。

「泣かされて怒ってるのか？　昨夜のことなら謝るよ」

「おま……変な言い回しすんなっ！」

それを横聞きしていた客たちが「かんぱーい！　ひんひん泣かされたリュートにかんぱーい！」とザハ酒を飲み干していった。

（つ……つらすぎる……！）

「試合なんか絶対、見に行かねえ!!」

■ ■ ■

ギンッという金属音に合わせ、円形の闘技場を囲むように集った観衆がどよめいた。

「騎士が戦うとこなんて初めて見た……。いつもカッコつけてるだけじゃないんだな……」

そんなリュートの独り言に、隣に座ったバニスがくすくすと笑って「それアドヴァルドには言わないであげてくださいね」とたしなめた。

御前試合を迎えた朝、アドヴァルドは集合時間が決まっていたようで、さっさと出かけてしまった。やはり睡眠時間はしっかりとっておきたかったのか、前日のように無体をされることなく同じベッドに入り、あっという間に眠ってしまった。何があったのかは知らないが相当疲れていたようだった。

リュートは試合を見に行かないと見得を切ったものの、客たちの話を聞いて、アドヴァルドが本当に強いのかを確かめたくなっていて、部屋で落ち着かない犬のようにウロウロしていた。すると、バニスがリュートを迎えに来たのだった。

バニスが確保してくれていた席は貴族席の最後列、つまり一般観衆席の目の前。貴族席でリュートが浮かないように、との配慮だった。

「次がアドヴァルドの初戦ですよ、相手はこの騎士」

そう言ってバニスは手元のトーナメント表を見せる。リュートは気まずそうに首を振った。

「ごめん。字、読めないんだ」

バニスは綺麗《きれい》な瞳を丸くした。

「そうでしたか。この国は識字率が高くないと聞いていましたが……嫌な思いをさせたなら謝ります」

こんな文字も読めない平民に、魔導士が頭を下げている、とリュートは胸を熱くした。

(なんていい人なんだ)

「はじめっ！」

試合開始の合図が下り、アドヴァルドは背中の大刀をスラリと抜いた。相手の騎士も腰から剣を抜いて、鋒《きっさき》をアドヴァルドに向ける。

リュートは不思議に思った。騎士たちが使う剣と、アドヴァルドの武器の形や大きさが違っていたからだ。他の騎士の剣はまっすぐに伸びていて細い。アドヴァルドの大刀は背中に担ぐほどの大きさで、鐔《つば》から緩やかなカーブを描いた刀身は先端が幅広い。

「アドヴァルドが使っているのはギュールズの大刀なんですよ」

バニスが解説する。アドヴァルドは数年間ギュールズに武者修行に行っていたのだという。

「元々強かったのですが、ギュールズで彼なりの戦い方を確立しました。その間に私と出会って一緒にこの国の騎士団に入ったんです」

対戦相手の剣をのらりくらりとかわすアドヴァルドに視線を送りながら、バニスはそんな経緯を教えてくれた。

勝負は一瞬だった。いくつもの攻撃をかわし、アドヴァルドが大刀を軽々と片手で閃《ひらめ》かせると、キンという甲高い金属音とともに、相手の剣が場外に飛んだのだ。鮮やかな早業に、うぉおおお！と会場から歓声が上がる。

「……参った」

相手の騎士はため息をついて降参を認める。アドヴァルドも「お疲れさん」とその肩を叩《たた》いて、闘技場を下りた。

バニスは言った。「今年もアドヴァルドが優勝ですよ」と。

その通り、あっけなくアドヴァルドが優勝してしまった。しかもほとんど息を切らすことなく、面倒くさそうな顔をしたまま勝ってしまった。あまりのあっけなさに、オブシディアン王は無言で宮殿へ戻ってしまった。

「アドヴァルド！　お前もう来年から出場禁止！」

騎士団長のルドルフが半泣きで吠《ほ》える。アドヴァルドは「賞金出る限り出場するぞ」とへらへら笑って見せた。その目の端に、王族席が目に入った。

豪奢《ごうしゃ》なマントに赤い髪を揺らした男が立ち上がる。ルドルフは慌てて膝《ひざ》をついた。立ったままのアドヴァルドの頭も一緒に押さえつけながら。

赤い髪の男――第一王位継承者のカーネリアンはルドルフに「試合の切り盛りご苦労だった」と声をかけた。慇懃《いんぎん》に頭を下げるルドルフの横で平然としているアドヴァルドをちらりと見て、カーネリアンは去って行った。

その後ろで絶世の美女がくすくすと笑っていた。第二継承者のシトリンだ。黄金色のウェーブがかった髪が風に揺れる。

「アドヴァルド、今年も圧勝だったわね。来年は空気を読んで、少し盛り上げなさいね」

アドヴァルドは「へーい」と気の無い返事をして、ルドルフに睨《にら》まれた。

観客が「今年も守銭奴の優勝かぁ」などと口々に文句を言いながら、ぞろぞろと帰って行く。リュートも酒場の開店準備があるので、バニスに礼を言って帰ろうとしたが、その手を掴《つか》まれて引き止められた。

「少し騎士団の職場を見学していきませんか？　案内しますよ」

女性のような美しい顔に、神々しい笑みを浮かべたバニスの誘いを、リュートはなぜか断ることができなかった。


闘技場を囲む塀の向こうには、訓練所や研究所などを備えた騎士団の本拠地があった。

「すげえ、街が何個も入りそうだ……」

あまりの広さと建物の大きさにリュートが唖然《あぜん》としていると、バニスは広大な中庭を指差した。

「ここで日頃は模擬戦闘や紅白戦をしています。部隊ごとに百近い作戦を持ってますので、作戦の展開、陣形確認などをします。魔法を実戦並みに使うこともあるので、あまり狭いと王都に被害が出てしまいますからね」

バニスはリュートを魔導士用の研究所に案内した。広い作業台は綺麗に片付いている。

「ここで魔導士は魔石や魔装具の組み合わせを研究しています」

「組み合わせ？」

リュートが首をかしげると、バニスは何かを思いついたように「これは私が考案した魔装具ですが」と、ジュエリーボックスのような箱から銀の指輪を取り出し、左手の中指にはめた。指輪には宝石の台座だけが載っていて小さな穴が四つ空いている。そして右手には美しくカッティングが施された水滴ほどの小さな魔石が二粒。

「赤が火炎、青が凍結の魔石です」

そう説明して、指輪の穴にその二つをはめ込むと、窓を開けて指輪を装着した手を中庭に突き出した。呪文のようなものを小さな声で呟《つぶや》く。

ドムッという音とともに、中庭に植えられた木の一本が爆発して白煙が上がった。

「うわ！」

リュートは驚いて後ずさりする。

「腕のある魔導士は魔石を組み合わせて複合魔法を考案していきます。なので、魔導士は化学や自然現象の勉強が必須《ひっす》なんです。今の魔法は基礎的なもので、火炎と凍結の魔法を七対三の出力で発動して水蒸気爆発を起こしたんですよ」

「ほとんど理解できねーけど、なんかすげえ！」

初めて本格的な魔法を見た興奮気味のリュートは、思わずバニスのローブの裾《すそ》を掴んだ。

「すげえなバニスさん！　優しくて美人で魔法がめっちゃ強いなんて、なんか神様みたいだな！」

紫の瞳《ひとみ》を輝かせ、尊敬と羨望《せんぼう》の眼差しでバニスを見つめる。完全にリュートが懐いた証《あかし》でもあった。

バニスはそれに気付いて、ふっと口の端を引き上げた。そしてローブを掴んだリュートの手を、突然振り払う。

「優しい……？　私が？」

リュートは行き場を失った手をそのままに、自分より少し背の高いバニスを見上げる。先ほどまで優しげにカーブを描いていた赤い双眸《そうぼう》に、冷酷な光をたたえていた。

「アドヴァルドに頼まれたからに決まっているだろう。なぜ私がこんな文字も読めない下賤《げせん》の民と並んで歩かなければならないのだ、汚らわしい」

そう言って、リュートを突き飛ばした。

「バ……バニスさん……？」

状況が掴めず、苦笑いを浮かべるリュートに、バニスは畳み掛けた。

「付き合ってやっているのは、お前の生み出す魔石が珍しいからだ。それ以外で自分に何か価値があるとでも思っているのか？　身のほど知らずのクソガキが」

背中が壁に触れるまで詰め寄られ、足を止めるリュート。先ほどまでの温厚で礼儀正しかったバニスの面影は消え失《う》せ、その冷酷で傲慢《ごうまん》な言動にショックで指が震えていた。

魔導士の指先が、リュートの顎《あご》を捉《とら》えて上を向かせた。目の前に、残酷な笑みを浮かべた極上の美形が映る。

「浮かれて、こんな所までのこのこついて来て……」

そう言って額を指先で弾いた。痛みはさほどではないが、リュートは心が痛かった。学がないとはいえ、親はもちろん、酒場の客もからかいながら可愛《かわい》がってくれていた。上流貴族であるはずのアドヴァルドも、意地悪はしてくるものの、身分や頭の悪さで心から差別するような言動はなかった。リュートは唇を噛《か》んだ。そんな差別主義的な人間に一瞬でも懐いた自分が悔しかったからだ。

「ふふ……卑しい身分でも悔しがるぐらいの矜持《きょうじ》はあるのか」

頭が真っ白になった。これほど理不尽な怒りを感じたことはなかった。

「お前……最っ低だ」

リュートはバニスを睨みつけた。

「罵《ののし》る語彙《ごい》も少ないな……。天下無敵のアドヴァルドが、こんなガキに振り回されているのも愉快だが……」

「振り回されてんのはこっちだ！」

悔しさが頂点に達し、鼻がツンと痛くなった。無意識に、涙が一粒頬を伝う。顎を伝って離れたところに、バニスが手を出していた。もちろん、バニスの手に触れたのは、涙ではなく魔石。

バニスはそれを確認すると、ぱっと冷酷な笑みを消し、再び優しい笑顔をリュートに向けた。

「はい、意地悪はここまで。リュート、協力してくれてありがとう」

「……へ？」

バニスは人格が再び入れ替わったように、にっこりと笑って、手のひらに載った石をリュートに見せる。

「君の涙が魔石化するところをどうしても確認したくてね。見たところ、これは呪いじゃないですね。魔法でもない……何だろうなあ」

バニスはピラミッド型にも見える透明の魔石を窓側に向けて、陽《ひ》に透かした。よく見ると、金色の鉱物片のようなものが二〜三筋入っている。

「俺を泣かせるために……？」

「ふふ、意地悪が過ぎちゃいました？　でもリュートも男の子ですからね、並大抵のことじゃ泣いてくれないと思って」

リュートは混乱していた。あの冷酷で見下した表情が演技とも思えないのだ。

「ど、どっちが本当のバニスさん……？」

バニスはリュートを振り返って「どちらでしょうね？　当ててごらんなさい」と妖艶《ようえん》に笑って見せた。リュートは背筋から這《は》い上がる恐怖に耐えきれず、研究所の扉から飛び出し、一目散に城下町へと駆け出した。

（魔導士って怖い！）

リュートが去った研究所では、バニスが新たな魔石をじっと見つめていた。「生意気な若い子を泣かせるのって楽しいですねぇ」と漏らしながら。リュートを若い子と呼んでいても、まだ本人も齢《よわい》二十五なのだが。

バニスが手に入れたばかりのこの魔石も、昨日と同じく初めて見る物だった。効果は想像もつかない。しかし、一度は効果を確認する必要があるし、研究者としての好奇心がうずく。昨日の土柱の失敗を繰り返さないよう、出力を最小限に抑えながら、豆粒大の石を握って目を閉じる。

目を閉じているはずなのに、光が見えた。照明弾的な役割を果たせる光属性の魔石であると判断し、光属性の呪文を唱える。

その瞬間、空が光った。

ズドォォォオォン

もうもうと立ち込める埃《ほこり》と煙。空から太い稲妻が走り、研究所に落ちたのだ。昨日、リュートの生み出した魔石を使い、復元魔法で修復したばかりの研究所の屋根が、今度は落雷によって大きな穴を空けていた。

髪が少し焦げたバニスは「クソガキめ」と忌々しそうに呟き、大きく舌打ちをした。

「アドヴァルドの優勝にカンパーイ！」

営業が始まったダブリスの酒場では、御前試合で優勝したアドヴァルドのための、本人不在の祝勝会が行われていた。

「圧勝すぎて全然賭《か》けにならなかったな」

「アドヴァルドが買収して八百長してんじゃないのか？」

「賞金目当ての守銭奴が金ばらまくわけないだろ」

普段ほかの貴族や騎士には平身低頭なのに、アドヴァルドに対しては散々な言いようの客たちに、リュートはため息をつきながら給仕をした。アドヴァルドが強いのは分かったが、それ以上にあの穏やかなバニスの裏の顔を知ったことが衝撃でそれどころではなかったのだ。自分を冷酷に見下ろしていたバニスの赤い目を思い出し身震いをする。

ドアの鐘が鳴り、客たちが歓声を上げた。

「主役の登場だぞ！」「賞金でおごれ」などと声をかけられながら、アドヴァルドはダブリスからザハ酒を受け取った。そして、リュートを見て白い歯を見せた。

「結局見に来てたじゃないか。格好良かっただろ？　俺」

リュートは、恥ずかしいやら悔しいやらで、けっ、と可愛げのない声を出して顔を背けた。客たちが「素直じゃない」「惚《ほ》れ直したくせに」と囃《はや》し立てるので余計に腹が立って、結局店を閉めるまでアドヴァルドと会話をしなかった。


アドヴァルドの部屋に到着した途端、リュートはポンと肩を叩《たた》かれ「先に風呂《ふろ》使っていいぞ」と促された。二人とも交代で湯浴《ゆあ》みを終えると、アドヴァルドが広いベッドに寝そべって、隣をポンポンと叩いてリュートを呼んだ。

リュートは緊張して首を振る。

「いやだ。この間みたいな恥ずかしいこと、俺はもうできない。だ、だってあれって……せ、せ、せっくすだろ！」

アドヴァルドは目を丸くしてしばらく沈黙したあと、にやりと笑って「まあ、その一部ではあるが」と含んだ言い方をした。そして、優しく笑って手招きをする。

「大丈夫、俺も一昨日はやりすぎたと反省している。今日は恥ずかしいことはしないで泣けるやつ、持って来たから」

そう言って、絵のついた薄い書物をリュートに見せた。

「それ絵本？　いや俺……字読めねえから……」

そう言いながら、バニスから「文字も読めない下賤の民」と罵られたことをふと思い出し、奥歯を強く噛み締《し》めた。

「そうだったっけ？　じゃあ俺が読みながら教えてやるよ、こっち来な」

バニスと一八〇度違うアドヴァルドのフラットな反応に、リュートは安堵《あんど》と少しの喜びを感じながら、じりじりとベッドに上がった。

「ラピス文字はな、全部で三十四文字あってな……これが――」

アドヴァルドがゆっくりと文字を教えながら、童話を読み進めていく。当たり前のように自分の首の後ろに腕を差し入れ、抱き込むように本を読み上げる。腕の太さ、肌の温かさ、低い声の心地よさ。何より字が読めない自分を貶《おとし》めもせず、同情もせず、自分と同じ視線でいるアドヴァルドの態度が、すさんでいたリュートの心を温めた。

「『……と、名犬ムッシューは命を張って、飼い主のダミアンを助けたのでした』……おしまい」

「うぅ……ぐすっ……ムッシュー……」

リュートは子ども向けの童話「名犬ムッシュー」で、ボロボロと涙をこぼしていた。今まで本なんて手にしたこともないし、これほど感動的なものだとは思っていなかった。

枕元にレモン色の透明度の高い石が十粒近く落ちていて、アドヴァルドは驚いていた。

「お前、本当は涙腺《るいせん》弱いんだな。ありがたいけどさ」

そう言いながら小さな皮袋の中に、石を摘《つま》んで入れていく。

「話も良かったんだけど、俺、前に飼ってた犬がムッシューって名前だったんだよ。すごい偶然」

渡された鼻紙で、リュートはちーんとはなをかみながら号泣の理由を説明した。

「いや、お前の親がこの童話にあやかって名付けたんだと思うぞ？」

「そうなのか？　そういえば、近所の飼い犬にもムッシューって名前多いなって思ってた」

謎が解けて良かったな、とアドヴァルドは翡翠《ひすい》色の目を細めた。

「……俺も昔飼ってたぞ、犬」

「へえ、なんて名前？」

「オニキス。真っ黒だったから黒い宝石の名前をつけたんだ」

ムッシューの挿絵を見ながら、アドヴァルドは懐かしそうに目を細めた。リュートは、アドヴァルドが自分のことを話すなんて珍しい、と思った。そしてあることを思いつき、ふと聞いてみた。

「なあ、この際だから聞くけどさ、何でそんなに金金言ってるんだ？　お前、貴族なんだろ？」

アドヴァルドは「うーん」と少し悩んでちらりと横目でリュートを見た。恋人が知らないんじゃおかしいよなあ、などと呟きながら。あくまで恋人の振りは続けるつもりらしい。

「家を捨てたいんだ」

リュートは首をかしげた。

「よくある跡継ぎ問題だ。親父《おやじ》は俺に継がせたいが俺は嫌。側室が何人もいて、真剣に働かないで贅沢《ぜいたく》して……。それが当たり前だと思っている実家のヤツらが大っ嫌いなんだよ。だから絶縁を叩きつけた」

「家出したのか？」

リュートは驚いて、寝ていた半身を起こした。

「いや、親父は絶縁する代わりに、自力で働いて手切れ金を用意しろ、と要求してきた。絶縁を諦《あきら》めさせるつもりでな。その額が二億ループって条件」

「におくループ……」

全く想像がつかずに無表情でいると、アドヴァルドはダブリスの酒場の一日の売り上げを聞いてきた。

「三まんループくらいって言ってたかな」

「じゃあ、酒場の売り上げの十八年分ってことだ」

「うぉう」

驚愕《きょうがく》しすぎて変な声しか出せなかったリュートに、アドヴァルドは突然覆い被さった。

「俺の秘密、教えたぞ。今度はお前の番だ」

「……へ？　何？」

翡翠色の目が真剣な色を帯びる。

「今日、騎士団の研究所で何してた？」

ばくん、と心臓が跳ねた。

「バニスが新しい魔石を試して、また研究所の屋根をぶっ壊した。あれ『リュート産』だろ？　しかも俺は見たことがないやつだった」

心臓が早鐘を打つ。胸中で渦巻くのは、昼間のショックと、バニスにのこのこついて行った自分の愚かさと、そしてなぜか少しの後ろめたさと——。

「……バニスに泣かされたな？　何をされた？　正直に言え」

アドヴァルドはなぜか怒っているようだった。リュートはしどろもどろになった。アドヴァルドは相棒のバニスを信じているようだったからだ。もしあの腹黒い差別主義的な一面を知らなかったら、リュートの話で相当なショックを受けるかもしれない、と思ったのだ。

「……口では言えないようなことをされたのか……？」

アドヴァルドの全身から殺気のようなものが立ち上る。

「や、違う！　されてねえ！　ちょっと……きついこと言われ……んっ‼」

言い終える前に唇を塞《ふさ》がれた。後頭部に手を回され、がっちりと動けないようにされてしまったため、もうアドヴァルドの舌を受け入れるしかない。アドヴァルドは舌も怒っていた。上顎《うわあご》の裏や舌の付け根まで、容赦なくいじめてくる。

「んっ……やめ……今日はしないってさっき……んふぅっ‼」

息継ぎの合間に抗議するも、アドヴァルドは意地悪な笑みを浮かべてこう言った。

「気が変わった。泣かせるためには、しないぞ？」

「っは……！　ず、ずるいぞ……‼」

その翡翠色の瞳《ひとみ》には、雄の欲望とともに、怒りの炎が灯っていた。

「これはただのお仕置きだ。他の男に泣かされやがって……！」

そして、再び嚙《か》みつくように口を塞がれた。


アドヴァルドの歯が、リュートの首筋に立てられる。嚙《か》み殺《ころ》されそうな殺気に、リュートは「ひっ」と声を上げた。両手はしっかりと封じられて身動きが取れない。

「今日いっぱい泣いただろ！　魔石増やしただろ！　バニスは一粒しか手に入れてねーぞ、そんなに怒ることねーだろ？」

魔石をバニスに横取りされたことを怒っていると思ったリュートは、そう弁明する。

「魔石の数の問題じゃない。お前は、俺が見つけたんだ。誰彼構わず尻尾《しっぽ》を振るな」

そう言いながら、鎖骨にも嚙み付いた。

「いてぇ！　……そ、そんなに魔石が大事かよ！　この守銭奴！」

アドヴァルドは身体を起こして、少しむっとしたような顔でリュートを見つめると、傲慢《ごうまん》な笑みを浮かべた。

「何とでも言え。魔石も、お前も、俺のものだ」

「ふざけんな！　俺は俺のもんだ……んんっ！」

吠《ほ》えるリュートの口を、再びアドヴァルドの唇が塞いだ。熱い舌が暴れると一昨日の情事を思い出して、身体がしびれるように震える。アドヴァルドは熱い吐息を漏らし、リュートに跨《また》がったまま半身を起こすと、急《せ》くように上半身の肌着を脱いだ。筋骨逞《きんこつたくま》しいその身体には、戦をくぐり抜けてきた証のようにいくつか傷跡が残っている。そして、リュートの寝間着も下着も全て剥《む》いてしまった。

「男なら言い訳するな。黙って抱かれろ」

どきりとする低く欲望に満ちた声で、アドヴァルドが最後通告をする。

「無茶苦茶だぞお前!!」

そんなリュートの抗議を無視して、アドヴァルドの舌は首筋を伝って胸元を弄《もてあそ》びはじめた。半乾きの黒い前髪も一緒に胸元をくすぐる。その合間から覗《のぞ》く翡翠色の瞳と目が合うと、いたずらっぽくその目を細めて、乳首を甘噛《あまが》みされた。

「あ……っ！　やめ……っ！」

リュートの背中に手を回し、背筋をなぞるように指を滑らせていく。その手は腰を伝って、引き締まったリュートの臀部《でんぶ》を撫《な》でた。

皮膚のあちこちから伝わってくる刺激に身体を震わせながら、リュートは息を呑《の》んだ。アドヴァルドが我を忘れたかのように身体をまさぐる様子が、壮絶に妖艶《ようえん》だったからだ。どくどくと、身体の中心に血液が集まるのを感じる。芯《しん》を持ち始めたリュートのペニスを、アドヴァルドは優しく握った。

「ふぁ……なんで俺っ……こんな……っ、また、あれやんのか……？」

一昨日の雄同士を擦り付け合う行為を思い出し、震える声で尋ねる。あんなに自分が自分でなくなる行為を何度もできないと思ったからだ。

アドヴァルドは自分の長くてゴツゴツとした中指をべろりと舐《な》め「いや、しない」と答える。そして安堵の表情を浮かべるリュートを見つめ、不敵に笑った。その尻《しり》の間に舐めた指を添えて。

「本当のセックスを教えてやるよ」

ずぶり、とアドヴァルドの指がリュートの蕾《つぼみ》に沈められた。

「っ……うあぁあぁぁあ！」

驚きと刺激と羞恥《しゅうち》で腰が浮く。すかさず指は奥へと侵入した。

「っく、なんだ、なにして……!?　そこはっ……！」

「苦しいか？　しかし指が数本入るくらい解《ほぐ》さないと、お前がもっとつらいからな」

リュートはアドヴァルドの言っていることが理解できないまま、指の動きから逃げるように腰を浮かせる。圧迫感と屈辱と混乱で、目の前が真っ白になっていく。

「やめてくれ、謝るから！　バニスに石を渡したのは謝るから……!!」

紫色の瞳が恐怖で揺れる、そして本能が告げる。これからもっと酷《ひど》いことが起きると。

「何度言えば分かる？　俺は、石を取られたから怒ってるんじゃない」

そう言って、指の出し入れを速める。

「ひ、ひぃ！　嫌だ、嫌だぁっ！」

「今夜しっかり教え込んでやる、お前が誰のものか」

もはや、さっきまで童話を読み聞かせしてくれていたアドヴァルドはどこにもいなかった。

ぐちゅぐちゅと音を立てて後孔を出入りする長い指が三本にまで増えると、そこはもうずいぶん軟らかくなっていた。

「ん……ひぃ、あぁっ、苦し……っ」

リュートはすでに意識が朦朧《もうろう》としていた。与え続けられる後ろへの刺激と、一度はショックで萎《な》えた中心への愛撫《あいぶ》が、その奥で蠢《うごめ》く快楽を引き寄せる。この折檻《せっかん》がいつまで続くのだろうと、そんな不安がよぎる。するとアドヴァルドは「もう大丈夫だろうな」と低い声で囁《ささや》き、全ての指を引き抜いた。代わりにそこに肉の塊のようなものがあてがわれる。状況を察し、リュートは一気に意識を取り戻した。

「……あ、まさか……」

全身が強張る。酒場で聞く猥談《わいだん》は男女の行為が多いため、男同士の行為に想像がつかず、先日雄を擦り付け合ったあの行為が、それだと思っていた。しかし、その予想は大幅に違っていたと、目の前の男が突きつけている。

「やめろ」

翡翠《ひすい》色の瞳は、真剣な光をたたえながら揺れていた。

「早くこうしておけばよかった」

「嫌だ」

リュートは震えた声を絞り出す。アドヴァルドはその怯《おび》えた表情も楽しむように、自身の勃立をリュートの解れた蜜壺《みつつぼ》に擦り付けた。

「お前は俺のものだと、身体に教え込んでやる」

その声音は、本気だった。雄の鋒がリュートの秘部をこじ開けるように侵入する。

「っっ……ぁ……っ……!!」

今までと桁違《けたちが》いの圧迫感に、リュートはぎゅっと目を閉じる。悲鳴すら上げられず、呼吸の仕方も忘れてしまった。

「ほら、ゆっくり息を吐け」

そう促しながら、大きな手が完全に収縮したリュートの中心を、ゆるゆると扱きだした。

「ん……やめ……ろ…………っ！」

うっすら目を開け、ランプの光に照らされたその光景にリュートは驚愕した。自分の脚がアドヴァルドの肩に抱えられ、下半身の前後は蹂躙《じゅうりん》されているのだから。ゆっくりと腰を動かし始めたアドヴァルドは、はぁ、と大きく息を吐きながら、リュートの顔をじっと眺めていた。圧倒的な雄に征服されている。そんな感覚にリュートは陥った。

「っは……無理だ……ぬ、抜いてくれ……そんな太いの……俺死んじまうよ……っ！」

苦しさから、涙がぼろぼろとこぼれた。生理的な涙のため、石にならずに頬を濡《ぬ》らし続ける。すると、ぐん、と体内に埋められたアドヴァルドの強欲が質量を増した。

「ひっ!!」

アドヴァルドは眉根《まゆね》を寄せながら、腰を動かすスピードを速めた。

「お……お前……煽《あお》ってるのか？　もっと酷くされたいのか？」

何もしていないはずのリュートが、なぜかアドヴァルドになじられる。

「っ……う、うるせぇ……っ、あっ！　あぁぁ！」

口だけでも抵抗しようと試みるが、それも虚《むな》しく、アドヴァルドの攻勢に翻弄《ほんろう》されてしまう。突然、侵入していたペニスが引き抜かれる。脚を掴《つか》まれたかと思ったら今度は身体を反転させられ、リュートはベッドにうつ伏せになった。すぐさま腰を引き上げられ、再び楔《くさび》を打ち込まれた。

「あぁぁぁぁぁぁっ!!」

リュートは身体を反らせて悶《もだ》えた。アドヴァルドの興奮した息遣いが聞こえてくる。それと同時に、水分を含んだ肉のぶつかる音も部屋に響く。

その内壁をえぐり続ける先端がある部分を擦った瞬間、リュートは身体を戦慄《わなな》かせ「あひぃっ!?」と悲鳴と疑問が混じったような声を漏らした。

アドヴァルドは「ここか」とニタリと笑って、その部分への刺激を繰り返す。

「ひ、ひぃ、うぁ……何これ……そんなとこ押したら……あぁっ」

せり上がってくる快感に耐えられず涙とよだれでぐちゃぐちゃになった顔を、リュートは枕に押し付ける。すると、アドヴァルドが「声聞かせろ」と顎《あご》を引き上げた。紫と翡翠の視線が混じり合う。

アドヴァルドはリュートの中に雄を打ち付けながら激しい口付けをした。

「んむぅっ！　ん、んんんんっ！」

喘《あえ》ぎ声すらアドヴァルドに奪われる。その強奪犯はキスの合間の息継ぎに、リュートの蕩《とろ》けた顔を確認するように見ては、満足そうに笑い腰の律動を激しくした。

「あ、だ、だめだ。ひぁ、おれ、なに、これ、出る、いっちゃうよ……！」

「ああ、俺も……っ、こんなに早く持って行かれるなんて屈辱的だが……お前の中に出したいよ……っ」

そう言うと、腰を今までで一番激しく打ち付け始める。その勢いのまま熱い手が、リュートの立ち上がった肉棒も扱く。

「あぁぁっんっ！　いやだ……！　何で中に……っ！　俺、子どもは産めな……っ!!」

「そんなの分かってる。印を残すだけだ……！」

「ばっ、ばかやろ……ひぃ！　しねっ……この守銭奴……っ!!」

最後は罵《ののし》りながら絶頂を迎え、リュートは顔の横に垂れてきたアドヴァルドの後ろ髪をささやかな抵抗のように引っ張りながらシーツに吐精した。

その身体の震えで、アドヴァルドも搾り取られるようにリュートの体内に精を撒《ま》く。

「あっ……!!　熱……っ!!」

息を切らしながら、アドヴァルドはリュートの背中に自分の身体を密着させ、最後の一滴まで中に送り込むようにゆるゆると腰を動かした。

「これが俺の熱だ。覚えておけ」

リュートは、そんな低い声を聞きながら、ゆっくりと意識を手放した。

■ ■ ■

大理石の回廊を、カツカツと音を立て赤毛の男が渡って行く。月明かりの下で、サテン地のマントがきらめく。カーネリアンは憮然《ぶぜん》とした表情で髪をかき上げた。いつもは数人の側近を引き連れているが、今は一人だけが後を追ってくる。

王家のものではなく、一般貴族を装った馬車に乗り込むと、街外れの小ぢんまりとした館に乗り入れた。

「カーネリアン王子、お待ちしておりました」

馬車を降りたところで、太った白い服の壮年が出迎えた。胸元には神殿に仕える者の証である、天馬を彫り込んだ銀細工のペンダントを下げていた。

品のいい調度品が並ぶ応接間で、国内で貴族以上の階級しか飲めない発酵酒・レブ酒に口をつけながら、カーネリアンは白い服の壮年と向き合った。

「……なるほど、神殿への運営補助に苦言を呈している王族がいらっしゃるのですな」

白い服の壮年は、グラスを傾けて真紅のレブ酒の香りを楽しみながら、口の端を引き上げた。

「ああ、王は揺れているが、特にシトリンがな……」

そう答えて、カーネリアンはテーブルにグラスを置いた。昼間に行われた王族と宰相との御前会議を思い出す。

黄金色の髪を後ろに結い上げた第二王位継承者のシトリンが、持っていた羽根ペンで何かをチェックしながら、王にこう進言した。

「聖女不在の神殿は、いまや金食い虫。平民に詐欺まがいのことまでしているとか。運営補助を打ち切って廃止としてはどうでしょう。もっと国費を必要としている事業はたくさんあります。神殿に渡る額で干ばつ地域にいくつ農業用水路が作れることか」

王であるオブシディアン二世は、王族や宰相たちより一段高い場所に腰掛けて、口元の髭《ひげ》を触りながら「ふむ」と考え込んだ。カーネリアンは立ち上がる。

「お待ちください父上。聖女がいなくなって久しいとはいえ、いまだ平民からの信仰は厚く、今取り潰《つぶ》してしまうのは得策ではありません」

シトリンは横目でカーネリアンを一瞥《いちべつ》し、こう言った。

「随分庇《かば》うのね、お兄様。そんなに信心深かったかしら」

カーネリアンは「当然だ」と答えながら、シトリンを睨《にら》み返した。カーネリアンはこの聡明《そうめい》で人を喰《く》ったような態度の妹が、昔から嫌いだった。

国内の聖女信仰は、聖女が失踪《しっそう》して二十年が経過した今でも残っているのは確かだ。神殿の掟《おきて》では、聖女の死が確認されなければ後継を選ぶことができない。失踪した聖女の生死が分からない今、どうすることもできないのが現状だ。

「だったら失踪した聖女の死を認定して、早く後継を選出したらいいのよ」

シトリンの言い分ももっともだが、王も神殿もそれに二の足を踏んでいた。ラピスバルドの歴史上、最大の飢饉《ききん》が起きたのが百五十年ほど前。その原因が、他国との戦争に異を唱えた聖女を王が追放し、別の聖女にすげ替えて神の怒りを買ったからだ、と伝えられているからだった。それ以降、王の意思に関わらず、聖女には必ず寿命を全うさせてから、後継を選定しなければならないという掟がより厳格になったのだった。

カーネリアンはこう続ける。

「失踪している聖女が亡くなっていれば、新たな聖女の神託が降りると神殿は言っています。なので、おそらくどこかで聖女は生きているかと。今新たな聖女を国が勝手に選んでは、どんな厄災が起きるか……」

その脅すような言い方に呆《あき》れて、シトリンは大げさにため息をついた。

「シトリン様は現実主義者ですからな。信仰も薄い。あのお方が王位を継ぐとなったら、もう神殿の維持は叶《かな》いますまい」

眉根を寄せて、白い服の壮年は呻《うめ》いた。

「案ずるな。我が国が女も王位を継承できるとは言え、前例はない。よほどのことがない限り第一王位継承者の私が次の王になる。私が玉座につけば神殿も安泰だ。聖女信仰は国民の反乱も抑えられて都合がよいのだ。むしろ邪魔なのはシトリンより……」

そう言って、カーネリアンは言葉を詰まらせ、何かを思案していた。

「シトリン様より？」

カーネリアンの頭に浮かんだのは、第三王位継承者のことだった。

「いや、何でもない。ルスホルスよ、ひとつ頼みがあるのだが」

ルスホルスと呼ばれた白い服の神官長は、慇懃《いんぎん》に頭を下げ、口の端を引き上げた。

「神殿をお守りいただけるカーネリアン様のためなら、何でも」

カーネリアンの後ろでは、側近の一人がうつむいてサテン地のマントを抱えていた。

■■■

窓から柔らかな日差しがベッドに差し込む。

「ん……」

リュートはその眩《まぶ》しさと、身体にのしかかる重みで目を覚ました。首筋に温かい寝息がかかり、規則正しい呼吸音が聞こえてくる。

「ん？」

後ろを振り向くと、濡れ烏のような青みがかった黒髪が視界に飛び込んできた。アドヴァルドだ。長い手足をリュートの身体に巻きつけて、気持ちよさそうに寝息を立てている。裸の上半身には逞《たくま》しい筋肉が浮かび上がっていた。

リュートは昨夜のことを思い出し、自分の身体を見る。汗と精液と涙でぐちゃぐちゃだった身体はさっぱりしていて、寝間着も着ていた。どうやら、アドヴァルドがしてくれたようだった。

ずきっ、と腰に痛みが走る。後孔はいまだ異物感が残っていた。

『魔石も、お前も、俺のものだ』

怒りと欲望を叩《たた》きつけるように身体を開かれたことをまざまざと思い出し、リュートは身体を震わせた。それに気付いてアドヴァルドが目を覚ます。

「ん、起きたのか。身体、大丈夫か」

昨夜の恐ろしい男はどこかに消え、まるで恋人に声をかけるように優しげにアドヴァルドは囁《ささや》いた。

「大丈夫じゃない。原因はお前だろうが！」

リュートは身体を反転させて、アドヴァルドに殴りかかった。「おっと怖いねえ」とその拳《こぶし》をやすやすと受け止め、アドヴァルドはまだ少し眠そうな顔で笑った。

「うるせえ、お前なんか大嫌いだ！」

「はいはい」

アドヴァルドは吠《ほ》えるリュートを引き寄せて、灰茶色の髪に鼻先を埋《うず》めた。

「なにすんだ放せ！　死ね強姦魔《ごうかんま》！　俺のケツの純情を返せ！」

リュートは意味不明な言動とともに、怒りに任せてぼかぼかとアドヴァルドの腹や背中を殴るがびくともしない。腹が立って思い切り鎖骨に噛《か》み付いた。

「いってぇ！　……てめえ……まだ泣かされ足りないみたいだな……？」

アドヴァルドの目が据わる。リュートが身を引いた時にはすでに遅く、両手を封じられて、再び組み敷かれた。

「さて、新婚よろしく朝の運動でもしようか」

ニタリと笑って翡翠《ひすい》色の瞳《ひとみ》を細めた。

そこから一時間、アドヴァルドの部屋からは、リュートの「ごめんなさいごめんなさい」という泣き声混じりの謝罪が響いていた。


レモンイエローの小さな石が十一粒、騎士団内にある魔導士用研究所の作業台に並べられていた。

「こんなにたくさん……どうやって泣かしたのやら」

呆れた顔でバニスがアドヴァルドを見ると、「いい飛び道具があってな」と爽《さわ》やかに片目を閉じた。

「そもそもお前、昨日リュート泣かしただろ」

アドヴァルドが咎《とが》めると、バニスはふふっと笑うだけで何も答えなかった。

「次は許さないからな」

翡翠色の瞳がぎらりと光る。付き合いの長いバニスは「はいはい」とあしらいながら、魔石を一粒握って目を閉じた。耳鳴りのような音がする。バニスは不思議そうに、もう一度魔石を眺めた。

「何でしょうね、耳鳴りがするんですが……音に関係があるんでしょうか」

そう言うと、古い魔導書を書棚から取り出した。音波系の呪文はほとんど使われていないものの、確立はされている。昔は、不快な音を出して猛獣を追い払ったり、大きな音を作戦実行の合図にしたりしていたと、バニスは学んだことがある。

魔導書の通りに音波系の呪文を唱えると、手のひらの上に置かれた石は弱い光を灯した。

「……音、鳴りませんね。反応したということは、呪文は合っているんでしょうが……」

「泣かせ方、間違えたかな」

アドヴァルドはぽりぽりと頬を指で掻《か》く。バニスは一瞥して「想像したくありませんね」と呟《つぶや》いた。

それと同時に石が光を失う。二人は首をかしげた。

「不良品か？」

「いえ、確かに発動しているんですが……」

バニスはもう一度同じ呪文を唱えてみる。すると、魔石は強い光を放った。そして――。

『……音、鳴りませんね。反応したということは呪文は合っているんでしょうが……』

『泣かせ方、間違えたかな』

『想像したくありませんね』

石から、男の話し声が聞こえてくる。アドヴァルドとバニスは目を見合わせた。

「音の記録……！　まさかこんな魔石が存在するなんて……」

目を丸くして魔石を眺めるバニスに、アドヴァルドは少しつまらなそうに言った。

「珍しいかもしれないが地味だな。戦では役に立たない」

バニスは「そんなことないですよ」と石を手のひらで転がす。

「諜報《ちょうほう》活動には役立つかもしれません」

アドヴァルドは、ほう、と感心した声を上げる。そして「さすが悪巧み担当」とからかった。

日が暮れるとアドヴァルドは、バニスを連れてダブリスの酒場に向かった。いつもの迎えと一緒に、バニスにリュートへ謝罪をさせようと考えたのだ。バニスは嫌がったが「副団長命令」と言われ、憮然とした表情でしかたなく同行した。しかし——。

「リュート？　さっき帰るって裏口から出て行ったぞ」

ダブリスの言葉で、アドヴァルドはすぐに分かった。昨夜と今朝の情事に耐えきれず、逃げ出したのだ。


リュートは細い石畳の路地を、息を切らしながら走った。

「冗談じゃない、もう絶対アドヴァルドのところには帰らねえ！」

許せないことはたくさんある。無理矢理身体を開かれたこと、所有物扱いされたこと。しかし何よりゝ、そのセックスという初めての行為が愛の介在しないものだったことに耐えられなかった。リュートはユーリアに恋していたころに、夢見ていたのだ。愛を囁きながら、小鳥のように唇をついばみ、床を共にする恋人同士の睦《むつ》み合いを。しかし実際は、獣に噛み付かれたかのような口付けに、熱を体内にねじ込むような激しい挿入――。そんなアドヴァルドの責めに、女のように嬌声《きょうせい》を上げた自分も情けなかった。

本を読んでくれていたときの、優しげなアドヴァルドの表情が脳裏に浮かぶ。

「ちょっといいヤツだと思った俺がバカだった……あんなヤツ、大嫌いだ！」

リュートは街はずれにある教会を目指した。教会にある懺悔《ざんげ》の間は二十四時間市民に開放されているため、そこで一晩過ごそうと考えたのだ。

あと数分走れば教会、というところで、目の前に二つの人影が現れた。一つは大男、もう一つは魔導士のローブ姿。

「アドヴァルド……バニスさんまで……」

リュートは荒い息そのままに、二人の名を呼んだ。

「急いでどこに行くんだ？」

アドヴァルドが不敵に笑いながら歩み寄ると、リュートは「近寄るな！」と叫んだ。

「俺はもうあの部屋には帰らねえ！　だって……あんな……!!」

その言葉と真っ赤になった顔に、これまでリュートがどうやって泣かされてきたのかをバニスが察する。そして軽蔑《けいべつ》の視線をアドヴァルドに送った。

「それはお前がバニスなんかに泣かされるからだろ」

アドヴァルドの言い訳に「『バニスなんか』とは失礼な」とバニスが静かに抗議した。

「理由はどうでもいい！　だって、あんなこと……あんなことっ……」

リュートは真っ赤な顔で目をぎゅっと瞑《つぶ》って、こう言った。

「好き同士がすることなんだぞ！」

ぶほっ、とバニスが手で口元を押さえながら吹き出した。アドヴァルドもぽかんと口を開けている。

「いや、想像以上の純情さですね……こっちが恥ずかしくなってきました」

バニスは口元をハンカチで拭《ふ》きながら顔を赤らめた。アドヴァルドは少し考えたあと、リュートにこう言った。

「好き同士ならいいんだな？」

「……へ？　あ、ああ」

質問の意味が理解できないまま頷《うなず》くリュート。すると、アドヴァルドがリュートに近寄って、見下ろしながら顎《あご》を持ち上げた。

「なら、さっさと俺を好きになれ」

リュートに向けられたその笑顔は、傲慢《ごうまん》で挑発的で、そして何やら楽しげだった。

「ふざけんな！」

リュートが抗議したその時だった、アドヴァルドが急に笑みを消し、リュートの腰を引き寄せた。

「なっ！」

「黙ってろ」

アドヴァルドの低く真剣な声が響く。バニスも表情を消して指輪に手を添えた。気付けば周囲に人影が蠢《うごめ》いている。しかも一人ではなく、十人以上いる。足音も息遣いも聞こえなかった。どれも黒い服に覆面姿で、教会に懺悔に来た一般市民には到底見えない。

人影の群れから、男の声が聞こえて来た。

「……お命頂戴《ちょうだい》する」

アドヴァルドは鼻で笑った。

「いくら出す？　俺の命は高くつくぞ」

キラリと何かが月光を反射した。おそらく敵が刃物を取り出したのだとリュートは思った。その瞬間、アドヴァルドはリュートをバニスに向かって突き飛ばした。

「こいつを頼む！」

そう言って、背中の大刀を抜いて構える。

「かかってこい！　一人ずつ！」

決め台詞のカッコ悪さに、リュートは緊張感を失いかけた。

バニスは瞬時にリュートの腰を引き寄せ、何かの呪文を呟いた。するとふわりと身体が浮き教会の屋根に飛び乗った。

「え、ええ?」

驚いているリュートに、バニスは「風の魔法ですよ」と解説する。

「でもアドヴァルドがまだ下に……!」

そんなリュートの懸念にバニスは答えた。

「心配無用ですよ。なぜ彼が仕事をサボっているのに騎士団をクビにならないか、知っていますか?」

「知ってるよ、強いんだろ? でも相手が多すぎる」

バニスは首を振る。そして大刀を振り回し、水を得た魚のように生き生きした表情を浮かべているアドヴァルドを眺めて、こう言った。

「異常に、強いんです」

アドヴァルドの大刀が一閃《いっせん》すると、ぎゃぁ、という悲鳴があちこちで上がった。数人を切ったが、まだ残党がうようよしている。アドヴァルドは「しょうがねえなあ」と大刀の柄《つか》に片手を当てて、何かを呟いた。そして大刀を横に一振りすると、剣から炎が走り十人ほどをまとめてなぎ倒した。

「今更謝っても許さないぞ! とりあえず金目のものを出せ!」

そんな強盗まがいの台詞を吐きながら。

リュートは驚愕《きょうがく》して、しばらく声が出なかった。

「い、今のは……」

「魔法ですね、火炎の」とバニスが飄々《ひょうひょう》と答える。リュートは頭に疑問符しか浮かばなかった。騎士団には剣術を使う騎士と、魔法で戦う魔導士がいる、と先日バニスから説明を受けていた。騎士のアドヴァルドがなぜ魔法を使っているのか――。

「それが強い理由の一つです。アドヴァルドはギュールズでの修業で、魔法と剣術を組み合わせた戦い方を編み出しました。そんなことができるのは大陸で彼だけ。魔法を発動できるようになるために十年近い修業が必要な魔導士もいる中で、彼は三年で習得したんですよ」

アドヴァルドが素早く敵を切り倒していく。魔法が発動された大刀は炎でさらに刃渡りを伸ばし、一振りで何人もなぎ倒す。そんな様子を見ながら、バニスは「もう一、二分で片がつくでしょう」と余裕の笑みを浮かべた。

「バニス！　後ろだ！」

突然、アドヴァルドが叫んだ。二人が後ろを振り向くと五人ほどの黒服の男がにじり寄ってくる。

「お前がリュートだな……死んでもらう」と呟きながら。

バニスはリュートを抱き寄せて、飛びかかってきた男たちに手を向けて呪文を呟いた。

ズドォォォン、という轟音《ごうおん》とともに、男たちに雷撃が落ちた。

「……うわ、怖ぇ……」

バニスはリュートに視線を向けて「あなたが私にプレゼントしてくれた魔石ですよ」と笑った。アドヴァルドの強さを語っていたバニスだが、その本人も魔導士を輩出するギュールズで、トップクラスの実力の持ち主なのだ。そして、からかうようにリュートに言った。

「私の魔法は美しくて効率的だろう？　あんな野蛮な男より私にしておいたらどうだ。お前が下賤《げせん》の民とはいえ、もっと上手く泣かせてやるぞ」

穏やかな口調が一変し、赤い瞳《ひとみ》がリュートを見つめた。リュートは一瞬の間に色んなことが起こりすぎて脳が機能を停止している。

「そこ！　いい雰囲気作るな、肩を抱くな！」

アドヴァルドが最後の一人を切り倒して、教会の屋根に向かって叫んだ。


襲ってきた男たちは何だったのか、リュートたちはアドヴァルドの部屋に戻りながら考え込んでいた。倒された男たちは大怪我《おおけが》をしているものの全員息があり、後の始末は駆けつけた街の憲兵に任せた。

「てっきりまたアドヴァルドを狙っていたのかと思いましたが……標的はリュートでしたね」

バニスは黒服の男たちが、リュートの名を呼んでいたことをアドヴァルドに告げた。

「いや、俺もしっかり狙われていたと思うんだが……」

アドヴァルドが顎に手を当てて呻《うめ》く。

「また……って、前もこんなことがあったのか？」

リュートは不安そうに見上げる。アドヴァルドが頷くと、勝手に納得した。

「やっぱり金にうるさいヤツは恨みを買うんだな……」

「もう少し心配してもいいと思うぞ」

そんなやりとりを、バニスは呆《あき》れた顔で見守っていた。

リュートは両親のことが心配になり、ダブリスの店へと向かった。酒場はもう閉店直前で最後の客が帰っていくところだった。両親の無事に胸を撫《な》で下ろすリュート。黒ずくめの男たちに襲われたことを打ち明けると、母親のラミアが持っていたグラスを床に落として割ってしまった。顔色は真っ青だ。

「とうとう……見つかってしまったのね……」

ダブリスも深刻な表情を浮かべ、腕を組んで目を閉じている。

「か、母ちゃん……？　父ちゃん……？」

リュートは訳が分からず、両親に呼びかける。アドヴァルドも「どういうことだ」と説明を求めた。

しばらくの沈黙ののち、ダブリスが重い口を開いた。

「リュート、落ち着いて聞いておくれ。お前は、俺たちとは血がつながっていない」

目の前が暗転する。言葉は聞き取れていても、心がそれを拒絶する。リュートはうすうす気付いていたのだ。両親とは違う白い肌、紫色の瞳……。物心ついたときから両親がそばにいたし、その可愛がり方は本当の子どもにするそれだったと確信しているが、ずっと目を背け続けていた現実を突きつけられた瞬間の衝撃は大きかった。

「あ……はは……やっぱりな。俺、父ちゃんにも母ちゃんにも……似てねえもんな……」

身体を震わせるリュートを、ラミアが抱きしめた。

「血はつながってなくても、あんたはあたしたちの大事な子どもよ！　それだけは分かっておくれ」

「母ちゃん……」

そんなやりとりを見守っていたアドヴァルドが、静かに口を開いた。

「それとリュートが襲われたことが関係あるのか？」

ダブリスが頷いてこう答える。

「おそらく、襲ったのは神殿からの刺客だろう」

バニスが眉《まゆ》をひそめて「神殿……？」と呻く。ダブリスはアドヴァルドの腕を掴《つか》んで、懇願した。

「頼む、アドヴァルド。リュートを守ってくれ！　この子は……この子は聖女様の忘れ形見なんだ！」

アドヴァルドとバニスは絶句した。そして、もちろん当人であるリュートも。


リュートの出生に驚愕しながらも、最初に我に返ったのはバニスだった。

「リュートが聖女様の子……二十年前の失踪《しっそう》と関係があるのですね？」

ラミアが頷いて「私たち夫婦は神殿に仕えるコックと、聖女様お付きの侍女だったのよ」と打ち明ける。

聖女は日々、身を清めて国の平安のために神に祈りを捧《ささ》げていた。しかし、あるとき、聖女が子を宿していることに侍女のラミアが気付く。隠し通そうとしたが、日に日に大きくなる腹部に神官たちが気付いたという。

「そして神の怒りを買わないようにと、聖女様を殺そうとした」

ダブリスの言葉に、アドヴァルドは眉根《まゆね》を寄せた。

ダブリスとラミアは身重の聖女を守るため、神殿から連れ出して逃げた。山奥の農家に盗賊に追われているふりをして匿《かくま》ってもらい、納屋で数ヶ月を過ごしたという。

「藁《わら》でベッドを作ってなんとか過ごせるようにした。その藁のベッドで、聖女様は出産した。聖女様と同じ紫色の瞳の、丸々とした男の子……リュート、お前だ」

リュートの首が据わり始めたころ、神殿からの追っ手がやってきた。全員が捕まって、神殿の馬車に乗せられる。すると、不思議なことに馬車が突然止まった。

「道の細い山道を下りていたところで、馬が急に走らなくなったんだ」

馬が疲れているのだろうと一旦《いったん》休憩させることになり、神殿の追っ手が一人先に降りて、聖女たちにも馬車を降りるよう命じた。捕まった四人が降りたところで、馬車に他の追っ手と御者を乗せたまま、馬が突然走り出し姿を消してしまう。

聖女がとっさに、取り残された追っ手の男にしがみつき、叫んだ。

「逃げて!!」

ダブリスとリュートを抱いたラミアは聖女だけを見殺しにできないと首を振る。追っ手の男に頭や身体を剣の柄で殴られながら、聖女は二人に向けて穏やかに微笑んだ。

「その子をお願いします。リュート、強く生きて」

そう言い終わらないうちに、聖女は地面を強く蹴《け》り、追っ手とともに細い山道から崖《がけ》に向かって落ちていった。高い崖の下には流れの激しい川。二人の姿は濁流にあっという間に飲み込まれて行った。

取り残されたダブリスとリュートを抱いたラミアはしばらくその場に立ち尽くしたが、通りかかった隊商に拾われ、一般市民のふりをして城下町へと入ったという。


「……そして、お前を我が子として育てることにしたんだ」

まだ声を出せないリュートは、喉《のど》をごくりと鳴らした。アドヴァルドが呻く。

「まさか、聖女の失踪の真相がここで明らかになるとは……。しかし、芯《しん》の強い彼女らしい最期だったんだな」

リュートは声をやっと絞り出して尋ねた。

「……アドヴァルド、会ったことあるのか……?」

アドヴァルドは切なそうにリュートに笑いかけながら頷《うなず》いた。

「ああ、子どものころにな。一見儚《はかな》げだが芯の強そうな女性だった。紫色の瞳が宝石のアメジストみたいだったぞ、これと同じ」

そう言って、リュートの下まぶたを親指でなぞった。

「おそらく神殿の連中は、ずっとリュートを捜していたんだろう。聖女が出産した証拠を消すために」

　ダブリスはそう言って、肩を震わせて泣いているラミアの背中に手を回した。

「父親は誰なのですか」とバニスが尋ねるが、ダブリスは首を振った。聖女は最後まで父親を誰にも明かさなかったのだ。

「聖女は『神に嫁ぐ者』。居住棟も厳戒な警備体制が敷かれていて、男が簡単に出入りできる環境じゃないから、みんな彼女の妊娠を不思議がっていたんだ……。ただリュートを出産した後、毎晩眠りにつく前に祈っていた。『あの人が帰ってきますように、親子三人で暮らせますように』と。多分それがリュートの父親のことだろう」

　ラミアはダブリスに支えられながら、アドヴァルドを見上げた。

「リュートの恋人ならもう知っているでしょうけど、その子の涙は……」

「ああ、石化のことか？」

「とても綺麗《きれい》な色の石になるでしょう？　それが周囲に知られてしまったら神殿にも情報が届くかもしれないと思って、隠そう隠そうと必死だったのよ。聖女様の力が遺伝したのかしら……」

　ラミアの言葉に、アドヴァルドは首をかしげる。

「しかし、聖女に異能があったなんて聞いたことがないが……」

　ラミアはペンダントとして首に下げた透明の石を見せた。

「これだけは色も内包物もないの。リュートが産声と一緒に流した涙。二粒あったから聖女様が一つをペンダントにして私にくださったのよ」

バニスが興味津々に顔を寄せる。そしてこう尋ねた。

「お二人は、リュートの涙が石化したものが魔石《ジェム》だとはご存知ないのですか？」

それを聞いた夫婦は一瞬時が止まったように身体を硬直させ、驚愕の声を上げた。

「ええっ!?　魔石!?」

アドヴァルドはやはり、という顔をして、幼いころにリュートが流した涙の石をどうしたのか聞いてみた。すると、ラミアが店の入り口を指差す。騎士団の二人が振り返ると、そこには数匹の観賞魚が泳ぐ水槽があった。その下に敷き詰められた色とりどりの石――。

バニスはその場に卒倒しそうになり、アドヴァルドは身体を震わせて笑った。

「斬新な活用法だな！」

そんなやりとりを、リュートは遠くに感じながら眺めていた。

■　■　■

アドヴァルドの部屋に二人で戻る。バニスは水槽に沈んでいた様々な色の魔石を袋に入れ、ご機嫌な様子で帰って行った。研究者魂がうずくのか、そのまま騎士団の研究所に行くらしい。

アドヴァルドは団服を脱ぎながら、終始無言のリュートをちらりと見た。ベッドに座ってうつむいているのだが、その視線はどこか遠くを見ているようだった。

「……ショックだったか」

隣に腰掛け、アドヴァルドはリュートに低い声で囁《ささや》いた。頷くリュートの肩に手を回す。すると、その肩が小刻みに震えだした。

「俺、どうしたらいいか分かんねーよ」

「なぜだ？」

リュートはかっとなってアドヴァルドを睨《にら》み付けた。

「だって、突然殺されそうになって、親に血がつながってないって言われて、しかも聖女の子どもだって？　俺生まれちゃいけなかったってことだろ!?　聖女が国にいないのも、聖女が……生みの母ちゃんが死んだのも俺のせいってことだろ!?」

真剣にまくし立てるリュートの鼻を、アドヴァルドは中指で弾いて笑った。

「そう背負い込むな」

「だって……」

アドヴァルドの大きな手が、リュートの肩を掴んだ。翡翠《ひすい》色の双眸《そうぼう》が真剣な光を孕《はら》んでいる。

「生まれてはならない子としてダブリスたちに育てられていれば、今ごろそんなにまっすぐな人間になっていない。自信を持て、お前はお前だ」

リュートの紫色の瞳《ひとみ》から、ぼたぼたと大粒の涙がこぼれ出す。膝《ひざ》に落ちるころには、いくつもの石になっていた。アドヴァルドはその魔石に目もくれず、リュートのまなじりを指で拭《ぬぐ》う。

「聖女は最期にお前に何と言葉を残した？　男なら泣くな」

リュートはその台詞に、先ほど聞いた母の最期の言葉を思い出した。

ぎゅっと目を瞑《つぶ》って、唇を噛《か》んだ。しばらくして涙が止まると、へへっと笑ってアドヴァルドを見上げた。

『強く生きて』

「いつも泣けって言ってんのに、変なヤツ」

アドヴァルドは一瞬目を丸くしたあと、笑みを取り戻したリュートの額にキスを落とした。

「今日だけな」

そう言って逞《たくま》しい腕で抱きしめた。規則正しい心拍とぬくもりが伝わってくる。リュートはその背中に手を回し、厚い胸に頬を預けた。「俺だって、今日だけだ」と強がりながら。

【第二章】狙う者と守る者

「や……っ、なんっ……で、そこばっか……っ……」

ベッドに裸で膝立ちし、後ろで両手を縛られたリュートは、顔を真っ赤にして抗議した。アドヴァルドが、もうずっとリュートの胸の突起だけを弄《もてあそ》んでいるからだ。リュートの中心はすでにいきり立っていて、透明なよだれをだらしなく垂らしていた。

「何でって、お前を泣かせるためだろ」

アドヴァルドは指で片方の乳首を揉《も》み潰《つぶ》しながら、もう片方は舌でねぶり回していた。

リュートの出生の秘密が明らかになってから一週間が過ぎた。神殿が聖女の産み落としたリュートを屠《ほふ》ろうとしていると分かり、意を決した家出もむなしく、騎士団最強と言われるアドヴァルドに守ってもらわなければならなくなった。リュートの育ての親であるダブリスとラミアも「頼れるのは恋人のアドヴァルドしかいない」と拝むほどの妄信ぶりだ。秘密を握られただけでなく、こうして通称「守銭奴騎士」への依存度を高めてしまった結果、リュートは毎晩のようにアドヴァルドの部屋で「泣かせて魔石《ジエム》を手に入れる」という大義名分でいやらしい行為を強いられていた。

アドヴァルドの人差し指と親指が、リュートの薄い桃色をした乳首を揉みしだく。時折強くつねられ、その痛みがなぜか股間《こかん》に血を集めていった。

「あっ、あ、あっ……もう嫌だ……んっ」

「イヤイヤ言ってるのが、余計興奮させるって分かってないんだな」

胸元から見上げてくるアドヴァルドの瞳に欲望がたぎっている。舌を這《は》わせたほうの乳首が噛まれて、そのまま引っ張られた。

「あひぃっっ！　痛いっ痛いいっ！」

その言葉とは裏腹に反り返ってしまうリュートの雄を見て、アドヴァルドは口の端を引き上げた。リュートの目尻《めじり》からはすでに生理的な涙がこぼれている。アドヴァルドは、目的のものではないはずなのに、顔を綻《ほころ》ばせてそれをべろりと舐《な》め取った。

「あ、あ……アドヴァルド、もう俺……ちんちん爆発しそう……っ」

アドヴァルドは「見たら分かる」とそっけない。触って欲しいところはずっと放置され、弄《いじ》られすぎて赤く腫《は》れ上《あ》がっている胸の突起を、いまだ執拗《しつよう》に責め立てていた。両手が不自由なリュートを、自分に背を向けさせるように膝に置く。後ろから手を回して、再び乳首の蹂躙《じゅうりん》が始まった。

「あっ、やだって！　もう……なんで、胸ばっかり……！　あ、あ、ああっ、ひぃっ……！」

口の端からよだれがこぼれ始め、舌がだらしなく垂れた。リュートの臀部《でんぶ》にはアドヴァルドの硬くなった肉棒が当たっていて、性的にたかぶっているのは自分だけではないと少しの安堵《あんど》を覚えていた。

「いきたい、いきたいよ……っ、アドヴァルドぉ……お願いぃ……っ！」

上半身を後ろにひねってアドヴァルドを見つめる。紫色の瞳が涙で潤んでいた。

「っ……」

臀部に当たっていたアドヴァルドの勃起《ぼっき》が、びくりと動き質量を増したのが分かった。リュートは無意識に腰を揺らし、尻《しり》の肉をアドヴァルドの猛《たけ》りに擦《こす》り付けた。

「……お前は、どこでそんないやらしいこと覚えたんだ……っ！」

リュートの乳首から手を放さないまま、アドヴァルドは眉根《まゆね》を寄せて切なげな表情を浮かべた。それは優れた雄の色香を孕《はら》んでいた。

「ああ、我慢大会だな……」

苦しげに呻《うめ》きながら、リュートのうなじに乱暴に歯を立てた。

「ひぃっ！　痛いっ!!」

「ほら、いけ。今日はここだけでいってもらうからな」

そう言って摩擦で赤く熟れた乳首を、さらに強く扱《しご》き始める。リュートは痛みと痺《しび》れと、少しずつ積み上がる快感に、身体《からだ》を反らせて戦慄《わなな》いた。

「ああっ、や、やだ……っ、なっ、これ……ひぃんっ！　あぁ、あぁぁ、あ、あ、あ、あ」

ぞくぞくと押し寄せてくる快楽。ここで少しでもペニスに触れてくれれば絶頂を迎えられるのに、とリュートは思った。アドヴァルドはそれを無視するかのように、リュートの顔だけを自分に向かせ、キスと呼べないほどの荒っぽい口付けをしながら、両方の乳首を強く抓《つね》って引っ張った。乳首が胸から離れそうなほどに。

「ひぁっ！　んぁあああああああっ‼」

目の前が真っ白に染まり、脳内で何かが弾《はじ》ける音がした。アドヴァルドの舌に口内を犯されながら、一切触れていない肉棒から白い体液がびゅくびゅくと勢いよく飛び出す。それは放物線を描いてシーツを汚した。

身体がまだ小刻みに震えているリュートは、自分に何が起きたか理解できなかった。すると、アドヴァルドがリュートの口を解放し、後ろから耳元に囁《ささや》いた。

「胸を弄られただけでいったな。女みたいにビクビクと身体を痙攣《けいれん》させて。男なのに恥ずかしいなあ？　知ってるか、乳首は弄るほど赤く熟れた果実みたいに膨れるんだぞ？　リュートもすぐそうなるだろうなあ、もう人前で服脱げなくなるなあかわいそうに」

達したあとのペニスの先に、アドヴァルドが指を這わせながら、しつこくリュートの羞恥《しゅうち》と屈辱を煽《あお》る。

「ち……乳首が膨れ……っ？」

リュートの脳内に、悔しさと屈辱と、そして自分の身体がどうなってしまうか分からない不安が一気に押し寄せた。みるみる紫色の瞳《ひとみ》に涙が溜《た》まっていく。

「ひっ……ひぃ……っ……うぇ……い、嫌だぁ……！」

情けない声を上げながら嗚咽《おえつ》を漏らす。ぎゅっと目を瞑ると大粒の涙が落ちた。当然それは水分から形を変え、シーツに散るころには石化していた。

アドヴァルドは紫黄の不思議な色をしたその魔石を拾って、ベッドサイドの小机に置くと、ニタリと笑ってリュートの腰を掴《つか》んだ。

「さて仕事は終わりだ。今日もいい夜にしような。俺、明日休みなんだ」

悪魔のような笑みをたたえながら、猛った雄をリュートの肉肛にあてがう。

「え？　……あっ！　うあああああっ!!」

リュートは再び、石化しない涙を浮かべ、一晩中啼《な》かされ続けた。


小雨に降られた宮殿の、東側に位置するカーネリアンの執務室では、部屋の主《あるじ》が何度も脚を組み替えながら、神官長の使いからの報告を聞いていた。

「つまり、失敗したと？」

結論を急ぐように低い声で尋ねると、使いの男は「申し訳ありません」と頭を下げた。

カーネリアンの政務机に置かれたティーカップが宙を舞い、壁にぶつかって砕け散る。側近の一人が落ち着いた様子で片付け始めた。カーネリアンが苛立《いらだ》ちまぎれに物に当たるのは、そう珍しいことではない。普段は侍女に片付けさせるが、今は学者との意見交換の体で神官長の使いを部屋に入れているため呼べないのだ。

「役立たずめ！」

神官長の使いは、頭を上げないまま小さな声でこう言った。

「ですが、収穫がひとつ」

カーネリアンに近寄り、男は耳打ちをした。その瞬間、カーネリアンの目が大きく開く。

「聖女の……子……？」

ティーカップを片付けていた側近の手も止まる。使いの男は静かに頷《うなず》き、これまで語っていなかった経緯を報告した。

聖女が身ごもって逃げ出し、それを神殿が隠していたこと、聖女は転落死したが、子どもはどこかで生きていること。そして、今回の襲撃でやっと見つけ出せたこと――。

「後継の神託が降りないのは、聖女の血を受け継いだ者が存在するからではないかとみております。始末すれば新たな聖女の神託が降り、神殿の威厳も回復できましょう。よりカーネリアン様の王位継承のお力になれるかと」

カーネリアンは口の端を引き上げ、再び脚を組み替えた。

「面白い。始末するのはよいが、一度生きているうちに私に見せろ。聖女の血を引いた者がどんな人間か見てみたい」

使いの男は深く頷き「捕らえましたら、神殿にお招きしましょう」と答えて、部屋を出て行った。

カーネリアンは側近に酒を持ってくるよう命じ、立ち上がって雨の降る窓の外を見た。

「いいカードが手に入りそうだ」

ガラスに映ったその整った顔には、不敵な笑みが浮かんでいた。

宮殿の西側に位置する別棟は、王女シトリンの居住区になっていた。

「どうぞ掛けて、ミシュリュー」

テーブルを挟んだ向かいの長椅子に白い手を伸ばし、扉の前に背筋を伸ばして立つ男に声をかけた。

「シトリン様、今はバニスとお呼びください」

そう微笑《ほほえ》みながらプラチナ色の髪をなびかせ、騎士団のローブを羽織った魔導士が椅子に歩み寄った。シトリンは「そうだったわね」とくすくすと笑った。

「ラピスバルドに来て三年過ぎましたからね、こちらの名のほうが違和感がありませんよ」

「足止めした形になって申し訳ないわね……」

侍女が注《つ》いだハーブティーを一口流し込んでから、シトリンはふう、とため息をついた。

「なかなか尻尾《しっぽ》を出さないのよ、あのキツネ男」

「カーネリアン様ですか」

シトリンは頷く。カーネリアンと神殿は癒着がひどいとは知っていたが、その決定的な証拠が掴めずにいた。バニスもハーブティーに口を付けながら、さらりとこう言った。

「こちらとしてはカーネリアンの悪事に興味はないのです。あなたか、あなたの弟が王位を継承することさえはっきりすれば」

こちら、とは大陸の三大国の一つ、ギュールズ共和国のことだ。バニスことミシュリューは、派遣された魔導士に紛れてラピスバルドに入国した、ギュールズの中枢の人間だった。

「心苦しいわ。次期宰相と言われているあなたに、何年も国を留守にさせているんですもの。そのためにも早くカーネリアンの悪事を暴露して失脚させなければ。あの人だけは玉座に就かせてはならない」

バニスに本国から課せられた使命は、カーネリアンに王位を継承させないことだった。ギュールズとラピスバルドは共和制と君主制という違いはあるものの、魔導士派遣と魔石の輸出で持ちつ持たれつの関係にある。両国の間にある強大で好戦的なドュゴ帝国を牽制《けんせい》するためにも、その友好関係を維持する必要があるのだ。

しかし、金の好きなカーネリアンはギュールズのみに輸出を許している魔石を、他国にも高値で輸出し財政を潤すべきだと声高に叫んでいる。それが実現してしまえば、ギュールズとの友好関係は薄れ、ドュゴ帝国にも大量の魔石が渡ることになり、魔石と魔導士という戦力でなんとか保っていた均衡が崩れかねない。そのため危機感を持ったギュールズが、宰相候補になるほどの頭脳の持ち主でもあり、魔導士としてもトップの実力を持つミシュリューを、シトリン側のサポート役として送り込んだのだった。

はあ、とシトリンは長い睫毛《まつげ》を震わせてため息をついた。

「頭が痛いわ、せめてジェダイトが手伝ってくれたら……」

シトリンの口から第三王位継承者の名前が漏れる。バニスはくすりと笑って、こう告げ口した。

「病に臥《ふ》せって外出できないと国民に思わせ、家出真っ最中のあなたの弟君ですが、いまだ二億ルーブ稼ぐとあがいていますよ。しかも、最近は面白いおもちゃの青年を見つけてご執心」

それを聞いてズキズキと疼《うず》くこめかみを、シトリンは押さえた。

「兄と弟は出来損ない。シトリン様がラピスバルド最後の良心ですね」

バニスは王族に向けたとは思えない言葉を並べ、にっこりと笑った。

■■■

ドカドカドカと靴音が次第に激しくなる。

「この愚弟が!!」

怒鳴り声とともに、アドヴァルドの部屋の扉が勢いよくブーツに蹴《け》り破られた。犯人は、町娘の姿に扮《ふん》したシトリンだった。長い黄金色の髪をきっちりとまとめ、質素な布の三角巾《さんかくきん》で包んでいる。柄のないワンピースの上から着用したエプロンも使い古された物で、その扮装《ふんそう》ぶりは完璧《かんぺき》だった。その後ろから「お行儀が悪いですよ」とバニスがたしなめている。

「おう」

ちょうど着替えをしていたアドヴァルドは、振り向きながら微笑んだ。

シトリンが変装して訪ねてくるのは、これが初めてではないので驚きもしていない。先ほどまで一緒に昼食をとっていたリュートは、もう実家である酒場の準備のために出かけていた。

「何が『おう』よ、この放蕩《ほうとう》息子！　聞いたわよミシュ……バニスに。男の子を囲ってるってどういうことなの!?」

「困ってる？　バニス、お前なんて説明したんだよ」

アドヴァルドが呆《あき》れた視線をバニスに向けると、その当人は「事実を報告したまでです」と微笑んだ。

「あんたの口から説明しなさい、ジェダイト!!」

胸ぐらを掴まれ、愚弟、放蕩息子、そして、第三王位継承者の名であるジェダイトと呼ばれたアドヴァルドは、笑いながら姉の手を掴んだ。

「落ち着けよ。発情期の牝馬《ひんば》みたいな顔してるぞ。どうどう」

その瞬間、スパパーンという音とともにシトリンの往復ビンタが飛んだ。


町娘姿のシトリンは、腕を組んでベッドの向かいにある椅子にどかっと腰掛けた。いつもの王女らしい振る舞いは微塵《みじん》もなく、育ちの悪い粗暴な町娘そのものだった。

「何年もフラフラして、年端もいかない男の子を捕まえて、一体なにしてんのよこの変態！」

カーネリアンの尻尾が掴めない苛立ちも相まってカリカリしているシトリンに、アドヴァルドは後ろ髪を革紐《かわひも》で括《くく》りながら説明した。

「ちょっとした事情があってさ、護衛が必要になったんで一緒に暮らしてるんだよ」

リュートが聖女の子どもであることや、涙が石化することについては伏せておいた。

「……本当かしら。あんたはいずれ跡を継ぐんだから、変な遊び覚えないでよね」

アドヴァルドは「まだそんなことを言ってるのか」と呆れた顔をしてみせた。シトリンはカーネリアンを失脚させ、第三王位継承者であるジェダイトに王位を継がせたいのだ。

「俺は継承権を捨てる。王位はあんたが継ぐんだ。したたかで争いを好まない賢王になる」

翡翠《ひすい》色の瞳《ひとみ》で、姉を真剣に見つめる。バニスは「またか」とため息をついた。

もう三年、姉弟《きょうだい》はこのやり取りを続けている。女性に王位継承権があるとはいえ、ラピスバルドの歴史上、女性の王族が王位を継いだことはない。そのためシトリンは、私腹を肥やすことしか考えていない長男より、剣術が好きで権力に関心の薄い次男ジェダイトを玉座に就かせたかった。それが国のためでもあったし、父親のオブシディアン二世の密《ひそ》かな望みでもあったのだ。しかし、当のジェダイトは王家を毛嫌いしている上、シトリンの知性と為政センスを認めていて、彼女が史上初の女王になることを望んでいた。

「あんたこそいい加減あきらめなさい、国民のこと何とも思わないの？」

「俺が継いだら即座に君主制を廃止してギュールズのような共和国にするぞ。国民のためにな」

「突然そんなことしても舵取《かじと》りできる国民がいないわよ！」

「それが失政なんだよ、意のままに操りたいために教育行政を手抜きするから人材が育たないし、国も富まない」

傍《はた》から聞いていれば、二人とも同じ方向を見ているように聞こえる議論。バニスは王位がどちらに転んでもラピスバルドは安泰だろうと踏んでいた。最悪のシナリオは、二人が譲り合った継承権を、うっかりカーネリアンが拾ってしまうこと。その芽を摘むためにラピスバルドにとどまっているようなものだ。

「ジェダイト、どうしてそんなに意地を張るの？　私は王にはなれないの、女なのよ。そのうちお父様にドュゴ帝国の皇太子と政略結婚させられるわ」

シトリンの黄金色の瞳が揺れる。アドヴァルドは肌触りのいいリネンシャツの袖《そで》に手を通しながら言った。

「女だから王になれないと決めつけるのか？　意に染まない結婚を受け入れるのか？　時代や政略に流されない才知が姉上にはあるじゃないか。俺だって一度きりの俺の人生だ。好きに生きる」

そう言い捨てると、アドヴァルドは蹴り破られた扉を跨《また》いで、部屋を出た。

「ジェダイト！」

シトリンの呼びかけにも、背を向けたまま「大家に見つかる前に扉直しておけよ」と手を振った。

シトリンはイラついて、被《かぶ》っていた粗末な三角巾を取って床に叩《たた》きつけた。

「なんでうちの愚弟はあんなに頑ななのかしら……」

バニスをちらりと見ると、背筋を伸ばして佇《たたず》んでいた魔導士は「そっくりですよ、お二人は」と微笑んだ。

■■■

そのころ宮殿の謁見の間では、珍しい織物や宝石などの大量の貢物が運び込まれていた。数段高い場所から、瞳を輝かせているのはカーネリアンだ。

「何という数だ……」

驚きのあまり、心の声を口から漏らしてしまう。貢物を挟んだ向かい側で膝《ひざ》を折っているのはドュゴ帝国から渡ってきた商人だった。白い布を巻いた頭を下げ、低い声でこう語った。

「次期国王となるカーネリアン様に少しでも顔を覚えていただきたいと、我らが商人は必死でございますゆえ。特に貴国と母国ドュゴとの国境は一触即発。隊商が出入りするのも一苦労で……何とぞ――」

カーネリアンはすっかり気を良くして、商人の要求を察した。

「イサーフと言ったか、案ずるな。そなたには私の手書きの通行証を授けよう。検問で見せれば煩わしい手続きや積み荷の検閲も省略されるだろう」

「ありがたき幸せでございます、これで我が一族も商売が成り立ちます。ドュゴ産の物でご入用があれば、何なりとお申し付けください。すぐにご用意しましょう」

商人の男は、ゆっくりと顔を上げる。褐色の肌に、ブルーグレーの瞳が印象的な若い男だった。意志の強そうな眉目《びもく》に、引き締まった口元。ターバンの間から覗《のぞ》く肩まで伸びた不揃《ふぞろ》いの髪は、ほぼ黒に近い焦げ茶色をしていた。愛想よくしてはいるものの、それが目は全く笑っていない不気味な笑顔だったことに、カーネリアンは全く気付かないまま貢物を手に取っていた。

イサーフと名乗った商人は、深々とカーネリアンに頭を下げ、謁見の間を後にした。その出口で、カーネリアンの側近の男とぶつかってしまう。

「失礼いたしました」

イサーフは、倒れた側近にも頭を下げ「お怪我《けが》はございませんか」と手を握って立ち上がらせた。側近と並ぶと、その商人は頭一つ分上背があることが分かる。商人は再び頭を下げると退室していった。カーネリアンはその姿に、ほうとため息をついていた。

「なんと優美な仕草の商人だ。顔のつくりまで美術品のような男だったな」

立ち上がるのに手を貸してもらった側近に声をかけると、側近の男は「左様でございますね」と頭を下げた。その陰で口の端を引き上げながら。


宮殿を出て馬車に乗り込んだ商人の手には、先ほど手にした小さな紙切れが握られていた。それを開いて、ブルーグレーのガラス玉のような目を見開く。そして、御者に声をかけた。

「ハサン、予定変更だ。今から言う場所に向かえ」

男は馬車の窓から、城下町を見下ろした。

「ちょうど酒が飲みたいと思っていたのだ」

その美しくバランスの取れた顔に、歪《ゆが》んだ笑みを浮かべた。

城下町にあるダブリスの酒場は、今夜も傭兵《ようへい》や商人、職人たちで賑《にぎ》わっていた。リュートは注文から給仕まで、母親のラミアとともにフロアを駆け回っていた。客からいちいち「アドヴァルドとはうまくいってるのか」などと下世話な質問が飛んでくるので、「おかげで寝不足だよ」と相手の想像を上回る回答で黙らせていた。

扉の開く鐘の音に、リュートは反射的に振り返って「いらっしゃい！」と挨拶《あいさつ》し、直後に息を呑《の》んだ。見慣れない民族の服、頭に巻いた白い布、褐色の肌——。一目でよその国の人間だと分かる一行だったからだ。三人組の中で一番背の低い男が、奥のテーブル席を指差し「そこに座っていいか」と尋ねてくる。リュートは頷《うなず》きながら、一行を珍しそうに眺めた。

するとと後ろから、常連の傭兵の一人がリュートを小さな声でたしなめた。

「じろじろ見るな、あいつらドュゴの人間だ。好戦的だから気をつけろ」

「あ、ああ……」

そう忠告されても好奇心が勝ってしまい、注文を取りにテーブルに行くと、リュートはすぐさま話しかけた。

「ドュゴから来たんだって？　商売人か？」

テーブルの一番奥に座った焦げ茶色の髪の男が、にっこりと笑って頷いた。

「ああ、ラピスバルドで商売がしやすいように根回しに来たんだ」

その男はイサーフと名乗った。病気療養中の父から隊商を任され、初めてこの国に来たと自己紹介をした。

「そっか、兄ちゃん若いのに大変だな」

「いや、おかげで珍しい品とも巡り会えたし、幸運だったよ」

よく見ると、イサーフはアドヴァルドに劣らぬ美丈夫だった。褐色の肌にブルーグレーの瞳が映える。切れ長の瞳を縁取る長い睫毛《まつげ》が印象的な男だった。

「でも、着てるもん見ると兄ちゃんたち金持ちだろ？　いいのかこんな店で。安酒と安い肉料理しかねーぞ？」

リュートの言い草に、イサーフはくすくすと笑った。

「じゃあその安酒と安い肉料理を人数分貰《もら》おうか」

「まいど！」

リュートは厨房《ちゅうぼう》に駆け寄り、ダブリスに料理を注文していた。その背中を見つめながら、イサーフの横に座った男が「無礼な平民だ」と舌打ちをした。


「何だとテメェ！　もういっぺん言ってみろ！」

男の怒鳴り声が店中に響く。その声の主である鍛冶《かじ》職人はテーブル向かいの髭面《ひげづら》の男の胸ぐらを掴《つか》んで、いまにも殴りかかりそうになっていた。酔ったもの同士の小競り合いは、酒場では日常茶飯事。

リュートは「またかよ」と文句を言いながら止めに入った。

「うるせぇ！　ガキは黙ってろ！」

　思ったよりも力があった鍛冶職人の男は、勢いよくリュートを振り払った。そのまま吹き飛ばされ、隣のテーブルにいたイサーフの膝に座るように倒れ込む。その衝撃で、イサーフたちのテーブルの酒がこぼれ、リュートとイサーフの衣服をしっかり濡《ぬ》らしてしまった。

「……あ、悪い……」

　リュートはイサーフに抱きかかえられたまま、斜め後ろにある相手の顔を見上げて謝罪した。瞬間、イサーフと同じテーブルの二人が立ち上がる。何やら雰囲気が一気に殺気立った。

「貴様ら、無礼な……！」

　手を胸元に差し込んで、何かを取り出そうとした瞬間、イサーフはその男たちに『やめろ』と低い声で命じた。

「このくらい何でもない。服は捨てればよいではないか」

　鍛冶職人も我に返って、周囲に謝罪していた。リュートも立ち上がりイサーフに頭を下げた。

「いや、ほんとごめん。服濡れたままだと風邪ひくよな……、そうだ、こっち来て」

　そう言ってリュートはイサーフの手を引き、階段を上って行った。二階からさらに階段を上ると、屋根裏部屋に出る。

「狭いな」

　イサーフが珍しい物を見るように部屋を見回す。

「でも綺麗《きれい》だぞ、俺の部屋なんだ」

そう言ってイサーフを案内すると、服を入れている籐籠《とうかご》を漁《あさ》り、白いチュニックを手渡した。

「俺の服着て帰れよ、いいもんじゃないけど風邪ひくよりマシだろ」

イサーフは目を丸くして受け取り、しばらくの沈黙を破って笑い出した。

「な、何がおかしいんだよ」

「いや、お人好《ひとよ》しだなお前は」

そう言いながらイサーフは、酒で濡れた服と、頭に巻いたターバンを脱ぎ始める。逞《たくま》しい筋肉質の身体が露《あら》わになり、褐色の肌がそれを一層引き立てていた。

焦げ茶色の髪は長さが不揃いのように見せて、それぞれに艶《つや》がある。リュートは心の中で、金持ちは髪の毛の先まで綺麗って本当だな、などと感心していた。見とれていると、イサーフはリュートに渡されたチュニックを身体に当ててみせた。

「それに、お前の服が俺に入ると思うか？」

チュニックは明らかにイサーフの身体より小さかった。イサーフは、間も無く配下の人間が着替えを持ってくるだろう、と告げた。

「くっそう……何食ったらそんなすげえ身体になれるんだ。羨《うらや》ましいぜ」

「食い物も大事だが、鍛錬の問題だ」

そう言って、イサーフはリュートの手を掴んで引き寄せた。顔をじっと見つめられたリュートは、鷹《たか》に狙われたウサギの気分になっていた。

「……な、なんだ？」

「美しい瞳《ひとみ》の色だな」

長い指がまぶたをなぞり、リュートは驚きながらも素直に頷いた。

「まあ、珍しいからな。でもあんたの目も十分綺麗だぜ、ガラスの瓶底みたいだ」

イサーフはまた笑い出した。「例えがひどい」と。

リュートが口を尖《とが》らせていると、屋根裏部屋にイサーフの使いの者らしき男が顔を出した。もう着替えを持って来たらしい。イサーフは上等な布地で作られたドュゴの民族衣装に素早く着替え、リュートに勘定を頼んだ。

「迷惑掛けたんだ、お代はいいよ」

首を振るリュートにイサーフは優しい笑顔を向け、その手を握った。

「いや、おかげでいい収穫があった。また会おうリュート、必ず……」

そう言い残して、イサーフは配下を連れて店を後にした。リュートの手には、代金の十倍近い紙幣が握らされていた。

リュートは、イサーフたちが出て行ったばかりの扉を見つめて、こう漏らした。

「あれ？　俺、いつ名乗ったっけ」


配下を引き連れて、細い路地をドュゴの商人・イサーフは早足で進む。大通りに出るとそこには品のいい馬車が控えていた。乗り込んだ馬車には、すでに一人の男が座っている。ドュゴの民族衣装ではなく、ラピスバルドの貴族の格好をした男――。昼に謁見の間で、イサーフにぶつかったふりをして重要機密を手渡した、カーネリアンの側近だった。

「いかがでしたか？　聖女の忘れ形見は」

イサーフは人のいい笑顔を消し、不敵に笑って長い脚を組んだ。

「育ちと頭の悪いチビだったな。しかし、見ていて飽きない」

側近の男はくすりと笑った。

「変な影響を受けないでくださいね、カダット様」

「そう言えば、客に酒を浴びせられたぞ。中々趣深い体験だった」

カダットと呼ばれたイサーフは、そう面白そうに告げると馬車の窓から月を見上げた。今夜は満月だ。

「なんと……皇太子が平民の酒場に足を踏み入れるだけでなく、酒を浴びせられるとは……！」

側近は青ざめて頭を抱えた。商人イサーフに扮《ふん》していたドュゴの皇太子カダットは、口元に手をあてて「我が国であれば、その場で処刑だな」と笑った。

そして、五年も前からこの国に間者として潜伏している側近から、カーネリアンの動向の報告を受け、口の端を引き上げた。

「面白い、もう少し様子を見ようではないか」

ブルーグレーの瞳が冷酷な光を放っていた。

酒場にドュゴの商人一行が来店してから数日が過ぎた。アドヴァルドが仕事帰りに酒場に寄って、リュートを迎えに来てくれていたせいか、一向に刺客に襲われる気配がなかった。リュートは、先日大量の刺客がアドヴァルドとバニスに成敗されたために、神殿が諦《あきら》めたのではないかと楽観し始めていた。

閉店の一時間ほど前になって、店の扉が開いた。リュートはアドヴァルドだと思って振り向くと、そこには魔導士のバニスが微笑んでいた。

「今日は私がお迎えの担当ですよ」

バニスがどうも苦手なリュートは「げ」と心の中の声を、そのまま口から漏らしてしまっていた。

帰る道すがらバニスから、アドヴァルドは騎士団の定例幹部会でどうしても離席ができなかったと説明を受ける。そしてため息をつきながら「私も魔導士長なんですけどね……こんなちんちくりんのために欠席するはめに……」と漏らし、リュートの頭を指でつついた。

「何だよ、性格悪いぞ！」

いじると抵抗するリュートが面白くなってきたのか、バニスはくすくすと笑いながら、リュートの頬をつねったり、鼻をつまんだりして遊んだ。

「でもまあ、私にもあなたを護衛する大義名分はあるんですけどね」

面倒臭そうなため息混じりの言葉に、リュートは首をかしげた。

「聖女というのは、歴代ラピスバルドの国民から選ばれるんですが、なぜかいつもギュールズの血を引く者ばかりなのです。聖女を信仰するラピスバルドと私の国が友好関係を保てていたのは、そのおかげもあるんですよ」

そう言うと、リュートの目元に指を添えた。

「この瞳の色にも合点がいきました。ギュールズの人間の瞳は赤の色素が強い。あなたはギュールズの末裔《まつえい》なんですよ、残念ながら」

「一言多いぞ」と、リュートはバニスを睨《にら》んだ。


アドヴァルドの部屋に到着すると、バニスは帰ると思いきや、部屋に乗り込んできた。

「な、何だよ、もう泣かねえぞっ」

警戒するリュートに、バニスは冷たい視線を送り、低い声でこう命じた。

「……そこの椅子に座れ」

リュートは過去のトラウマか、逆らえずに瞬時に椅子に座って机に向かった。すると、ドサドサッと目の前に冊子が投げ置かれる。

「本？　言ったろ？　俺は、字は読めねえって……」

「だ、か、ら、勉強するんだ。英知あるギュールズの末裔が非識字なんて、末代までの恥だからな」

バニスはそう言って、懐から教鞭《きょうべん》を取り出しビシッと机を叩《たた》いた。

「この私が直々に教えてやるのだからありがたく思え、このクソガキ」

リュートの顔から血の気が引いていく。目の前に立つ美しい魔導士が、悪魔の使いのように見えた。

「なんだそのペンの持ち方は！」

「一画目から間違えるな能無し！」

「なぜ文字が枠からはみ出るのだ！」

リュートはその晩、アドヴァルドが帰ってくるまで続いたスパルタ授業に耐えきれず、大量の魔石を生み出したのだった。


動いたのは、その翌日だった。

リュートはアドヴァルドが作った簡単な昼食をとると、昨晩の授業の疲労感を漂わせながら酒場に向かおうとした。アドヴァルドが送ろうとしたが「昼間に堂々と狙うヤツなんていねーよ」と振り切って部屋を出る。

買い物客で賑《にぎ》わう城下町の中央通りを抜け、花屋の角を曲がって細い裏路地に入ろうとしたとき、鈴のように軽やかな女性の声が自分の名を呼んだ。

「リュート」

かつて胸をときめかせた相手の声。振り向くと、太陽の日差しを浴びた金髪をなびかせたユーリアが自分に微笑みかけていた。

「ユーリア……」

あれほど恋い焦がれていたのに、自分にも色々起こりすぎて失恋した胸の痛みはとうに忘れてしまっていた。むしろ以前酒場で「子どもも産めないくせに」と啖呵《たんか》を切られた気まずさのほうが先立ち、ごくりと喉《のど》を鳴らした。

「あの、この間はごめんね？　反省したわ。仲直り……できない？」

上目遣いで見つめてくるユーリアは、やはり可愛《かわい》かった。リュートは手を突き出して横に振った。

「いいよいいよ、何も気にしてないぞ！」

ユーリアはそのままリュートをお茶に誘った。「花嫁修業中の身同士、語り合いたい」と言われたときには、どこから否定していいのか分からず、乾いた笑い声しか出せなかった。

ユーリアの実家は婦人向けの衣料品店を営んでいる。ダブリスの酒場と違って、質のいい品を揃えた貴族向けの店だ。その店の二階で、二人はテーブルを挟み向かい合って茶を飲んだ。

香ばしいナッツ入りのクッキーを皿に並べて、テーブルに置くユーリア。「昨日焼いたのよ」と一枚つまんでリュートに渡した。口に入れると、ナッツの香ばしさとバターの芳醇《ほうじゅん》な味わいが広がった。

「すげえうまい！　いい嫁さんになるよ、ユーリア」

ユーリアは少し悲しそうな顔で笑った。やはり貴族の側室になるのがひっかかっているようだった。

「……あたしね、ずっと貴族になりたいと思ってたの。綺麗なドレスを着て、ダンスをして。とっても憧《あこが》れてたのよ」

「ああ、夢が叶《かな》ってよかったな」

「三番目の妻だけどね」と気まずそうに笑う。

「でも一度だけ、身分なんて関係なく好きだと思える人がいたの」

リュートの胸が高鳴った。もしかして、それは自分かもしれないという期待から。

「そ、そうなんだ。どんなヤツかなぁ～？　そんな幸せ者は」

しらじらしい演技でチラチラとユーリアを見ると、美しい幼馴染《おさななじみ》はうつむいて、スカートの膝《ひざ》のあたりをぎゅっと握っていた。

「でもダメだったの、すぐ振られた。『お前に興味はない』って……」

「あ……そうなんだ……。でもユーリアに興味ない男なんて、ちょっと変なヤツじゃないのか？」

好きだった相手が自分ではなかった落胆を隠しながら、リュートはテーブルに手をついて立ち上がった。

「その人も一応貴族だったから、身分が違うからダメなのかなって諦めてたの……なのに……なのに……」

リュートは、うつむいたユーリアの顔を覗《のぞ》き込む。泣いているのではないかと心配したからだ。しかし、そこには泣き顔ではなく、醜く歪《ゆが》んだ嫉妬《しっと》が浮かんでいた。

「あんたなんかに……、貧しくて、頭も悪くて……そもそも男のあんたなんかに夢中になって……!!」

睨みつけてくるユーリアの顔は真っ赤になっていた。それとは対照的に、リュートは青ざめた。ユーリアの片思いの相手はアドヴァルドだったのだ。

「やっと貴族との縁談が来たと思ったら三番目！　なのに、あんたはアドヴァルドに大事に大事にされて、みんなから注目を浴びて、祝福されて……！　許せない！」

リュートはその鬼気迫る表情に気圧《けお》されて、後ずさりする。

「ゆ、ユーリア、落ち着け！　俺は全然大事にされてねえ！　そもそも……」

「うるさい！」

リュートの弁明を一喝し、テーブルを激しく叩いた。

「あんたなんか、いなくなればいいのよ」

その言葉を聞いて、ショックで目が回りそうになるリュート。それは気のせいではなく、本当に目が回っていた。

「……あれ？」

目の前の景色がぐにゃりと曲がる。立っていられなくなり膝をついたリュートを、ユーリアが冷たく見下ろしていた。

「リュートだけ幸せになるなんて、ずるいと思わない？」

そんな言葉を聞きながら、リュートは床に倒れ込み、真っ暗闇に意識を引きずりこまれた。

小さなノック音がする。「入れ」という館の主《あるじ》の返事を待って、扉が開いた。

昏睡《こんすい》しているリュートを肩に担いだ厳《いか》つい男が入室し、そのまま窓側にあるベッドに、そっと寝かせた。

部屋の中央にあるテーブルには、神殿の神官長と第一王子のカーネリアンが座っていた。

「平民ではないか」

カーネリアンは、リュートの身なりを見て眉根《まゆね》を寄せる。神官長は頷《うなず》いた。

「最近分かったのですが、聖女と共に逃げ出した神殿の使用人が匿っていたようです」

「こんな者にジェダイトは入れ込んでいると……？」

呆《あき》れた顔で、リュートを頭からつま先まで見回す。

「周辺の者たちの話では、この者を口説くためにわざわざ平民の酒場に通っていたと……」

「さすがの趣味の悪さだ、王位継承を嫌がるだけのことはある。なぜそんなジェダイトなぞに父上は……」

カーネリアンが、アドヴァルドことジェダイトの暗殺を神官長に命じたのは、そこに理由があった。自分が第一王位継承権を持っているのに、父王は第三王位継承者であるジェダイトに玉座を譲りたいと考えているからだった。それを嫌がって家出同然に姿をくらまし、数年後に名前を変えて騎士団員として飄々《ひょうひょう》と生計を立て始めた弟に、いまだ父王は期待を込めた視線を送る。先日の御前試合でもそう、ジェダイトしか見ていなかった。ジェダイトの優勝が決まると、声はかけなかったものの満足そうな表情で会場を後にしていたのを、カーネリアンは知っていた。

カーネリアンは焦りを感じていた。父王の視線はジェダイトに向き、そして自分の野望の前には聡《そう》明《めい》な妹シトリンが立ちはだかる。ジェダイトさえ死ねば、父と妹の希望は打ち砕かれ、自分の王位継承が確実になると踏んでいたのだ。

「こいつを餌に、ジェダイトをおびき出すつもりなのか？」

カーネリアンが尋ねると、神官長は首を振った。

「あちらにはすでに罠《わな》と大量の刺客を送り込んでおります。聖女の忘れ形見が連れ去られたと気付くころには、もう囲まれているでしょう。その者はお約束通りカーネリアン様にお見せした後、すぐに始末する予定です」

カーネリアンは満足そうに口の端を引き上げて、ベッドに眠るリュートを見下ろした。

「哀れな。ジェダイトに見初められなければ、この悪どい神官どもに見つからずに済んだだろうに」

「全ては新たな聖女選定の神託を受けるためでございます。ひいては国のため、そしてカーネリアン様のためかと」

その時、うう、という呻《うめ》き声とともに、リュートが目を覚ました。頭を押さえながら、ベッドで身体を起こし、焦点の合わない目でベッドサイドに立っていたカーネリアンを見上げた。

「……誰だ？」

バシッという音とともに、リュートの頬が叩かれた。カーネリアンが手の甲で思い切りはたいたのだ。

「無礼者」

冷酷な視線でリュートを射抜く。リュートも頬を押さえながら負けじと睨み返した。

「何すんだ！　どこだよここ！」

カーネリアンは自分を知らない平民がいることに驚きつつ、その生意気な紫色の瞳《ひとみ》に興味が湧いた。

この瞳に、憎いジェダイトが夢中になっていると思うと、どうしても自分に屈服させたくなった。

神官長に向かって、カーネリアンは人払いを命じる。神官長は何かを察した顔で、部屋にいた別の神官と一緒に退室した。

「……な、なんだ？　俺、一体……」

リュートは立ち上がろうとして、左手首がベッドの柱に鎖でつながれていることに気付く。ガチャガチャと音を立てて外そうとするが、びくともしない。そんな様子に、カーネリアンが満足げに声をあげて笑った。

「教えてやろう、聖女の落とし子。お前は今から殺される運命なのだ」

リュートの手が動きを止めた。

「俺が、殺される？　あっ！　ユーリアは……俺と一緒にいた女の子も攫《さら》ったのか？」

カーネリアンは首をかしげる。

「自分の心配をしたほうがよいぞ。名前は知らぬが、神官たちがお前を攫うのに、お前の幼馴染の女に一服盛らせたと言っていたぞ」

「そんな……ユーリアがそんなこと……」

青ざめた顔でうつむく。その顎《あご》にカーネリアンは指を沿わせ、上を向かせた。

「ふん……顔はまあ見られないこともないな」

そう言って、ベッドに突き倒した。

「何すんだ……!!」

上着を脱ぎながらベッドに上がるカーネリアンに、嫌な予感を覚えながらリュートが抗議する。

「ありがたく思え。死ぬ前に私に抱かれるのだから」

「思えるか！　大体誰だあんた!!」

自分に向かって伸ばされた手を払いながら、リュートは吠《ほ》えた。カーネリアンは赤い髪をかき上げて「自国の王子も知らないとは」と鼻で笑った。

「お、おうじ……?!」

怯《ひる》んだ瞬間、チュニックの胸元を破かれる。「やめろ、俺の一張羅」とその場にそぐわない叫び声が部屋に響いた。

■■■

その数時間前、騎士団の訓練所に、金髪のユーリアが駆け込んできた。

「リュートが攫われた!?」

アドヴァルドは手入れしていた大刀を下ろし、立ち上がる。

「ええ、リュートを担いだ二人組の男を見かけて後をつけたら、教会に入って行ったわ」

息を切らして説明するユーリア。アドヴァルドは大刀を背中に差し、すぐに馬に乗って駆け出した。

バニスも後を追おうとしたが、その裾《すそ》をユーリアに掴《つか》まれる。

「待って魔導士様！　あたし足をくじいたみたい……」

そう言ってスカートを少しまくり、白く細い脚をバニスに見せつけた。そうしている間にも、アドヴァルドの姿は見えなくなっていく。

赤く染まった頬と潤んだ目で見上げてくるユーリアに、バニスは「ほう」と片眉《かたまゆ》を跳ね上げた。そして、身体を屈《かが》めて、ユーリアの顔の前に手を近づける。

「では魔法で治してあげましょう」

天使の微笑みでそう告げた瞬間、バニスの手のひらから火球が飛び出した。ユーリアは前髪を焦がしながら「ひっ」と身体を強張《こわば》らせる。

「そのねじ曲がった根性をな」

バニスの赤い瞳がぎらりと光り、ユーリアを射抜く。

「何を企《たくら》んでいるか白状しろ、炭になりたくなかったらな」

手のひらに浮いている火球が、じわじわと膨張していった。ちりちりと少しずつユーリアの前髪が焦げて縮れていく。

「おやおや、綺麗《きれい》な髪が台無しだ」

「や、やめて！」

青ざめて悲鳴をあげるユーリアに、バニスは優しげに笑いかけてこう言った。

「心配いりませんよ、顔も身体も焦げますから。髪だけにつらい思いはさせません」

目の前に迫る火球の熱で、顔の皮膚の水分が蒸発していくのをユーリアは感じ取った。

「そんな芝居に騙《だま》されるとでも思ったか、愚民。しかもその程度の容姿で私に色仕掛けとは……よっぽど私のほうが美しいではないか。さあ吐け、何を企んでいる」

ユーリアは抵抗も虚《むな》しく、あっというまに白状させられた。火球の恐ろしさだけでなく、目の前で自分を見据える魔導士がすさまじい殺気を放っていたからだった。

ユーリアは先日リュートに吐いた暴言を後悔し、教会へ懺悔《ざんげ》に向かった。そこで神官からリュートを薬で眠らせること、そしてアドヴァルドを一人で教会へ向かわせることを指示されたのだという。

「なるほど。ではリュートは教会にはいませんね。となると……あちらですかね」

バニスは手のひらに浮いた火球を消し、立ち上がる。ユーリアはうつむいて「なんでリュートばかり」と呟《つぶや》いた。

「子どものころからそう。みんなリュートを可愛がるのよ。アドヴァルドだって、どんな女が言い寄ってても無関心だったくせに、普段からリュートにだけはいつも目尻《めじり》を下げてた……！」

バニスはため息をつきながら、つないでいた自分の馬に跨《また》がった。そして去り際にユーリアを一瞥《いちべつ》する。

「バカな子どもほど可愛いと、よく言ったものです。少なくとも悪知恵の働くあなたよりは、リュートのほうが私も可愛く見えますね」

そう言い終わらないうちに、バニスの芦毛《あしげ》の馬が駆け出した。


「やめろ、触るな！」

リュートは近づいてくるカーネリアンを足蹴《あしげ》にし、ジタバタと暴れた。カーネリアンは面白がって、その足首を掴みリュートを身体ごとひっくり返す。

「観念しろ。あんな男よりいい思いをさせてやる」

あんな男、とはおそらくアドヴァルドだとリュートは察する。

「うるせえ！　どいつもこいつも勝手すぎるぞ！　大体なんで俺がこんな目に……！」

カーネリアンは暴れるリュートの服を、遊ぶように脱がせながら打ち明ける。

「お前が死ねば新たな聖女選定の神託が降りるそうなのだ。神殿は復権し、私の王位継承をバックアップする力も強くなる。そのために神殿には裏で膨大な金をつぎ込んでいるのだがな……！」

服を引っ張り返しながらリュートは「全く理解できねえ！」と叫び、近づくカーネリアンの顔を押し返した。

「理解せずともよい、どうせお前は死ぬ。最後くらい大人の悦《よろこ》びを教えてやろう」

リュートの首筋にカーネリアンの舌が這《は》い、手にした小瓶から口の中に甘い蜂蜜《はちみつ》のような液体を注がれた。

「うぇっ、げほっ」

その時だった。大きな地響きとともに、部屋の中央の床が下から何かに突き破られ、天井まで貫いた。

リュートたちの目の前には、太い土柱が立っていた。その奥で、プラチナの長い髪をなびかせたバニスが不敵な笑みを浮かべていた。

「お取り込み中、申し訳ありませんね。カーネリアン王子」

カーネリアンは目を丸くする。

「たしか、お前は騎士団の魔導士長……」

「はい。その青年を返していただこうと、この悪巧み用の屋敷に参上しました」

にっこりと笑うバニス。しかし目は笑っていないことにリュートだけは気付いていた。カーネリアンは素早い動きでベッド横に立てかけていた剣を手に取る。鞘《さや》から抜こうとした瞬間、カーネリアンの手元が凍結し身動きが取れなくなった。同時に足元も凍って動かせないでいる。

「一国の王子ですからね、さすがに傷つけるわけにはいきません。そのままシトリン様が派遣する部隊をお待ちくださいねボンクラ王子」

そう言うとバニスはベッドから、何が起きたか分からないでいるリュートを抱え上げ、部屋を出て行った。


部屋を出て、リュートは状況をやっと把握できた。廊下に無数の兵士たちが倒れている。廊下の壁や絨毯《じゅうたん》が焦げたり凍ったりしているので、バニスが魔法で一蹴《いっしゅう》したのだろう。

バニスが「悪巧み屋敷」と呼んだ建物から出て初めて、そこが貴族の邸宅であることを知る。玄関前につないであった芦毛の馬に乗せられ、後ろにバニスが跨った。

「怪我はありませんか？」

「バ、バニスさん俺っ……！」

恐怖と安堵《あんど》がこみ上げて、リュートの瞳が潤み出す。

「ああもう、泣かない！　こんな所で涙を魔石化させて誰かに見られたらどうするんですか！　とりあえずここから離れますよ」

馬が夜道を颯爽《さっそう》と駆け抜ける。初めての乗馬にリュートは身体を強張らせながら、バニスに礼を言った。

「あの……助けてくれてありがと」

「まんまとあの幼馴染《おさななじみ》の色香に騙されて、本当にだらしない人ですねあなたは」

説教が始まり、リュートはぐっと喉《のど》を詰まらせる。

「あの女に謀られて、アドヴァルドはあなたを助けに教会に向かいましたよ。今ごろ前回の何倍もの刺客に囲まれているでしょうね」

リュートの顔が青ざめていく。

「だ、大丈夫かな」

バニスは、アドヴァルドならそんな人数でも一網打尽にできると知っているのだが、「どうでしょうね」と意地悪な返しをして笑った。

アドヴァルドの部屋に到着すると、バニスは小さな魔石を取り出し呪文を呟いた。すると手元から光の玉が空に向かって舞い上がり、かなり高いところでパーンという音を立てて飛び散った。アドヴァルドにリュートの無事を知らせる合図だった。

「すげぇ、花火だ」

リュートは頬を染めて、その散って行く光の破片を見つめている。

「悠長なことを……大体あなたは警戒心がなさ――!?」

説教を再開しようとしたバニスに、リュートは身体ごと倒れかかった。

「リュート!?」

息が荒く、顔や首筋が赤い。リュートは自分を抱きかかえたバニスを見上げて、潤んだ目でこう言った。

「なに、これ……俺……頭がぐるぐるする……熱いっ……」

聞けば、バニスが突入する直前、カーネリアンに何か怪しげな液体を飲まされたという。

「液体……媚薬《びやく》か!?」

「はぁっ……はぁっ……熱い、バニスさんっ……たすけて……身体ぜんぶ熱いよぉっ……」

バニスにすがるように身体を密着させ、リュートは自分が自分でなくなっていくほどの血の滾《たぎ》りを感じていた。

教会で馬を降りたアドヴァルドは案の定、五十人を超える黒ずくめの男に囲まれていた。手にはそれぞれ剣やナイフを持っている。足さばきを見ても、先日の刺客より数段格上の手練れのようだった。

「一人ずつ相手をしてやりたいところだが、今日は時間がないんだよ」

アドヴァルドは背中の大刀を抜いた。飛びかかってきた三人を切ったところで、鍔《つば》の部分にはめていた小指の爪ほどの赤い魔石を取り外し、一回り大きな同じ色の魔石をはめた。

「死にたくないヤツは逃げるんだな、その際財布は置いていくように！」

そう宣言して呪文を唱えると、構えた大刀に炎が宿った。アドヴァルドは大刀を高く振り上げると、雄叫びを上げながら、刺客に向けてではなく地面に向かって振り下ろした。

爆音とともに、アドヴァルドを起点にして地面が蜘蛛《くも》の巣《す》状に割れる。一秒ほど遅れてその割れ目を紅《あか》い炎が走った。アドヴァルドを囲んでいた二十人以上の刺客が瞬時に吹っ飛び「ぎゃあ」と悲鳴が上がる。

「おら！　リュートはどこだ！　全員骨まで燃やすぞ！」

頭上で、大刀を振り回し威嚇すると、大刀に宿っていた炎が尾を引くように円を描いた。刺客たちはじりじりと後ずさりをする。

その時、パーンという何かが弾ける音が響いた。その方向を見ると、黄色の光が空で弾けるように四方に散っていた。戦場でも使ったことのあるバニスの合図用の光魔法だった。黄色の光は「作戦実行」や「問題なし」を、青みがかった光は「救援」を意味する。この光の色、そして照明弾が上がった場所がアドヴァルドの自宅周辺だったことから、おそらくリュートを助け出した合図だろうと理解した。

リュートの無事が確認できれば、あとはアドヴァルドの仕事は一つ。

「よーし、久しぶりに暴れるか」

そう口の端を引き上げた。翡翠《ひすい》色の瞳《ひとみ》に凶暴な光が宿る。教会周辺では爆音が立て続けに起こり、当然のごとく教会の建物も綺麗さっぱり破壊されていった。

□□□

「はぁっ、はぁっ……」

息を荒くして身体をぐったりさせているリュートを、バニスは横抱きにしてアドヴァルドの部屋のベッドに寝かせた。リュートは頬を紅潮させて、胸を掻《か》き毟《むし》る。

「解毒の魔石が手元にあれば……とりあえず水を飲みなさいリュート、成分の血中濃度を薄めるんです」

グラスに注いだ水を、リュートの半身を起こして口に近づけた。しかし、口がだらしなく開いて、水を含ませても端からこぼれていく。

「ああ、もう手のかかる！」

バニスは水を自分の口に含んで、リュートに唇を押し付けた。

「んんっ!!　ぁっ……！」

口移しで無理矢理水を流し込まれただけでも、ぞくぞくしてしまう自分の身体の感度に、リュートは驚く。水の口移しが三度ほど繰り返されたころには、意識が朦朧《もうろう》としていて、リュートは目の前の人物の背中に手を回してしがみついていた。

焦点が合わないほどの近さで魔導士の美しい顔が映る。その赤い瞳を伏し目がちにしてリュートに言葉をかけた。

「……まだ飲めますか？　できるだけ多く水分をとったほうがいい」

「うん……もっと……」

紫色の瞳が潤んで揺れる。水を欲しているだけのはずなのに、バニスはまるで誘われているかのような感覚に陥り、目の前がくらりとした。

「……っ……、これだからバカは手に負えない……一つ貸しだからな」

そう眉根《まゆね》を寄せながら、グラスの水を呷《あお》って、再び唇をリュートの唇に押し付けた。

喉の奥に注がれる水を飲みくだしながら、リュートは人の温《ぬく》もりに安堵を覚えた。そして朦朧とした意識の中で、これまで何度もその温もりを与え続けられた相手の名前を呼ぶ。

「あ……アドヴァルド……」

ぴたりとバニスの動きが止まった。「誰がアドヴァルドだって？」とこめかみに青筋を立てながら。なぜか目の前の青年が、自分ではない男の名を無意識に呼んだことに腹立たしさを感じていた。バニスはリュートの顎《あご》を掴《つか》んだ。

「今、お前の目の前にいるのは誰だ？　よく見ろ、この能無し」

その暴言を聞いて、リュートは蕩《とろ》けた顔のまま反射的に「あ……バニスさ……」と漏らす。バニスは満足げに笑って、顔を近づけた。そして、水を口に含まないまま、リュートの唇に噛《か》み付いた。

「んっ……ふぅうっ……!!」

媚薬のせいで舌まで敏感になっているリュートは、口内に差し入れられたバニスの舌が蠢《うごめ》くたびに、身体をよじらせ、その中心を熱くした。股間《こかん》のたかぶりにバニスは指先で優しく触れて、こう不敵に笑ってみせた。

「解毒魔法でなくても、楽にする方法があったな」

そう言うと、リュートの破かれていた服の胸元に手を滑り込ませ、胸の突起に指を這わせた。

「ん……っ、ひぃ……っ!!」

触れられるだけでじんじんと疼《うず》く身体。軽く乳首を摘《つま》まれただけで、びくびくと腰を揺らした。

「あ……おれ、いきたいっ……バニスさん……っ」

腰を揺らし、自分のペニスを扱こうと手を伸ばすと、それをバニスに阻まれた。それどころか、服の上からすでに猛った肉棒の根元を強く握られ、射精を封じられる形になってしまった。

「え？　ええっ……やだ、なんで……っ、放せっ、いきたい、いきたいよ！」

バニスは自分の唇を舐《な》めながら、こう意地悪に笑った。

「ふふ、苦しいか？　いかせてほしいなら、私に丁寧に懇願しろ。すぐ楽にしてやる」

男根の根元をぎゅうぎゅうに握られ、ひいひいと喘《あえ》ぐリュート。口の端からよだれを垂らしたまま、こくこくと頷《うなず》いた。リュートは恥ずかしさといやらしい気分とがないまぜになり、混乱の涙をポロポロとこぼした。それは大粒の魔石となり、シーツに落ちる。

「バニスさん……お願い、お願いします……！　いかせて……！　俺、もう身体が熱くて死んじゃうよ……っ！　お願いぃ……バニスさ……っんっ!!」

そんなおねだりが言い終わらないうちに、バニスに口を塞《ふさ》がれた。欲望を押し付けるような強引なキスにも、リュートは感じて鼻から声を漏らしてしまう。

「はぁ……なんだかこっちも媚薬を飲まされた気分だ」

バニスは目元を赤らめてひとりごとを漏らしながら、着ていたローブを脱ぎ、リュートを組み敷いた。その赤い瞳に宿る、獲物を前にする獅子《しし》のような欲望は、いつもの穏やかな作り笑顔からは想像もできない。怯《おび》えつつもリュートは、朦朧とした意識の中で、身体を這う手が与える快感を必死に追っていた。


くち……くち……と湿った何かが擦《こす》れる音が部屋に響く。

「ふっ、ぁぁっ……あぁっ……ひっ」

ベッドに腰掛けたバニスに、リュートは背を向けて全裸で跨《また》がっていた。後ろから伸びてくるバニスの手に、猛った肉棒と片方の乳首を弄《もてあそ》ばれ、息を荒らげながら喘ぐ。

「下半身からこんなによだれを垂らして……だらしのない」

バニスの容赦ない言葉も、もはやリュートには刺激でしかなかった。意外に逞《たくま》しいバニスの胸板が背中に密着し、興奮が伝わってくる。荒くなった息が首筋にかかるだけでも「んんっ」と敏感に反応してしまうのだった。

「ほら、早く出してしまえ。楽になりたいんだろう」

「あっ、出したい、出したいよぉ……もっと手……強くっ……動かして……っ！」

ペニスを握るバニスの手は、絶頂までは許さない程度のゆっくりとした速度でわざと行き来している。そのもどかしさで、リュートは頭がおかしくなりそうだった。

「乳首も……ちんちんも……尻《しり》も……っ全部ジンジンするよぉ、ああ……助けて苦しいっ」

振り向いて涙目で訴えると、耐えきれないといった表情を浮かべたバニスにその唇を塞がれた。

「んむぅっ……」

リュートの雄を扱く手が、やっと期待に応えて速くなる。先走った体液も手伝って、濁った水音を立てる。

「んーっ！　んーっ！」

キスで口を塞がれたまま、絶頂に導かれるリュート。ベッドのシーツに、勢いよく白い精を飛ばしてしまった。大量に吐き出したにもかかわらず、少し時間をおいてもまだ硬度はそのまま。むしろ再び身体の奥が疼き始めた。

「え……なんで……？」

「催淫効果の強い薬でしょうね。何度でもいかせてあげますよ」

いつもの優しいバニスの口調に戻って、リュートの耳朶《みみたぶ》を舐めた。

「ん……っ」

その時だった。部屋の扉が勢いよく開き、アドヴァルドが姿を現す。大立ち回りをしたのが分かる服の汚れっぷりだ。

「おお、大丈夫だったかリュー……ト？」

アドヴァルドの目に映るのは、ベッドで股間をバニスに扱かれているリュートの淫靡《いんび》な姿。

「あ……っアドヴァルド……んっんっ……やぁあっ……」

部屋の主が現れても手を止めないバニスは、リュートのこめかみに舌を這《は》わせながら、アドヴァルドに「遅かったですね」と挑発的な視線を送った。その瞬間、事態を理解したアドヴァルドは、全身から殺気を湯気のように立ち上らせた。

「手を出すなと言ったはずだ」

ベッドに上がって、リュートの腕を掴んで自分へと引き寄せる。その刺激でさえリュートは感じてしまい「ふぁあっ」とあられもない声を上げてしまった。

「……リュート？」

「あ、アドヴァルド……っ、いきたい、いきたいよぉ……っ」

潤んだ瞳で見つめてくるリュートに、怒りを忘れてアドヴァルドは息を呑《の》む。そしてリュートの肩越しにバニスと視線を合わせると、バニスは困ったような嬉《うれ》しそうな顔で笑った。

「カーネリアンに媚薬を飲まされたようですよ。未遂で助けましたけど」

そう言いながら、再びリュートのペニスを扱き始める。

「ふぁっ、ああっ、あっ」

口からだらしなくよだれが流れ、目の焦点はもう合わなくなっていた。その姿は壮絶にいやらしく、男の征服欲を掻き立てる。

「こんなのに身体擦り付けられて、犯していないだけでもありがたく思ってほしいですね」

アドヴァルドは髪をかき上げながら、盛大なため息をついた。

「面白くないな」

そう言うと、アドヴァルドは一気に自分の服を脱ぎ始めた。そしてリュートの髪の毛を掴んで、蕩《とろ》けた顔を自分に向けさせた。

「俺もひと暴れして滾《たぎ》ってるんだ。ちょうどいいリュート、相手してやるぜ。バニス、お前はもう帰れ」

バニスはむっとした顔で反論しながら、リュートの腰を自分に引き寄せた。

「冗談を。彼は私におねだりしてきたんですよ、こうやって可愛く腰を擦り付けて。ねえリュート?」

バニスは乳首をくりくりと指でいじり、リュートはまた嬌声《きょうせい》を上げた。

「それは薬のせいだろ、引っ込め間男」

「アドヴァルドこそ邪魔しないでください」

二人がリュートを挟んで、睨《にら》み合いを始める。リュートは身体を震わせて声を振り絞った。

「あっ……も、もう……はやくいかせてくれよ、俺おかしくなっちゃうよぉ………！　さ、触ってくれよっ……！」

真っ赤な顔を蕩けさせ、リュートはだらしなく舌を出してねだった。もう我慢の限界なのか、勃《た》ちっぱなしの雄がびくりびくりと痙攣《けいれん》する。

アドヴァルドとバニスは、そんな様子に再び喉《のど》を鳴らし、お互いをちらりと見た。こんなとき、戦場でも息がぴったりの二人は、自分たちがどう動くべきかを互いに察知できるのだった。

今度はアドヴァルドに背を向けて跨がったリュートは、その太い肉棒を自身の肉孔にぐずりと受け入れた。

「あっあっ……ふ、きついよ、熱い……！」

「何言ってるんだ、もう何度もここで咥《くわ》えているくせに」

そう言いながらも、痛みを伴わないようにゆっくりと腰を押し進めるアドヴァルド。そこに、バニスが長い髪を耳にかけながら、天井に向かってそそり立ったリュートのペニスを口に迎え入れた。

「ひぃっ！　ひぁああっ、あひ、ああ……」

前と後ろを同時に攻められ、あられもない声を上げてしまう。アドヴァルドも興奮し、独占欲を剥《む》き出《だ》しにしてリュートの首に噛みついた。バニスは余裕の笑みを浮かべて口淫《こういん》しながら、赤い瞳《ひとみ》でリュートを見上げた。

「あぁあっ、もうだめだ、おれ、すぐ……っ！　すごい、ああ……！」

リュートがひぃひぃと泣き声を上げるのを、二人は競うように責め立てる。

「リュート、後ろでいけ。俺のでいくんだぞ、バニスはただの置物だ」

「私の舌が気持ちいいんでしょう？　出していいですよ、いっぱい」

アドヴァルドの腰使いと、バニスの口淫のスピードが激しくなる。

「あっ、あ、あ、ひ、あああああっ、あむぅっ」

リュートはアドヴァルドに激しいキスをされながら、後ろをきゅうきゅうと締め付けて絶頂を迎えた。中でアドヴァルドの雄も震え、内壁に子種が注がれている。リュートの射精は勢いが良すぎてバニスの口からペニスが飛び出し、その美しい顔に体液が飛び散った。リュートが、まだ腰を振るアドヴァルドに口内を貪《むさぼ》られながらバニスに視線をやると、当の本人は喜怒の入り混じった表情で、顔に飛び散ったリュートの精を指で拭《ぬぐ》い、それを舐めていた。

「あ、ああ……」

自分の中で達したアドヴァルドもまだその硬度を保っていて、リュートもまだ熱が治まらない。

バニスがリュートに顔を近づけてきた。

「リュート、私のも受け入れてくれますよね？　私は、あなたの命の恩人ですもんね？」

そう言うと、そそり立ったバニスの雄を、精を放ったばかりのリュートの雄に擦り付けた。アドヴァルドがそれを押し返す。

「おい気安く触れるな、変なもん擦りつけるな」

「変なものとは失礼な」

蕩けた顔のリュートを挟んで、二人が小競り合いを続ける。力の強いアドヴァルドがバニスを無理やり押しのけ、リュートを太い腕で隠すように抱きしめた。

「ん……」

絶頂の余韻でぐったりしているリュートの様子に、体内に沈めたままのアドヴァルドの雄はさらに硬度を増した。

「……ッ、また……」

リュートがその刺激に覚醒《かくせい》しベッドから逃れようと手を伸ばすが、その手首をアドヴァルドが掴んだ。

「だめだ、逃がさない」

呼ばれた本人は分からなかった、なぜアドヴァルドの声が怒りを孕《はら》んでいるのか――。バニスは、その様子を不敵な笑みでからかう。

「天下無敵の騎士が聞いて呆《あき》れますね、この余裕のない顔」

ムッとしたアドヴァルドが、リュートへの愛撫《あいぶ》を見せつけながら言い返す。

「涼しい顔した魔導士様も、下のほうは余裕なさそうだけどな？」

そう、バニスの雄もリュートに向かって膨脹し、ランプの光に照らされ淫靡に震えていたのだ。

「余裕がないココは、リュートが構ってくれますよね……？」

バニスはそう微笑むと、リュートの手を自分の雄へと導き「動かして」と耳元で囁《ささや》いた。言われるがまま慣れない手つきでバニスの欲望を愛撫すると、少しずつその美しい顔が蕩《とろ》けていくのが分かり、リュートは意地悪な魔導士に仕返しをしている気分になっていた。

その瞬間――。

「ひッ！」

後孔をアドヴァルドに深く抉《えぐ》り上げられる。同時に目の前が真っ暗になった。アドヴァルドがピストンを再開しながら、大きな手のひらでリュートを目隠ししたのだ。

「見るな」

アドヴァルドは怒気を孕んだ声で命じると、ゆっくりと肉棒をひき抜き、またずるりと押し込んだ。先端が内壁をなぞるように、何かを塗りつけるように動く。

「ひんッ……あああっ、あぁっ」

身体が快楽で痺《しび》れ、ぴたりと止まったリュートの手を、バニスが「仕方がないですね」と上から包み込み、再び自分の雄を愛撫させる。その間もリュートはアドヴァルドに視界を奪われたまま身体を揺さぶられていた。

「聞こえますか、リュート。あなたが一生懸命触れているのは、私の楔《くさび》ですよ」

アドヴァルドに挑むような視線を向けながら、バニスはリュートに言い聞かせる。手の中でバニスの雄がどんどん硬く熱くなっていくのがリュートにも分かる――どころか、目隠しをされているせいで触覚が鋭敏になっているのか、余計に伝わってきたのだった。

「上手ですね、いい子だ」

「なにが『いい子だ』だ、無理やり触らせてるくせに」

アドヴァルドがリュートを犯しながら同僚を罵《ののし》る。

「あっ、あっ」

「アドヴァルドの行為は合意だとでも？」

言い返しながらバニスは、リュートの胸の飾りをつまみ揉《も》みしだく。

「んっ、んんっ」

「当たり前だろ、見ろこの俺にメロメロの顔を」

「あっ、やめっ……」

「見えませんよ、あなたが隠してるんですから無駄にデカい手で」

「なんだと、お前の髪こそ無駄に長いじゃないか」

「あっ、あぁっ、出ちゃう、出ちゃうよ……！」

二人はリュートを競うように蹂躙《じゅうりん》しながら口げんかを続ける。目隠しされた暗闇で絶頂を迎えながらその会話を聞いていたリュートは、胸に誓った。

（こいつら、いつか仕返ししてやる……！）

それでもまだ、薬のせいで身体は刺激を欲して疼《うず》くのだった。


身体を綺麗《きれい》に清拭《せいしき》され、ぐっすりと眠っているリュートの額に、アドヴァルドは手を当てた。無理をさせてしまったと反省しつつ、媚薬《びやく》で蕩けたリュートのいやらしい顔を脳内で反すうしていた。下穿き姿のバニスは、ギュールズの子守唄《うた》を口ずさみながら、ベッドサイドの椅子に腰掛け、ランプの光に大粒の石をかざした。先ほどリュートにおねだりさせた際に流した涙は、透過度の低い、桃のような色の裸石になったのだ。

「魔石か？」

アドヴァルドがリュートを起こさないように小声で尋ねると、バニスは小さく頷《うなず》く。

「リュートから私へのプレゼントですからね」

わざとらしくアドヴァルドが見えないように手で隠す仕《し》草をして見せた。アドヴァルドは「いらねーよ」と舌打ちする。

「おや、金の卵をいらないとは。守銭奴らしからぬ発言ですね」

バニスがくすくすと笑って立ち上がり、脱ぎ捨てていたシャツに袖《そで》を通した。

「別に……これから、いくらでも泣かせられる」

「そんな悠長に構えていると、掠《かす》め取られますよ。私みたいな人間にね」

バニスは妖艶《ようえん》な笑みを浮かべて帰り支度を始めた。アドヴァルドはふんと鼻を鳴らして、リュートに視線を戻し、泣きはらしたその顔を長い指で撫《な》でる。

「極悪魔導士に盗まれないように、首輪でも着けておくかな……」

頬から目尻《めじり》に指がすべると、リュートは「む」と気難しい顔で寝言を漏らした。

■■■

美しく着飾った女性が二人、褐色の肌をした美丈夫に擦り寄りながら、手元の盃《さかずき》に酒を注ぐ。「もっと上手《うま》く酌できないのか」と挑発するように美丈夫が言うと、女性たちはくすくすと艶《つや》を孕んで笑った。

「イサーフ殿」

イサーフことカダットが泊まる高級宿の部屋に、貴族風の男が息を切らして姿を現した。カーネリアンの側近を務めているドュゴの間者だった。落ち着いた物腰の男が、息を切らして身なりも整えないまま駆けつけたとあって、カダットは急ぎの事態だと察する。すぐに、酒の相手に呼んでいた高級娼婦《しょうふ》たちを帰らせた。

間者の男に耳打ちをされたカダットは、一瞬言葉を失った。

「……何だと？　どういう意味だ」

「言葉のままかと」

間者が膝《ひざ》をついてこうべを垂れる。

「聖女の落とし子に、涙を魔石にする能力が――」

カダットは手を口に当てて呟《つぶや》きながら、酒場で対面したリュートを思い起こす。アメジストのように煌《きら》めく不思議な瞳に、一瞬目を奪われてしまったことも。

「第一王子と神官に囚《とら》われた落とし子を、騎士団の魔導士長が救出した際にそう言っておりました。冗談を言う男ではないので真実でしょう。これはもう一つのお知らせですが、第一王子はまもなく失脚します」

　カダットが身分を偽ってラピスバルドに潜伏していたのは、カーネリアンの王位継承を後押しするためだった。そのために優秀な間者を側近として送り込み、内政事情を探らせつつ、カーネリアンの力添えをさせていたのだった。

　ドュゴ帝国は好戦的な単一民族で構成された国だが、ラピスバルドやギューールズのように魔導士が揃《そろ》っていない。国土からは魔石もほとんど取れないため、人口や資源はラピスバルドやギューールズを上回っていても、魔法での戦争は不得手。大陸の覇権を握るまでの戦力には至らないのが現状だった。そのため魔石の輸出自由化に前向きなカーネリアンが王座に就けば、ドュゴにとっては都合がよかったのだ。しかし、カーネリアンは野心家の割には驚くほど浅はかで、王位継承の望みも今しがた絶たれた形となった。

「では我々は引き上げようか。長居は無用だ」

　そう言って、カダットは立ち上がった。そして、膝をついたままの間者に微笑みかけた。

「魔石貿易の自由化は消えたが、手土産くらいは持って帰りたいところだな?」

　細めたブルーグレーの瞳が、ランプの灯《あか》りに照らされて赤みを帯びていた。

翌朝、リュートが目を覚ますと、いつものように首筋に規則正しい寝息がかかっていた。長い手足が巻きついていて、うっとうしい。放せよ重たい、と言おうとして、声が出ないことに気付いた。

「っ……？」

身体を半身起こして喉《のど》を押さえる。腰がひどく痛み、下腹部には何かを埋められているような異物感があった。まるで初めてアドヴァルドに貫かれた翌朝のような。

「？」

気付けばシーツにくるまっている自分の身体は、何も衣服を身につけていない。そして身体に赤く散る無数の情交の跡を目にしたとき、昨夜のことを一気に思い出したのだった。

情欲に濡《ぬ》れたバニスの瞳《ひとみ》、耳を犯すようなアドヴァルドの艶のある低い声、そしてその二人を同時に受け入れてあられもない嬌声《きょうせい》を上げる自分――。

「っ……!!　……っ……!!」

恥ずかしくて悲鳴を上げたくても、嗄《か》れて声が出ない。顔を両手で覆って、ゴロゴロとベッドから転げ落ちた。そのままシーツと一緒に床を転がって壁にぶつかる。その音でアドヴァルドが目を覚まし「なにしてんだ」と寝ぼけた目でこちらを見下ろしていた。

「……！　……!?」

リュートは懸命に身振り手振りで伝えようとして、はっと何かを思い出し、頬を真っ赤にしてシーツに伏せた。アドヴァルドはベッドを降りて、リュートを抱え上げた。

「言いたいことは大体分かるが、薬が効いていたんだからしょうがない。声も出なくなってたのか……無理させたな。もう少し寝てろ。オムレツ作ってやるから」

リュートをベッドに降ろし、アドヴァルドは上半身裸のままキッチンへと歩いて行った。フライパンにバターが溶ける匂いを嗅《か》ぎながら、窓の外に目をやる。昨日の淫靡《いんび》な夜が夢かと思えるような清々《すがすが》しい青空だった。


バニスは朝から魔導士用の研究所に姿を現した。手にしていた魔石を、他の魔導士が「珍しい色ですね」と覗《のぞ》き込む。

「昨日、可愛い子からプレゼントされたんですよ」

そう言って手のひらに包み、桃色の魔石の波長に神経を集中させた。指先にしびれを感じる。神経毒系統の魔石と同じ反応だった。バニスは、部下の魔導士にラットを数匹連れてくるように頼み、すぐに籠《かご》に入れた三匹のラットが作業台に用意される。

「おそらく毒性魔法なので、みなさんは下がってください」

そう見守っていた数人の魔導士に声をかけると、ラットに向かって手をかざし、発動できるのもごくわずかと言われる毒性魔法の呪文を唱えた。もう片方の手のひらに置いた魔石がほのかに光る。

チチッとラットが飛び跳ねたものの、なぜか元気に籠の中で駆け回っていた。

「……毒じゃない？　でも確かに魔石は反応したんですが……」

そう言って籠を覗き込むと、一匹のラットが、他のラットにのしかかっていた。用意したラットは全て雄のはずなのに。バニスはその様子に嫌な予感がした。

作業台が、人影で暗くなる。

「バニスさん……」

振り向くと、見守っていた三人の魔導士が息をはあはあと荒らげて、にじり寄っていた。

「……っ、な、何ですか君たち！」

身体を反らせて怒鳴るバニス。

「バニスさん、ずっと好きでした！」「俺を貰《もら》ってください」などと口々に言って、バニスに飛びかかる。慌ててその場からすり抜け、研究所から出ようと扉に向かうと、扉が勢いよく開き、団長のルドルフが乗り込んできた。

「バニぃぃぃス!!　俺の愛を受け止めろ！」

そう叫んで、自分の団服を引きちぎり、自慢の胸毛を披露した。

桃の果実のような魔石は、恋情と性欲を呼び起こす魔法だったのだ。前後からむさ苦しい男たちにぎゅうぎゅうに抱きしめられたバニスは、火炎魔法で全員を吹き飛ばす直前、眉根《まゆね》を寄せて大きく舌打ちをした。

「あのクソガキ……！」

■■■

その午後、騎士団訓練所と並んだ王宮では、王女のシトリンが椅子に座ったカーネリアンを見下ろしていた。

「やっと尻尾《しっぽ》を出したわね、お兄様」

手枷《てかせ》はされていないものの、衛兵に囲まれて動きを封じられたカーネリアンは、尊大に脚を組んで首をかしげた。

「先ほどから何を言っているのだ、シトリン。尻尾とは何のことだ？」

「お兄様と神殿とが癒着しているのはもう分かっているのよ、あの屋敷は神官の持ち物だもの」

カーネリアンは喉の奥を鳴らして笑った。

「ただ居合わせただけだぞ。それをどう転がせば癒着の証拠になるというのだ？　出せるものなら出してみろ、明白な証拠を」

カーネリアンには自信があった。神殿へ国の財政から金を横流ししている物的証拠は、一切残さないよう細心の注意を払ってきたからだ。

王女らしからぬ舌打ちをしてみせたシトリンの背後から、王直属の騎士団の幹部が数人姿を現した。団長のルドルフ、魔導士長のバニス、そして副団長の一人、アドヴァルドだ。カーネリアンはその姿に一瞬ひるんだものの、挑発的な物言いでこう仕掛けてきた。

「騎士団が何かご用かな？　私と神殿の癒着の証拠でも捏造《ねつぞう》してきたのか？」

バニスがにっこりと笑って「物証はありませんよ」と答える。カーネリアンはそれを聞いて、口の端を引き上げた。

「物じゃないんだなぁ、物じゃ」

アドヴァルドが両手を頭の後ろに回して、人を食ったような言い方でそう言った。

「シトリン様、よろしいですか？」

ルドルフが何かを王女に確認し、了解を得ると、バニスに目配せをした。バニスは手に持っていた透明度の高い黄色の石を指輪にはめて、呪文を唱える。ほのかな光とともに、部屋には、ある男の声が響いた。


『お前が死ねば新たな聖女選定の神託が降りるそうなのだ。神殿は復権し、私の王位継承をバックアップする力も強くなる。そのために神殿には裏で膨大な金をつぎ込んでいるのだがな……！』

『全く理解できねえ！』


宮殿の一室に響いたのは、昨夜リュートと交わしたカーネリアンの会話だった。

「口は災いの元ですね、カーネリアン様」

バニスがそう意地悪に笑った。第一王子の癒着を暴いたのは、アドヴァルドが「名犬ムッシュー」の読み聞かせでリュートを泣かせて手に入れた、音の記録ができる魔石だった。カーネリアンは真っ青になって「捏造だ、誰かが捏造したんだ」とうろたえている。シトリンが一喝しようとしたその時、部屋の奥から低い壮年の声が響いた。

「もうよい」

幕の向こうから姿を現したのは現王のオブシディアン二世だった。老いてはいるが、意志の強そうな黒い瞳が、カーネリアンを見つめている。

カーネリアンは声を掠《かす》れさせて、父に縋《すが》った。

「父上、何かの間違いです！　私を陥れようとこいつらが」

オブシディアンは王衣の裾《すそ》を掴《つか》む長男を、手の甲で払《はら》い除《の》けた。

「カーネリアンの王位継承権を剥奪《はくだつ》する。神殿の解体と神官の処分はシトリンに一任する」

淡々とそう言い放つと、現王はアドヴァルドにちらりと視線を送ったあと、宰相とともに杖《つえ》をつきながら部屋から去って行った。部屋には絶望したカーネリアンの叫び声がこだまし、アドヴァルドは不愉快そうな表情で耳を指で塞《ふさ》ぎながら、ルドルフとバニスに「帰ろうぜ」と目配せをした。


「アドヴァルド！　待ちなさい！」

シトリンは宮殿を去ろうとする弟を呼び止めた。宮殿の人間でさえ、アドヴァルドが王子ジェダイトであることを知っているのはほんの一部。アドヴァルドは振り向いて、片膝《かたひざ》をついた。

「何でしょうか、シトリン様」

忠誠を誓ったような騎士の顔で、姉を見上げる。シトリンは人払いをし、部屋には王女と騎士団の三人だけになった。

「家出ごっこは終わりよ、城に戻りなさい」

詰め寄るシトリンに、アドヴァルドは立ち上がって両手を上げた。

「冗談じゃない。俺も継承権剥奪してほしいくらいなのに」

「ジェダイト！　お父様の持病がどんどん悪化してるのよ、もう時間がないの」

それは初耳だった。一瞬アドヴァルドの動きが止まるが、再び表情を戻して踵《きびす》を返した。

「とにかく俺は親父《おやじ》との約束通り二億ルーブ稼いで、こんな家とは縁を切る。姉上が全てうまくやってくれると信じてるよ」

そう言って、アドヴァルドは手を振りながら部屋を出て行く。そのあとを呆《あき》れ顔《がお》のバニスと、おたおたしたルドルフが追った。シトリンはイライラして「アホ！　愚弟！」と王族らしからぬ言葉で罵《ののし》っていた。

「いいのかアドヴァルド」

幼少期からアドヴァルドことジェダイトの剣術指導を担当し、成長を見守ってきたルドルフが声をかける。

「いいも何も俺は本気だ。本当に嫌なんだ、王族気取って生きていくのが。縁を切る条件の二億ルーブだって絶対諦《あきら》めない」

そして「金の卵を産むガチョウもいることだしな」と笑い声を漏らした。

「まあ、うちはお前がいてくれたほうが戦力的には安泰だがなぁ」

ルドルフはそう言って頭をかいた。そんなやり取りを呆れた表情で見ていたバニスは、二人の会話を遮る。

「その二億ルーブのことですが」

バニスが十枚ほどにまとめられた紙の束を懐から取り出し、アドヴァルドに渡した。パラパラとめくってみると「毒性魔石、中粒程度、色味・紫……四百万ルーブ」などという記述がずらりと並んでいる。バニスに頼んで国に買い取ってもらう予定の魔石の目録だった。

「先日、魚の水槽から持ってきた魔石が大量にあったでしょう？　それをダブリスさんが、護衛の謝礼としてアドヴァルドに譲ると言ってきました。その前に手に入れたものも貴重でしたが、今回の魔石はどれも大きかったので、いい値が付きました。買い上げ合計金額を見てください」

「一億四千万ルーブ……」

アドヴァルドは目を丸くした。後でルドルフが「さ、魚の水槽から魔石……？」と複雑怪奇な表情で独り言を漏らしている。

「これまでの稼ぎも合わせれば二億超えるんじゃないですか？」

バニスの言葉に、アドヴァルドはゆっくり頷《うなず》いた。

「もう約束は果たせるのです。お父上との賭《か》けはあなたの勝ちなんですよ、アドヴァルド」

ルドルフはアドヴァルドから紙の束を取り上げて、ぺらぺらとめくった。

「すごいな、どうしてこんなに魔石を……！　しかも珍しいものばかりだ！」

アドヴァルドは、喜びで小刻みに震えた。晴れて自由になれる時が来たのだ。王位も内政も外交も気にせず、一国民として解放される日が。カーネリアンのように失態で解放される人間もいるが。

突然飛び込んで来た朗報に、どういう顔をしていいのか分からなかった。しかし、脳裏に浮かんだのは、リュートの笑った顔だった。苦しい思いもさせたが、事情を知っているリュートならきっとその報告を一緒に喜んでくれるに違いない、と。今夜は早めに酒場に迎えに行こう、などと考えていた。

しかし、バニスの次の一言で、その喜びは一転した。

「これでガチョウ君もお役ご免ですね」

アドヴァルドから表情が消える。

「もう魔石は必要ない。あなたがリュートを独占する理由はもうないわけです」

バニスは訓練所に向かって歩みを進め始めた。

「私が貰ってもいいですよね？　彼が気に入りました。私のこの国での仕事も終わりましたので、リュートをつれて本国に帰ろうと思います。彼はギュールズの血を引く者ですからね。それに、いい研究ができそうですよ……ふふ」

「リュートをギュールズに……？」

穏やかなバニスの顔が、なぜか好戦的に見える。アドヴァルドはおうむ返ししかできなくなっていた。気付けば喉《のど》が渇いている。

「どうしました、何か異議でも？　ないですよね、金の卵が目当てだったんですから」

バニスが人を食ったような顔で笑う。アドヴァルドは自分が大きな思い違いをしていたことに気付かされた。

王家と晴れて縁が切れても、リュートがいて、一緒に寝て、起きて、文字や計算を教えて、毎晩酒場に迎えに行く生活が続くと思っていたのだ。

（俺は、どうしてそんな思い違いを）

明日から、もしかしたら今夜から、リュートは自分の部屋に帰ってこない。突然足元がぐらついた感覚に陥り、アドヴァルドはその場に立ち尽くしてしまった。

バニスとルドルフが、固まってしまったアドヴァルドに呆れて、先に訓練所に戻ろうと歩みを進めた時、騎士が一人駆け寄って来た。

「副団長！」

アドヴァルドは我に返って、何度か瞬きをする。騎士は、ラミアと名乗る女がアドヴァルドを訪ねて訓練所に来ていると伝えた。「とても混乱した様子で……」と付け加えて。

アドヴァルドがバニスとともに訓練所の応接室に駆けつけると、リュートの母ラミアが立ち上がってアドヴァルドにすがりついた。

「ああ、アドヴァルド！　リュートがいないの！　店の準備をしていて、ドュゴの商人が訪ねてきたと思ったら、いつの間にか商人たちと一緒にいなくなって……!!」

ドュゴという国の名を聞いて、アドヴァルドの額から一筋の汗が流れ落ち、何十キロもの距離を全力疾走した後のように心臓が早鐘を打った。

カーネリアンの失脚劇が宮殿で繰り広げられる少し前のこと。掠《かす》れつつも声が出るようになったリュートは、営業前の酒場の前で酒樽《さかだる》を洗っていた。酒樽をタワシで擦る腕の動きに合わせて、胸元の透明の石が日差しを反射していた。

カーネリアンたちに殺されかけた一連の騒動を心配して、母のラミアは自分が持っていたお守りのペンダントを、リュートに無理やり身につけさせた。リュートが産声をあげた時の涙が石化した、無色透明の魔石。それは二粒あり、もう一つは生みの親の聖女が身につけていたという。おそらく転落した川底に沈んでいるのだろう、とダブリスは言っていた。ある意味、生みの母の形見のような物かもしれない。

ペンダントを貰《もら》った夜、リュートは不思議な夢を見た。

そこには、幽閉されたかのように厳重に施錠された部屋で一人、祈り続けている自分がいた。

『……神よ、私をお救いください。ここから逃げたいと邪念を抱く私を、あるべき聖女の姿へと導いてください……』

月明かりだけが部屋を照らす部屋の中で、祈りを捧《ささ》げる自分の声は女性のそれだった。

『逃げ出せば？』

背後から男の声がする。振り向くと、開いた窓に少年が腰掛けていた。十五～十六歳くらいの金髪の少年。まるで重力が働いていないかのようにふわりと飛び降り、何も履いていない足で部屋の絨毯《じゅうたん》に着地した。

『あなた……！　ここは男子禁制の……！』

驚いて立ち上がると、その美少年が自分と同じくらいの背丈だということが分かる。少年は無遠慮に近寄ってきて、青い瞳《ひとみ》を細めてこう言った。

『ここから連れ出してやろうか』

『そんなことをしたら神のお怒りが……！』

少年はケラケラと笑った。

『そんなわけねーじゃん』

『そうね……聖女失格の私なんかいなくなったって神は……』

うつむく自分の頭に、温かい手が置かれる。

『そういう意味じゃねーよ。それとなあ、私なんかって言うな』

どこからか紫色の花を一本取り出し、自分に差し出した。

『その瞳と同じ色、探すの大変だったんだぞ』

恩着せがましいことを言いながら白い歯を見せた。少年を背後から照らす月明かりが、その金髪を縁取るように輝かせる。自分の鼓動が速くなっているのに気付き、服の胸元をたぐり寄せた。

（変な夢だったなぁ。しかし男の声、どっかで聞いたことあるような気もするんだよな）

そんな不思議な夢を反すうしつつも、深く考えることなく、リュートは酒樽を洗った。

ザハ酒の酒樽は、綺麗《きれい》に洗って酒蔵に返す決まりだ。しかし、樽《たる》のサイズが太った男の腹周りほどあるため、アルコールの匂いがなくなるまで洗うのに苦労する。リュートはこの作業が酒場の仕事で一番嫌いだった。

屈み込んで樽の外側を洗っていると、人影が自分を覆う。見上げると、褐色の肌をした美丈夫が立っていた。

「イサーフ」

数日前に店を訪れたドュゴの商人の名を呼び、リュートは立ち上がった。商人は優しげに微笑み、歩み寄った。

「やあリュート、精が出るな」

「酒樽洗い、嫌いなんだけどな」

そう答えた声が掠れていて、イサーフは目を丸くした。喉を指差し「どうした」と尋ねてくる。

「ちょっとな……」

リュートは、性の饗宴《きょうえん》で喘《あえ》ぎすぎて声が出なくなったとは言えずにごまかす。しかし、本人は気付いていないが、その首元には赤い鬱血《うっけつ》がいくつも浮かんでいて、イサーフはそれを見て灰青の目を細めた。

「ここを発《た》つことになったので別れを言いに来た」

イサーフは大通りの馬車を指差した。

「そうなのか、残念だな。この間のお詫《わ》びに父ちゃんの肉料理、ご馳走《ちそう》したかったな。でもまた来るんだろ？」

「どうかな、しばらくは未定だな……そうだリュート」

イサーフは何かを思い出したように、懐から小さな陶器の瓶を取り出した。

「お別れに……というわけではないが、うちで扱っている花の香油だ。お前にやろう。身体に使うのもいいが、吸うだけで声嗄《が》れや鼻詰まりにも効く」

リュートはそれを聞いて飛びついた。酒場の喧騒《けんそう》の中、こんな掠れた声では接客にならないと思っていたからだ。

「すごいな！　くれ！　いま使う！」

瓶に手を伸ばすリュートをイサーフはなだめながら、栓を抜いた。

「甘い香りは平気か？　この香りを鼻から大きく吸って口から吐くんだ。二、三回でいい。ずいぶん効くと思うぞ」

イサーフはリュートの顔に、栓の開いた瓶を近づけた。

「鼻から吸うんだな」

リュートは瓶に鼻を近づけて、すうっと思い切り吸い込んだ。甘さの中に、少し清涼感も加わった香りだった。そして、口から息を吐く。

「いい匂いだな、これ！　あとで母ちゃんにも――」

そこでリュートの台詞《せりふ》は途切れる。突然の眠気とともに、視界が暗転した。

「？」

「よく効くだろう？」

倒れ込むリュートの両脇を抱え、イサーフが優しく微笑んだ。薄れる意識の中で、香油の入っていた陶器の小瓶が、石畳に落ちて割れる音が聞こえた。

建物の陰から、イサーフことカダットの側近らしき男が足音も立てずに駆け寄って、深い眠りに落ちたリュートを肩に担いだ。

「お見事でした」

そう短く主人を讃《たた》えると、カダットは少し呆《あき》れた顔でリュートの寝顔を見た。

「なんと警戒心のない……。本当に頭が悪いのだな」

■■■

アドヴァルドは自分の髪と同じ色をした黒い愛馬を走らせた。リュートの失踪《しっそう》直前に会っていたのがドュゴの商人と聞いて、脳内には最悪のシナリオも生まれていた。

（リュートの出生か、もしくは涙の魔石化を知られているかもしれない）

ドュゴは魔石を喉から手が出るほど欲しがっている国だった。ラピスバルドがギュールズ以外との魔石貿易を拒んでいるため、何とかして手に入れたいのだ。ドュゴとも交易はしているものの互いに友好的ではないため、国境の一部では時折いざこざが起きる程度の微妙な外交関係だった。交易にしても隊商が通れる唯一の検問所で厳しい積荷の検問が行われている。特に、魔石をラピスバルドから持ち出していないかのチェックは、魔導士によって厳しく実施されている。

もしリュートが商人に攫われているとしたら、犯人たちは検問所で一度は足止めされると踏んで、アドヴァルドは検問所に向かって馬を飛ばしているのだった。まだ潜伏している可能性もある国内はバニスが捜索している。

アドヴァルドの体内は怒りと焦りで血が滾《たぎ》り、一方で手綱を握る指先は冷たくなっていた。

懸命に馬を走らせながら自問する。先ほど自分の部屋からいなくなると想像しただけでも足が動かなくなったのに、他国に奪われるとなったら、一体自分はどうなってしまうのだろう、と。翡翠《ひすい》色の瞳が、その心情を表すように揺れていた。


ゴトゴトという音と一緒に身体が揺れている。上半身に敷かれた温かいものは、恐らく人の身体。この感覚をリュートは知っていた。朝ベッドで目を覚ました時の感触だ。自分はアドヴァルドの腹の上にでも頭を置いて寝てしまったのだろう、などとぼんやり思っていた。

しかし不思議だった、人間の腹はこんなにもゴトゴトと硬質な音を立てるのだろうか、と。リュートは目を閉じたまま、自分の頭の下にある人体であろうものをさわさわと撫《な》でた。

「起きたか」

低い男の声が耳をくすぐる。しかしそれはアドヴァルドの声ではなかった。

「ん？」

ぼんやり開いた目に飛び込んできたのは、褐色の肌にブルーグレーの瞳が煌《きら》めく彫刻美術のような男の顔だった。やはりその視界も揺れている。リュートは自分が何かの乗り物に、イサーフの膝枕《ひざまくら》で横たわっているという状況は理解できた。自分のいる空間のサイズや聞こえてくる蹄《ひづめ》の音や馬の鼻息などから、馬車の中らしいということも。

「イサーフ……あれ？　俺……？」

そう言って身体を起こそうとして、足がうまく動かないことに気付く。半身を起こして足元を見るとロープで両足首が縛られていた。

「あれ？」

説明を求めるようにイサーフを見上げると、穏やかに笑っていたはずのイサーフの端整な顔から表情が消えていて、リュートは冷や汗を流した。表情のない美形はある種の恐ろしささえ感じられる。

「哀れな聖女の子よ」

どくん……と心臓が跳ねた。この男は自分の出生の秘密を知っている。両足を縛られて馬車にいる理由がやっと理解できた。

「他人から差し出されたものを、何の警戒もせずに吸引するなど子どもでもしないぞ」

その言葉で思い出した。声嗄れに効くという花の香油の香りを吸い込んで、そのまま意識を失ったことを。

「お……お前……何が目的――!?」

その瞬間、頭に衝撃が走り馬車の床に転げ落ちた。近くに座っていたイサーフの部下に殴られたのだ。

「っってぇ……」

「無礼者、カダット様に何という口の利き方だ。不敬罪で処刑するぞ」

そう低い声で脅して、短剣を腰からすらりと抜いた。素人のリュートでも分かる。その動きは間違いなく商人のものではない。

「カダット……?」

カダットと呼ばれた褐色の肌の美丈夫は、靴の先で倒れたリュートをつついた。冷たく見下ろして

「俺の本名だ」と短く言いながら、頭に巻いたターバンを緩めていく。艶《つや》のある焦げ茶の髪がさらりと落ち、それを気だるげにかき上げた。そんな何気ない仕草は、その場に女性が十人いれば十人がため息をつくほどの妖艶《ようえん》さを孕《はら》んでいた。

「本当はカダットって名前なのか……。で、ふけいざいってなんだ?」

その場にいた商人らしからぬ部下がカッとなって、リュートの腹を蹴《け》った。反対にカダットは手を口元にあてて、くっくっと喉《のど》を鳴らして笑っている。

「なんたる無知……！　カダット様はドュゴ帝国の皇太子殿下だ、この無礼者」

そう言いながら、もう一度リュートを痛めつけようとする男を、カダットは止めた。

「いいではないか、識字率の低いラピスバルドの平民などこの程度だ」

「……なんか偉い人っぽいな」

知らない言葉のニュアンスを懸命に理解しようとするリュートに、再びカダットは吹き出し、平易な言葉で教えた。

「一番年上の皇子《おうじ》だ。父が死ねば、俺がドュゴの皇帝だ」

「おうじ!?」

リュートは驚きで痛みを忘れ、拘束された両足の膝《ひざ》を抱えて床に座り込んだ。

「いまどきの王子って商売もやるんだな……あ、分かったぞ貧乏なんだな？　でもうちも貧乏だから、聖女の子どもとか言われてても、『みのしろ金』は出せねーぞ」

カダットはおかしそうに笑って「好きに解釈しろ」と窓の外を見つめた。その後リュートは、拘束を解いて家に帰らせろとぎゃあぎゃあ騒いだが、カダットにも周囲にも相手にされず、あまりにうるさいので猿ぐつわまで咬《か》まされてしまった。ジタバタと暴れても体力の無駄だと分かり、そのままふて寝してしまった。まさか自分の涙が魔石化するという秘密をカダットに知られていて、これからどんな仕打ちが待ち受けているかも知らずに。

どれくらい揺られたのか、リュートは叩《たた》き起《お》こされた。猿ぐつわを外され、なぜか女物の服を着せられる。顔が見えないように頭にはスカーフを巻かれた。そして、カダットの隣に座らされる。

「な……なんだ？」

カダットはリュートの腰に手を回し、ふっと優しげに笑ってこう言った。

「しばらく声を出すな。出した瞬間、殺す」

表情と見合っていない発言が冗談ではないと証明するように、背中に冷たい鋭利な金属を当てられた。リュートは震えながら小さく何度も頷《うなず》いた。

馬車が止まる。外から男数人の声が聞こえてきた。馬車の入り口の幕が開かれ、鎧姿《よろい》の男が中を見た。カダットはリュートの腰に回した手に力を入れながら、にっこりと鎧の男に笑いかけた。

「どうも、いつもお世話になります。国境の検問ご苦労さまです」

「通行証を見せてもらおうか」

横柄な態度の鎧の男に、カダットは懐から一枚の紙を取り出して渡した。先だってカーネリアンが直筆で渡した通行証だった。宮殿で王位継承権が剥奪《はくだつ》されたのは今しがたで、まだ国民は誰も知らない。第一王子の直筆の通行証を見て、鎧の男は一瞬で態度を変える。

「こっ、これはカーネリアン様御用達の隊商でしたか！　大変失礼いたしました！　お隣は奥様ですね。積荷の検査はもう結構ですので、お進みください」

そう言って引いていく。リュートは冷や汗をかきながら、その鎧の男に助けを求めるか葛藤《かっとう》していた。しかし先ほど背中に当てられたナイフの冷たさが、それを躊躇《ちゅうちょ》させている。

すると鎧の男の後ろから、ローブ姿の男が顔を出した。

「申し訳ありません、積荷に魔石がないかの確認だけさせてもらいます」

カダットは「どうぞどうぞ」と手を前に出して、歓迎のポーズを取った。同時にローブ姿の魔導士が何か呪文を唱える。

すると、リュートの胸が熱くなった。着ていた女性ものの服の下で、何かが光と熱を放っている。周囲もそれに気付いて目を丸くした。光っていたのは、ラミアに無理やり身につけさせられたペンダントだった。無色透明の魔石がまばゆい光を放っている。リュートの頭を包んでいたスカーフが後ろに滑り落ち、短い髪と紫色の瞳《ひとみ》をたたえた青年の顔が露《あら》わになる。

「魔石だ！　しかも同乗者は妻じゃない、青年だぞ！」

魔導士が声を上げ、同時に鎧の男が剣を抜いた。カダットがチッと舌打ちをし、部下たちに目配せをする。すると、部下たちは鎧の男を馬車の入り口から突き飛ばし、短剣で喉を一突きした。鎧の男は声も出さずに後ろに倒れる。

「カダット……なっ……!!」

リュートは大声を上げ、カダットに「だまれ」と口を押さえられた。魔石の検査をした魔導士も同様にあっと言う間に腹を刺されてしまう。

「馬車を出せ！」

カダットは大声で命じる。異変に気付いた他の検問所の兵たちが集まってくる前にと、馬車は勢いよく走り出した。そのまま国境線を越え、検問所の兵たちが入れないドュゴ国内へと馬車は駆けて行った。

リュートは、初めて目の前で人が殺されるのを見て、身体が震えていた。人間はあっけなく死ぬのだということを、まざまざと見せつけられたのだから。それを平然とやってのけて、もう鼻歌などを口ずさんでいるカダットが余計に恐ろしくなった。

□□□

ドュゴ帝国とつながっている唯一の検問所にアドヴァルドが到着すると、そこでは数人の兵が何かを囲んで騒いでいた。

「おい！」

馬上から息を切らせて声をかけると、検問所の兵たちが騎士団の到着に安堵《あんど》した表情を見せた。

「何があった⁉　ここをドュゴの隊商が通らなかったか⁉」

「それが……‼」

地面には喉から大量の血を流した兵士が仰向《あおむ》けに倒れていた。少し離れたところで同じように魔導士も。

「くそっ……間に合わなかったか……！」

「魔石が一つドュゴに入りました。紫色の瞳をした少年が首に下げていたそうです」

刺された魔導士が息絶える前に同僚に残した言葉を、兵士はそのままアドヴァルドに伝える。アドヴァルドの心臓がばくばくと音を立てた。血が煮えたぎる。全てを破壊してしまいたい衝動に駆られた。

「その少年が隊商のリーダーを『カダット』と呼んでいたと……」

「カダットだと！」

ドュゴ帝国の皇太子の名だった。冷酷無比の代名詞、と裏でささやかれていることで有名な。

アドヴァルドはそのままドュゴに乗り込もうとしたが、後から追いついたルドルフたちに押さえ込まれた。

「やめろ無謀だ！　死ぬぞ！」

「放せ！　ドュゴなんて俺が一人で壊滅させてやる！」

アドヴァルドは怒りで我を忘れ、自分を取り押さえる騎士たちを張り倒していく。

「思い上がるな！　お前一人で何ができる。下手すればお前の身勝手な行動で戦争になるんだぞ。国民の命を脅かす権利は、一騎士であるお前にはない!!」

ルドルフはアドヴァルドの頬を拳《こぶし》で殴り飛ばした。

「うぉおおおおお!!」

アドヴァルドは滾る血を抑え切れず、大刀を地面に振り下ろし、雲ひとつない空に向かって咆哮《ほうこう》を上げた。

【第三章】 虜囚が涙を流すとき

空は青からピンク、オレンジへと色を変え、地平線にある黄金色の麦畑に溶け込んでいく。馬車はそのあぜ道を駆け抜ける。窓から西日が差し込んで、馬車の持ち主の横顔を照らしていた。人口も資源も、そして水と作物も豊かなこの国の皇太子は、リュートから取り上げた魔石のペンダントを真横から差し込む西日に照らしていた。

「空と畑が溶け合ってる」

リュートは窓から見える光景に、ふと漏らした。すると、カダットも窓に視線をやって再び魔石に目を落とす。

「知識がないと、表現が自由だな」

おそらく褒めていない台詞《せりふ》だとリュートは分かったが、疲れて抗議する気も起きず、ふんと鼻を鳴らして膝を抱えた。

リュートを拉致《らち》した一行は国境を越えてから一週間、移動を続けていた。ドュゴの国境近くは街が少ないため野営をしたが、それ以外は街から街を目指して馬車を走らせ、その街一番の高級な宿に泊まった。

そして先日、王宮からの出迎えという護衛兵付きの大仰な一行と合流し、隊商に扮《ふん》した馬車から王族専用の性能のいい馬車に乗り換えたところだった。

リュートは袋詰めにでもされて荷台に載せられると思っていたが、なぜかカダットと同じ馬車に向き合って乗っている。やっと足の拘束が解かれたため何度か脱走を試みたが、カダット本人にやすやすと阻まれた。移動時間が退屈なのか、カダットはわざとリュートに脱走させて遊んでいるようにも見えた。

「なあ、もしかして俺、殺されるのか?」

意を決してリュートはカダットに尋ねた。検問所で目の前で絶命した兵士のことが脳裏をよぎる。カダットは「そのつもりなら、もう酒場で出会った時に殺している」と何でもないように答え、リュートを余計に戦慄《せんりつ》させた。その怯《おび》えた表情を見てカダットは何かを思いついたように、向かいに座っていたリュートの手を引き、自分の横に座らせた。

リュートの身体《からだ》は強張《こわば》っていて小刻みに震えている。カダットはなぜか満足そうな表情を浮かべ、こんな言葉をかけた。

「しかし俺は気分屋だからな、いつこのナイフでお前の胸を一突きするか分からないぞ」

宝石のついた豪奢《ごうしゃ》な短剣を、リュートの前で抜いて見せる。その磨き上げられた刀身にリュートの紫色の瞳《ひとみ》が映り込んだ。目の前にいる褐色の肌の男を、まるで化け物を見るかのような表情で見つめ、リュートは目をぎゅっと閉じて下を向いた。

「いいヤツだと思ってたのに……くそ、俺また騙《だま》されて……」

不安と恐怖、そしてすぐに人を信じて騙されることを繰り返す自分の愚かさ。そんな感情が渦巻いて、こみ上げてくる。

（泣くな俺！）

今泣いたら涙の魔石化がカダットにばれてしまう、と懸命に堪《こら》えた。それを見透かしたようにカダットは、短剣の先でリュートの太ももをなぞった。軽く触れただけなのに服がすっと裂けてゆく。切れ味の鋭い証拠だった。

「健康な若い男をいたぶりながら殺していくのも、楽しいだろうな」

そう言いながら、裂けた服の間に短剣の先を滑り込ませる。ひやりと刃が触れた瞬間、リュートの涙腺《るいせん》はあえなく決壊してしまった。

「うぅっ……最悪だっ……」

紫色の瞳にみるみる涙がたまり、瞬きと同時に落ちていく。その涙はオレンジから青へのグラデーションになった大粒の石となり、カダットの短剣の柄《つか》にコンと音を立ててぶつかった。

カダットはその瞬間を目の当たりにして、一瞬言葉を失った。まるで神聖な儀式を見ているかのような感覚さえ抱いて。

「これが涙の魔石化か。なんと不思議な……」

そう言って落ちた魔石を拾う。先ほど窓から見えた、日が沈む空の色のようだった。

リュートも驚いて顔を上げる。

「知ってたのか」

「だから連れてきたのだ。聖女の子だから連れて来られたと思っていたのか？　確かにドュゴも聖女信仰のある人間は多いがな」

そう言うと、カダットはリュートの頬に刃を滑らせる。リュートは身体が硬直した。

「泣けば魔石になるとは……一体どんな仕組みなのか。王宮に戻ったら医師や祈祷《きとう》師たちに調べさせよう。拷問でもして大量生産しようか、ふふ」

残酷な笑みを浮かべるカダットに、リュートは震えた声で虚勢を張った。

「言っとくけど、痛いとか苦しいとかそういうので泣いても魔石にならねーんだからな！　拷問したって無駄だ！」

カダットはぴくりと片眉《かたまゆ》を上げる。

「しかし、今しがたの涙は魔石になったではないか」

「怖かったからだよ！」

カダットは手を口元にあてて、少し考え込んで「そういうことか」と魔石化の仕組みを理解したようだった。

リュートは「帰りてえ」と呟《つぶや》きながら、頬に当てられた刃に身体をガタガタと震わせる。紫色の瞳が潤んでいて差し込む西日を反射する。カダットはなぜかそんな表情のリュートから目を逸《そ》らせなくなった。顎《あご》を引き上げ自分のほうを向かせると、リュートは余計に身体を硬直させた。

カダットは美しい顔に冷笑を浮かべながら、リュートの手を引いて床に跪《ひざまず》かせた。そして片手でボールを持つようにその頭を掴《つか》み、自分の腰元へと近づけた。

「ならば、お前の心を傷つけて泣かせればいいのだな？」

リュートははっとしてカダットを見上げた。

「……そんな瞳《め》で怯えられると興奮するじゃないか」

ガラスのような瞳を細め、リュートに自分の雄を咥《くわ》えるように命じた。


「ん、んぐぅ……っ」

口の中を、質量と硬度が増したカダットの肉棒が出入りする。

「下手だな、舌を使え」

カダットは片手でリュートの頭を動かし、もう片方の手で抜き身の短剣でリュートの背中をなぞった。すーっと背中に冷たい空気が入り込む。おそらく短剣に服を裂かれたのだろう。

「無理ら……こんなでかいの……」

リュートはカダットのそれを咥えながら、懸命に抗議をする。すると、むき出しの背中に金属がひやりと当てられた。

「俺を満足させられなかったら、ここに刃で絵を描いてやろう。赤い綺麗《きれい》な絵になるぞ」

「ひっ……!!」

リュートは身体を戦慄《わなな》かせた。喉《のど》の奥まで肉棒で突かれ、目尻《めじり》から生理的な涙が溢《あふ》れる。カダットはその泣き顔にとても興奮しているようだった。ぐしゅぐしゅと馬車内に水音が響く。そして、喉を突かれるたびに漏れるリュートの声も。

「っふ……んっ」

背中を斬られたくない一心で懸命に口淫を施そうとするが、カダットは物足りないのか、リュートの頭を掴んで自分の都合のいいように前後させた。喉の奥を犯されるたび、リュートは嘔吐《おうと》感に襲われる。それゆえに肉棒を締め付け、カダットは少しずつ機嫌が良くなっていく。背中に当てられていた短剣は離れ、リュートは少し安堵した。

「俺の顔を見ろ」

低い声でそう命じられ、リュートは視線だけをカダットに向ける。すると口の中の雄がびくりと揺れ、さらに質量が増した。

「んぅっ……！」

苦しげに声をあげて涙目になるリュートに、カダットはひどい言葉を浴びせた。

「俺の欲望を咥えて尻《しり》を振る……男のくせにまるで娼婦《しょうふ》だな」

「ふっ……んぅ……っ……」

「もう舌の使い方まで覚えたのか。淫乱《いんらん》め」

矜持《きょうじ》を傷つけられ、目尻からこぼれた涙は小さな石となって馬車の床に落ちた。

少しずつカダットの息も荒くなり、脚の間でリュートの頭を揺らす動きも速くなる。リュートは苦しくなって、カダットの太ももに置いていた手に力が入る。それに気付いたカダットが「抵抗のつもりか」と笑って、絶頂に向けて腰のスライドを始めた。

「んっんっ……んぅ……っ！」

「っは……これから楽しくなりそうだな、リュート……」

カダットはそう漏らすと、リュートの喉の奥に熱い精液を放った。リュートは驚いて口を離し、その残滓《ざんし》が頬にも飛び散る。むせていると顎を持ち上げられ、カダットの灰青の視線がリュートを射抜いた。

「俺の機嫌を損ねないよう、もっと上手《うま》くなるのだな」

リュートは顔にかかった精液を拭《ぬぐ》うのも忘れて戦慄した。今まで経験した性行為は、不本意ながらも自分も快楽を与えられていた。こんなふうに玩具《がんぐ》のように扱われる性行為もあると知り、リュートの矜持はズタズタに切り裂かれていた。

そのとき脳裏をかすめたのは「気持ちいいだろ？」とリュートの反応を確認するように低い声で囁《ささや》く、ベッドでのアドヴァルドの優しく艶《なま》めいた表情だった。


街の人間がカダット一行に気付いて、路傍に跪《ひざまず》く。城下にある白い土壁の街を通り抜けると、宮殿が姿を現した。背景に立ち上る入道雲と同じ色をした、巨大なドーム型の建物。それを中心に同じ屋根の形をした棟がいくつもそびえ立つ。馬車の窓からその様子を目にしたリュートは、口をあんぐりと開けていた。

「で、でかい」

そう漏らすと、カダットを振り返った。「本当に王子だったのか」と言いながら。当人は鼻で笑った。

「威光を示すだけのための、つまらん建造物だ」

白亜の門をくぐると、馬車は専用のロータリーに止まる。リュートは喉をゴクリと鳴らし、身体を強張《こわば》らせた。牢屋《ろうや》のようなところに放り込まれ、拷問が待っているのではないかと思ったからだ。

するとカダットが先に降りて、リュートにも降りるよう手を差し出した。まるで一国の姫でもエスコートするかのように。

「？」

リュートは不思議に思いながらその手を取ると、カダットが顔を寄せて耳元で囁いた。

「今から俺がいいと言うまで一切喋《しゃべ》るな。黙ってついて来い。できなければその場で殺す」

灰青の目が冗談ではないと訴えてくる。リュートは顔を青くして何度も頷《うなず》いた。

馬車を降りると、何十人もの侍従が頭を下げてカダットを迎えていた。みんな頭にターバンのようなものや、女性は長いストールを被《かぶ》っている。髪を親しい者の前以外では極力露出しないこの国の礼儀にならい、リュートもストールを頭から首元にかけて巻かれていた。

頭を下げる侍従たちに、片手を上げるだけで返したカダットは、リュートの腰に手を回し「こっちだ」と、先ほどの表情とは一転、優しげな笑顔を浮かべてリュートを宮殿に案内した。リュートはその行動が理解できず小声で「どういうこと」と尋ねるが、カダットの、喋るな殺す、と言わんばかりの視線に黙らされてしまった。

宮殿の奥から、初老の侍従長が姿を現す。

「お帰りなさいませ、皇太子殿下。そのお方は……」

侍従長にちらりと視線を向けられ、リュートは身体を強張らせた。カダットは満面の笑みを浮かべて、大勢に聞こえるように説明する。

「可愛《かわい》いだろう？　旅先で出逢《であ》って一瞬で恋に落ちたのだ」

ザワ……と侍従たちが騒ぎ始める。そしてリュートも青い顔で冷や汗を流している。

(何を言ってるんだ、こいつ！)

リュートの腰に手を回した手に力を入れて、カダットは移動を促す。後ろを侍従長が追いながら「しかし、その方は男性では」「まだ一人も後宮に迎えていないのに」「お世継ぎが」などと言っているが、カダットは聞こえないかのように歩みを進めていく。

「あのじーさん何言ってんだ？」

リュートが歩きながら振り返っていると、カダットは腰から手を離して、リュートの肩を引き寄せた。

「喋るなと言ったはずだ。死にたいのか」

リュートは肩をすくめて、しぶしぶ前を向いた。

宮殿から中庭に延びた大理石の道を通り抜けると、人の背の三倍はあるような門が現れた。カダットは、頭を下げる衛兵に何かを伝えると、そのうちの一人が慌てて中に入っていく。別の衛兵が門を開け、カダットはリュートの手を引いて中に入った。リュートはここが牢屋かもしれない、とごくりと唾《つば》を飲み込む。

中から高齢の女性が駆けつける。この施設の女官長だった。

「まあまあ、皇太子殿下。ついにここに足をお運びいただけるとは」

嬉《うれ》しそうに話しながら、横に立つリュートを見て絶句する。先ほどの侍従長と同じ反応だった。

「リュートという。この者に部屋を用意してくれ」

カダットはリュートを女官長に引き渡した。女官長は困惑顔でカダットを見つめる。

「しかし、この方は男性では……」

「そうだが、何か問題か？」

「カダット様、お言葉ですがここは王族の奥方様が暮らす後宮。王族以外の男性は、足を踏み入れることはできません」

それを聞いて驚いたのはリュートだった。どういうことだ、と言おうとして、カダットに殺気立った視線を向けられる。カダットは女官長に続けた。

「この者は今日から私の側室だ。平民上がりで小汚いので身綺麗《みぎれい》にしてやってくれ」

「おい、小汚いとか言うな」

腹に据えかねてリュートは毒づいた。それを聞いたカダットは目を細めて、女官長に言った。

「こういう生意気なところが気に入ったのだ。育ちが悪くて妄言も多いが、気にしないでやってくれ」

カダットはリュートに「今夜はゆっくり休め」と声をかけて、踵《きびす》を返した。何かを思い出したように立ち止まり、振り返って女官長にこう言い残した。

「それと、その者を泣かせるな。泣かせた女官は処刑する」

リュートはあっけにとられて、身動きが取れないでいる。「側室」の意味は知っていた。初恋の相手だったユーリアが、貴族の側室となったからだ。詳しくは理解していないが「二番目以降の奥さん」という認識はあった。

（側室って女がなるもんだろ？）

隣で同じようにほうけている女官長に、そっと聞いてみた。

「なあ、おばちゃん。あいつ何を考えてるんだ？」

身元の知れない小汚い、しかも男の側室を押し付けられた女官長は、「おばちゃん」と呼ばれたことにもムッとしながら、ため息をついた。

「ああ、殿下は一人も奥方を迎えられないと思ったら……男の側室を連れてくるなんて……」

「モテないんじゃねえの？　あいつ性格悪いし、すぐ殺すとか言うし」

リュートが頭の後ろで手を組んでそう言うと、肘《ひじ》をピシッと叩《たた》かれた。

「皇太子殿下は冷静で勇敢で、この国を背負って立つお方。いくら平民上がりとはいえ、側室が自分の主人をそんな風におっしゃってはいけません！　私がしっかり教育して差し上げます！」

「い、いいえ、遠慮します……」

リュートは女官長の迫力に、身体を縮めて首を振った。

数人の女官たちに服を全て剥《む》かれ、大きな風呂《ふろ》に放り込まれた。裸を見られて、男のわずかなプライドもズタボロになったリュートは、「もうお婿にいけない」と嘆きながら湯船に浸かる。そこは湯船の広さだけでダブリスの酒場ほどもあって、リュートはどこに落ち着けばいいか分からず、湯の中をうろうろしていた。すると湯気の向こうから、子どもの声が聞こえてきた。

「リュート様ですね？」

顔を出したのは十歳くらいの褐色の肌をした少年だった。少年は深々と頭を下げる。

「僕はカリムと申します。男性の側室が来られたということで、急遽《きゅうきょ》リュート様のお世話係を拝命しました。何でも言ってくださいね！」

グリーンの丸い瞳《ひとみ》をキラキラとさせた可愛らしい少年だった。耳下あたりで切り揃《そろ》えた黒髪がくりくりと跳ねている。すぐさまリュートはこう言った。

「じゃあ、ここから逃げ出すの手伝って」

「あはは、ユニークな方にお仕えできて幸せです！　さあ、ピッカピカに磨き上げて皇太子殿下をメロメロにしましょうね！」

カリムはリュートを湯船から上がらせると、泡立てた石鹸《せっけん》で全身をくまなく洗い上げた。

長距離移動の疲れが噴き出したのか、リュートも抵抗を忘れてその心地よさを甘受する。

女官長が、後宮に男性はいないと言っていたため、心のどこかで「いつでも逃げ出せる」と甘い見通しを立てていた。

（体力が回復したら速攻で脱走してやる）

洗い終わった身体にカリムが甘い香りの香油を垂らしマッサージを始めると、リュートは緊張感も消え失《う》せ、うとうとと舟を漕《こ》ぎ始めた。


アドヴァルドは馬を走らせて、ラピスバルド城下でバニスと合流した。

「なんですって？　カダットに!?」

「多分、魔石化のことを知られているだろう」

アドヴァルドは眉根《まゆね》を寄せて拳《こぶし》をぎゅっと握る。

「それはまずいですね。魔石目当てなら殺されはしませんが、強力な魔石がドュゴに渡ってしまう……」

アドヴァルドは瞳を閉じた。本心は魔石などどうでもよかった。隣国にリュートを奪われたこと、これから魔石を手に入れるためにリュートがされること……それを想像するだけで、身体中が沸騰した。

「バニス……俺が今からすることに力を貸してくれるか？」

戦場で互いに背中を預けてきた二人。バニスは、言葉を交わさずともこれからアドヴァルドがしようとしていることが理解できた。その美貌《びぼう》に微笑《ほほえ》みを浮かべてこう言った。

「ええ、もちろん。私だってリュートが可愛いんですよ」

王宮に騎士団の二人が馬で駆け込んでくる。門の前で衛兵が立ちはだかった。

「アドヴァルドさん、お待ちください！　許可がない者は騎士団の方でもお通しできません！」

アドヴァルドは衛兵を睨《にら》みつけた。

「うるさい、門を開けろ！」

馬から降りて衛兵を投げ飛ばし、門を自分で開けて入って行った。後ろから「乱暴ですねえ」とバニスが呆《あき》れながらついて来る。止めに入る衛兵を次々と張り倒し、王族や国の幹部が重要な会議をする際に使う中央の間についた。

後ろから衛兵が追いかける。

「あの騎士を捕らえろ！」

中央の間の前では、まるで待ち構えていたようにシトリンが腕を組んで立っていた。後ろから追いかけてくる衛兵長が声を上げる。

「シトリン様、乱入者です！　取り押さえますので一旦《いったん》避難してください！」

シトリンはにっこりと笑って、衛兵長に言った。

「いいのよ、衛兵長」

「……は？」

その場にいた衛兵たちが足を止める。

アドヴァルドは瑠璃色《るりいろ》に縁取られた騎士団のマントを脱ぎ捨てた。それを王宮に長く仕えている侍従の男が受け止め、緋色《ひいろ》のマントをアドヴァルドに渡す。

アドヴァルドはゆっくりと足を進めながら肩でマントを留めた。それは、王族しか身につけてはならない紋章が地紋として織り込まれた布で作られていた。

「おかえり。ジェダイト」

シトリンは、堂々とした弟の本来の姿に目を細めた。

ジェダイトと呼ばれたアドヴァルドは、シトリンを一瞥《いちべつ》しマントを翻して王座の横に並ぶ王位継承者の椅子に座った。

衛兵たちは、その悠然とした姿を固唾《かたず》をのんで見守るしかなかった。

「ジェダイト……様……？」

「アドヴァルドさんが、ジェダイト様……？　ご病弱のはずでは……」

衛兵たちが口々に漏らすのを尻目《しりめ》に、アドヴァルドはシトリンに声をかけた。

「重要な話がある。王と宰相を集めてくれ」

シトリンは頷《うなず》いて、侍従に目配せをした。王位の継承をあれだけ拒んでいた弟が、目の色を変えて帰ってきたとあって、特別な事情があるのだと察していた。

そして、嬉しそうに小声でこう漏らした。

「ふふっ……一体何がジェダイトを本気にさせたのかしらね」

指で自分の頬をなぞりながら、目を細めた。

□□□

「聖女の子ども!?」

テーブルを囲んだオブシディアン王、シトリン、それ以下の宰相たちがざわめいた。

「ああ、そして特別な異能を持っている」

アドヴァルドは、そこで断片的なリュートの情報を伝えた。聖女の出産を隠蔽《いんぺい》し、新たな聖女選定の神託を受けるために神殿がリュートの命を狙っていたこと、リュートに魔石を生み出す力があることと……。

「バニスが持ち込んだ大量の魔石は、その子どもによるものだった……ということね？　国土から産出したことのない魔石だったもの。ジェダイトが一緒に住んでいたのは護衛のためだったのね」

シトリンは合点がいったようで、深く頷いた。

「その青年がドュゴの手に渡ってしまいました。元々資源も人口も豊富なドュゴが魔石を大量に手に入れたら、ラピスバルドもギュールズも太刀打ちできなくなります。大陸の勢力の均衡が大きく崩れ、最悪両国が征服されるという恐れも……」

同じく席に着いたバニスが、説明を補足した。

アドヴァルドはテーブルを強く叩いた。

「魔石が大量に向こうの手に渡る前に、早急に奪還作戦を実行する。指揮は俺にさせろ」

するとと、一人の中年の宰相が軽口を叩くように言った。

「大騒ぎする前に、刺客を放ってその青年を暗殺してはどうですかな。少なくともあちらに魔石は渡りますすま――」

言い終わる前に、アドヴァルドはその横面を殴りつけていた。宰相は椅子から転げ落ち、床に倒れ込んだ。

「やってみろ。お前を一族郎党とともに消してやる」

一瞬で中央の間が静まり返った。

シトリンもその殺気に気圧《けお》されながらアドヴァルドに尋ねる。

「その子を助けるために王宮に帰ってきたの……？」

アドヴァルドは鼻を鳴らした。「それ以外に何の理由がある？」と。

「よい、ジェダイトに任せる」

オブシディアン二世が侍従の手を借りながら立ち上がった。

「私も聖女信仰は少なからずある。魔石も渡せぬが聖女の忘れ形見とあっては、なんとしてでも助け出したい。しかしもうこの身体だ……ジェダイト、指揮はお前に一任する。必ず連れ戻せ」

そう言うと、王は宝石のちりばめられた杖《つえ》をついて部屋を後にする。その小さくなった背中には威風堂々としていた昔の面影はなかった。アドヴァルドは、シトリンが王位継承をしつこくせまる理由が少し理解できた。

「陸将と海将、騎士団長を呼べ。外交官長もだ」

アドヴァルドは各担当者に命じると、バニスを連れて自室へと一旦戻って行った。

その風格は「黒獅子《くろじし》」と恐れられた若きオブシディアン王を彷彿《ほうふつ》とさせ、命じられた宰相や侍従、そしてシトリンまでも言葉を失っていた。


アドヴァルドは宮殿の自室に入って不思議な気分になった。何年も足を踏み入れていなかったのに、つい昨日までいたかのような感覚になったからだ。

「いつ帰ってもいいように、毎日城の者が手入れをしていたんですよ」

バニスがノックもせずに入室して、アドヴァルドの部屋のクローゼットを開いた。そこにはかつて着ていた仕立てのいい普段着や豪奢《ごうしゃ》な正装用の衣装などが並んでいる。

「いらん、すぐ戦場に行くんだ」

「もうギュールズには魔導士の応援要請を出しました。鷹《たか》を飛ばしているので数日でこちらに到着するでしょう」

アドヴァルドはふっと笑って「さすがだな」とバニスを見た。窓際に立ったバニスは、プラチナの髪で西日を反射しながら表情を消してこう言った。

「自分で思う以上に、私も怒ってるみたいなんですよ」

アドヴァルドは眉間《みけん》にしわを寄せてため息をついた。

「俺を愚かだと思うか、バニス。たった一人のために私情で国中を動かして……」

バニスは「合理的理由がありますから」と答えるが、アドヴァルドは首を振った。

「聖女の子や魔石化の秘密がなくても、おそらく俺は同じことをする。自分が一番毛嫌いしていた王族の力を利用して」

バニスは目を丸くして笑った。

「ふふ、そんな情熱的なアドヴァルド初めて見ましたよ。人間臭くて面倒な男ですね」

アドヴァルドはからかうバニスを睨むが、睨まれた本人は窓の外を見ながら懲りずに続ける。

「リュートはある意味ラピスバルドの救世主かもしれませんね。王位継承権を捨てるために何年も家出していた王子を、一瞬で王家に引き戻したんですから」

アドヴァルドは拳を握りしめた。もうこの感情の出どころは分かっている。ずっと前から抱いていたのに、自分が真正面から受け止めようとしていなかっただけだということも。

アドヴァルドは、目を閉じて記憶を反すうした。リュートの寝顔、笑った顔、怒った顔、そして泣いている顔。今ごろ、どんな仕打ちを受けているのかと想像するだけで、自分の唇や舌を嚙《か》み切りそうになる。

(あいつを笑わせるのも、泣かせるのも、していいのは俺だけだ)

鳥のさえずりと柔らかな日差しで、リュートは目を覚ました。上質なシーツと広くて豪華な天蓋《てんがい》付きの寝台に、多大なる違和感と居心地の悪さを覚えながら。

「お目覚めですか？　おはようございます、リュート様っ」

天蓋から垂れるカーテンの間から、カリムが丸いグリーンの瞳《ひとみ》をキラキラさせて顔を出した。昨夜、風呂《ふろ》で徹底的に磨き上げられたあと、リュートはこの広くて豪華な部屋へと案内された。広い寝台に、ディテールの細かい文様が織り込まれた絨毯《じゅうたん》……。並んだ調度品はどれも精巧で、一つ壊すだけで父親の店が数軒はつぶれそうだと、リュートは恐ろしくなった。そこで食事を出されたが、攫《さら》われてからこれまでの緊張と恐怖と疲れが一気に噴き出したのか、何も手をつけずにそのまま泥のように眠ってしまった。

「カリム……おはよう」

リュートは豪快にあくびをして身体を起こすと、すかさずカリムがリュートに服を着せ始めた。

「わ、自分でできるって」

「これが僕の仕事ですから。はい、手を上げてください」

カリムは母親のように甲斐甲斐《かいがい》しく世話を焼いてくる。

「しっかりしてるなあ……年いくつ？」

カリムは十一歳だと答えた。父親が宮殿の厨房《ちゅうぼう》で働き、母親が給仕の仕事をしていたが、半年ほど前に流行病で揃《そろ》って他界したという。リュートは神殿で同じように働いていた両親を思い出し、胸の詰まる思いがした。

「宮殿の下働きが住む宿舎を間借りしてたんですが、親族は誰も僕を引き取ってくれなくて、もう少しで奴隷として売りに出されるところだったんです」

「奴隷……そうか、大変だったんだな」

リュートは神妙な面持ちで、くるぶし丈の白いパンツを穿《は》いて、サテン地のチュニックの袖《そで》に腕を通す。寝台横に準備された部屋履きに足を入れた。

「本当は王家のご側室のお世話係なんて、貴族しかできないんですよ！　でもリュート様は後宮初の男性のご側室。女性や成人男性を付けたらトラブルの可能性もあるということで、ちょうどいい年ごろですぐ手配できる子どもが僕しかいなかったんです。だからリュート様は僕の恩人なんです！」

カリムは鼻息を荒くしながら懸命に説明する。

「そう……なんだ……」

リュートは申し訳なくなった。一晩泥のように寝たらすっかり体力は回復していて、今日にでもここを脱走するつもりだからだ。自分がいなくなったらカリムはどうなるのか――そんな不安が脳裏をよぎる。そんなことも知らず、張り切っているカリムはリュートの手を引いて立ち上がらせた。

「ほら、行きますよ！　お元気になったようなので、ご朝食は『百花の間』でとりましょう」

「ひゃっかのま？」

カリムはその部屋に向かいながら、後宮の仕組みを説明し始める。後宮には皇帝や皇子たちの正室や側室が数十人暮らしていること。夕食は夫の来室を待つため各自室で済ませるが、朝食はサロンのような造りになっている『百花の間』でとる女たちが多く、そこが社交の場となっていること。そして――。

「リュート様は、未来の皇帝であるカダット皇太子殿下が初めて後宮に連れてこられたお方ですからね。きっと注目の的になりますよ！」

「は？」

リュートは顎《あご》を突き出して、カリムに尋ね返す。そう言えば、昨日の侍従長や女官長も似たようなことを言っていたと思い出す。

「ご存知ないんですか？　カダット皇太子殿下は二十一歳にもなるのに、他のご兄弟と違って、今まで一人も妻を娶《めと》っていないんですよ。十三歳で正室側室あわせて六人お持ちの皇子もいるのに」

「十三歳で!?」

ドュゴ帝国の結婚適齢期とされる年齢が、ラピスバルドの常識よりかなり若いということをリュートは何となく理解した。

「あいつ、モテないからだろ。最悪だもんな」

カダットが花嫁を迎えない理由を、リュートは悪態をつきながら推察する。

「そんな！　殿下は王家始まって以来の美貌《びぼう》の持ち主と言われているんですよ」

「ちがうよ、顔じゃなくて性格が……」

そう言い合っているうちに、百花の間に到着した。広間のあちこちに分厚い絨毯が敷かれ、そこに座った女性たちは、運ばれてくる食事を談話しながら口にしていた。数人の女性で固まっている〝島〟が五つほどある。肌の色は様々だが、どの女性も豊かな髪や胸を上質な布で覆い、美しい仕草で談笑していた。

入り口に立つリュートの姿に気付いた瞬間、広間が静まり返った。女の園に男が突然乗り込んで来たのだから無理もない、とリュートは慮《おもんぱか》ったが、ひそひそと囁《ささや》かれる内容からは、自分が男であることだけが理由ではないとも思えた。

「あれがカダット様の……」

「まあ、なんて貧相な」

「平民ですって」

「男にしても、もう少し容姿も品もいい方がいたでしょうに」

向けられていたのは侮蔑《ぶべつ》の眼差《まなざ》し。汚いものを見るかのような視線で無遠慮に値踏みされていく。

かつてバニスにも身分や育ちを侮辱されたことがあったが、今本物のそれを向けられて、あの半分くらいはリュートを泣かせるための方便だったことを改めて実感する。

「なあカリム、俺ここで朝メシ食べないとダメ？」

そんな弱音を吐くと、カリムは首を振った。

「ダメです、最初が肝心です！　皇太子殿下のご側室なのですから胸を張ってください！」

「十一歳なのに、お前すげえなぁ」

そんな会話にも、他の後宮の女たちは『朝メシ』ですって」「そのうち盗みでもするんじゃないかしら」と言いたい放題だ。

リュートは後宮女性の社交の場と言われる百花の間で、ひとりで朝食をもそもそと食べた。豪華な料理のはずなのに味がしない。せめてカリムが一緒に食べてくれたらいいのだが、カリムは世話係のため百花の間ではそれが許されていないという。

リュートは心細くなって、アドヴァルドの作る卵料理が恋しくなった。

（しっかり腹ごしらえして、こんなところ早く逃げ出そう）

そう自分に言い聞かせて、無理やり口に食べ物を詰め込んだ。


食事を終えて部屋に戻ったリュートは「果物を食べそこなった」と、カリムに持ってくるよう頼んだ。嘘とは知らずカリムは笑顔で返事をし、部屋を出て行く。

（ごめんな、カリム）

その背中にリュートは謝罪し、誰もいなくなったのを見計らって部屋を出た。中庭に出て、正門に視線をやると衛兵が外を向いて立っている。彼らの仕事は侵入者を防ぐことであって〝脱走者を防ぐ〟ことではないので、後宮内部を細かく監視することはない。ただ見つかれば必ず連れ戻されるのは明白。リュートは衛兵のいない塀を探して回った。

しかし――。

「何だ！　この塀の高さは!!」

後宮を囲んでいた白亜の塀は、見上げて首が痛くなるほどの高さ。これでは城攻めに使うようなハシゴを持参しなければ登れない。よじ登ろうにも、石積みの間と表面を白い塗剤で埋めているため、手や足をかける場所もない。リュートはがく然とした。そして自分の見通しの甘さに嫌気がさした。

（もしかしたら、本当に国に帰れない……？）

今ごろ自分の状況を正確に把握し、その場にへたり込んだ。今こそ貴族のような扱いを受けているが、カダットの目的は魔石。これから待ち受けている試練が現実味を帯びてきて、全身が震えだした。

「リュート様ぁ！」

中庭の向こうから、カリムが駆け寄ってくる。

「捜しましたよ。お散歩なら言ってください、どこへでもお伴《とも》します」

その屈託のない笑顔が、余計にリュートの胸を締め付けた。

「リュート様？」

カリムがうつむいたリュートを覗《のぞ》き込む。グリーンの瞳と黒髪が、あの男を彷彿《ほうふつ》とさせた。

守銭奴と呼ばれた、あの騎士を。


アドヴァルドは自分を捜してくれているだろうか。

金が目当てだっただけに、他の稼ぎ口を探しているのだろうか。

自分があの部屋に帰らなくても、アドヴァルドは平気なんだろうか。

バターが香るあの卵料理は、もう食べられないのだろうか。


色んな思いが駆け巡る。この気持ちが何なのかリュートには理解できない。ただ分かるのは、そう考えるだけで目が熱くなっていくことだけだ。

「うぅっ……アドヴァルド……っ」

気付けば、ぼたぼたと涙をこぼしていた。それを目の当たりにしたカリムが絶句する。中庭の芝生に落ちた涙が、深い藍色《あいいろ》の石に形を変えていたからだった。

その時だった。座り込んで向かい合うリュートとカリムを、人影が覆う。女官長を連れたカダットだった。

「泣かせるなと言ったはずだ」

抑揚なくそう言うと、カリムの背後で何かがキラッと光を反射して動いた。

目の前にいたカリムの目が大きく開く。

リュートは何が起きたのか分からず、カダットを見上げると、同時にカリムが自分の胸に倒れ込んできた。

「カリム?」

めまいでもしたのかと背中に手を回すと、指にぬるりと生温かい液体がまとわりついた。そして鼻につく鉄の臭い。

「カ、カリム?」

湿った自分の手のひらを自分の顔の前に持ってくると、真っ赤に染まっていた。どくっ、と大きく心臓が跳ねる。

自分に倒れかかるカリムの背中に視線を落とすと、右肩から袈裟《けさ》がけに大きく裂けたカリムの服と皮膚、そして溢《あふ》れ出す血液――。

カダットは、細身の長い剣を振るい、刀身に付いた血液を払っていた。

「リュート……さま……？」

胸元で小さく呻《うめ》くカリム。本人も何が起きたか分からないでいる。胸で息をしていて、目の焦点はすでに合っていなかった。

「う、あ」

リュートの口から言葉にならない声が漏れる。

「あああっ、カリム！　カリム！」

何をしていいのか分からず、傷口を素手で押さえる。

「だれか助けて！　カリムをっ……うぁああなんで、カリムを……！　カリムっ！」

立ち尽くしていた女官長が我に返って駆け寄り、被っていたストールを止血のために胴体に巻き付けた。女官長も顔が真っ青だ。

「おばちゃん助けてくれ！　カリムを助けて！　お願い、助けてよ！」

リュートがカリムを抱えながら女官長にすがるが、傷の酷《ひど》さに女官長は眉間《みけん》を寄せて「これはもう……」と呻《うめ》いた。

「どうせ死ぬ。代わりの者をリュートに用意しろ」

無表情で女官長にそう言い放つカダットを、リュートは睨《にら》みつけた。

「てめえ殺してやる！　なんでカリムを……!!」

「お前を泣かせたら処刑すると、女官長には事前に伝えていた。秘密を知られても困るからな」

「ふざけんな！　俺が勝手に泣いただけだ！　何が秘密だよ！　なあ、おばちゃん、カリムを助けてくれ、どうしたら治る？　なあ、頼むよ、おばちゃん！」

慌てて医師を呼びに行こうとする女官長を、カダットが制止する。

「よい、代わりなどいくらでもいる」

「いねえよ！　カリムはカリムだけだ！　邪魔すんな！　死んじまうよ！」

リュートは「誰か助けて」とパニックのように叫んだ。女官長は今医師を呼びに行けば自分も斬られる恐れがあるため、その場を動けないでいる。リュートは溢れる憎しみを抑え込んで、カダットを見上げた。

「カリムを死なせないでくれ、俺何でもする、泣けって言われたら泣くから！　頼む、お願いだカダット……カリムを死なせないでくれ！」

血まみれのカリムをリュートは抱きしめる。息がもう浅かった。

「カリム、なあカリム……息してくれよぉ、目を開けてくれカリム……」

カダットは身体をかがめ、カリムに呼び掛け続けるリュートの顎を引き上げた。

「ならば俺に服従を誓え、俺の言う事は絶対だ。お前に拒否権はない。もし一つでも拒めばこの子どもに止《とど》めを刺す」

そのブルーグレーの瞳《ひとみ》は、凍てつくように冷たかった。今すぐにでもカリムを刺し殺しそうなほどに。

リュートは小さく頷《うなず》く。

「何でも言うことを聞く……だからカリムを早く……！」

カダットは女官長に目配せをし、医務係を呼びに行かせた。その場にカダット、リュート、そして息の絶えそうなカリムが残る。リュートはカリムを抱きしめて、嗚咽《おえつ》を漏らしてぼろぼろと泣いた。身体中の水分がなくなるかと思うほど、瞳から溢れ出た。それはいくつもの緑色の魔石になって芝生に落ちていく。

カダットは踵《きびす》を返して立ち去りながら、リュートに言った。

「その魔石はお前が保管しておけ、今夜部屋に取りに行く」

リュートは流れる涙を拭《ぬぐ》うことなく、カリムを抱きしめて謝罪を繰り返した。

「ごめんなごめんな、カリム、ああカリム……死なないでくれ……！」


医務室に運ばれ、うつ伏せに寝かされたカリムは、医師たちに懸命の処置を施されるが、どんどん顔色が悪くなっていった。医師は「もう手の施しようがない」と難しい顔でリュートに伝えた。傷口が大きすぎて縫合しても出血が止まらない、という報告だった。

「なあ、なんとかしてくれ、頼むよ、カリムを死なせないで」

医師にすがりつくリュートを、小さな声が呼んだ。

「リュ……さま……」

カリムが意識を取り戻したのだ。

「カリム！」

リュートは飛びついて、カリムの手を握る。

「ごめんな、ごめんな、俺が泣いたばっかりに……絶対助けるからな、頑張ってくれ、カリム」

「いいんです……どうせひとりぼっち……だから……。両親のとこ……帰……ます……」

「ひとりぼっちなんかじゃねえよ！　俺がいるだろ！　行くな！　親に会いに行くのはもっと先だぞカリムっ！」

カリムは再び意識を失い、目を閉じた。胸がまだ浅く上下しているのを確認すると、リュートは医師に「なんとかしてくれ、カリムが死んだら俺も死ぬ！」と叫んでいた。


「簡単に死ぬなどと言ってはいけませんよ」

涼やかな女性の声が部屋に響いた。振り向くと、高貴そうな紫のヴェールを巻いた女性が二人の侍女を従えて、部屋の入り口に立っていた。

女性は侍女に手を引かれながら近づいてくる。四十代くらいの綺麗《きれい》な顔立ちの女性だが、目を瞑《つぶ》っている。どうやら盲目のようだ。

「アリーヤ様」

医師が頭を下げる。

「女官長から話は聞きました、傷の状況を教えてもらえますか？」

そう言うと、アリーヤと呼ばれた女性は寝かされたカリムの横に座る。医師は、傷口が大きすぎて縫合しても血が止まらないこと、かなり絶望的な状況であることなどをアリーヤに報告した。

アリーヤはそれを聞きながら「大粒の緑があるでしょう？　それを出して」と侍女に向けて手を出す。侍女がアリーヤの白い手のひらに置いたのは、人の目玉ほどある緑の石——魔石だった。

「これで助かるかは分からないけど」と言いながらアリーヤがそれを握り、もう片方の手でカリムの背中に手をかざす。聞き覚えのある呪文を二〜三言唱えると、柔らかな光がカリムの胴体を包んだ。

静寂の中十五分ほどそうしていると、ふっと光が消えた。アリーヤは額に汗を浮かべながらリュートに言った。

「私ができるのはここまでね……、あとはこの子の生命力を信じるしか……」

アリーヤはかなりの魔力を使い切ったのか、ぐったりと疲れているようだった。

リュートは慌ててカリムに近寄る。とめどなく溢れていた背中の出血が止まっていた。傷跡は生々しく、じくじくとしているものの綺麗に塞《ふさ》がっている。

リュートは初めて祈った。

(カリムを……助けてください、どうかカリムを……！)

そしてカリムの手を握った。するとカリムがゆっくりと目を開ける。そして微笑んだ。

「両親の夢を見ました……一緒の船に乗ろうとしたら突き落とされちゃいましたよ……ふふっ」

先ほどまで絶えそうになっていた呼吸も、今は規則正しい。

リュートはアリーヤを振り返って、その膝《ひざ》に頭を擦《こす》り付けた。

「ああ、ありがとう、ありがとうございます‼　まさか魔法が使える人がいたなんて……！　誰か知らないけど、カリムを助けてくれて本当にありがとう……！」

盲目の女性は「まあ」と驚いて、リュートの肩に手を乗せた。

「子どもが息絶えそうと聞いて、いても立ってもいられなくなったのです。カリムという子は幸せね、あなたのような優しい主人を持って」

リュートが顔を上げると、アリーヤは目を瞑ったまま優しげに微笑んだ。

すると侍女が「離れてください、無礼な」とリュートに声をかけた。不思議そうな顔をしていると、アリーヤの侍女がこう言った。

「皇帝陛下のご側室アリーヤ様にそんな血まみれの格好で不躾《ぶしつけ》に触れるなんて、なんて無礼な方でしょう」

その盲目の美しい女性・アリーヤは、ドュゴ帝国の皇帝から一番の寵愛《ちょうあい》を受ける側室だったのだ。

アリーヤは優しく微笑んでリュートに言葉をかけた。

「気にしないで。あなたが昨日皇太子殿下の連れてきた側室ね？　殿下もなかなか見る目がありますね……」

規則正しい寝息を立てるカリムの横顔を見て、リュートは大きなため息をついた。こんなに可愛い子どもを、自分のせいで死なせるところだった。

カリムを斬りつけたときのカダットの無表情を思い出し、悪寒が走った。人を人とも思っていないあの目つき。本当は顔も見たくない。

(同じ目に遭わせてやりたい……)

リュートの心は復讐《ふくしゅう》心に渦巻いていた。窓の外を見ると、日がもうすぐ沈むところだった。

女官が医務室にリュートを迎えに来る。カダットが部屋に来る前に、身体にこびりついたカリムの血を落とさなければならないからだ。

リュートはカリムを振り返った。本当はそばについてやりたい。しかし、今カダットの機嫌を損ねれば、再びカリムの身に危険が及ぶと思い、医師にカリムのことを任せ女官の誘導に従った。

風呂《ふろ》で女官たちに全身を洗われ、香油を塗られて部屋に戻ると、すでにカダットがそこで酒を飲んでいた。

「遅い」

入り口に立ちすくむリュートに、灰青の咎《とが》めるような視線が突き刺さる。リュートは無言でカダットに歩み寄り、その足元に白い布袋を投げた。絨毯《じゅうたん》に着地するとジャラ……と音がする。カダットが何も言わずにその袋を開くと、藍色《あいいろ》や緑色の大小の魔石が数十個入っていた。

「大量生産だな」

カダットは満足そうに笑って、盃《さかずき》を口につけた。リュートは目の前が真っ赤になって、唇を噛《か》んだ。

「誰のせいだと思ってんだ……」

カダットは手を伸ばし、リュートの腕を引いて目の前に座らせた。人形のような感情のないブルーグレーの瞳が、リュートの紫色の瞳を捉《とら》える。そして低い声でこう言った。

「口ごたえくらいは許そう。しかし俺の言うことは絶対だ。拒んだらあの子どもを殺す」

リュートは顎《あご》が震えた。カリムもそう、検問所で殺された兵士や魔導士もそう、自分のせいで誰かが犠牲になる恐ろしさを、身をもって知った。じわりと涙が溢《あふ》れてくる。

「お……俺なんか死ねばいいのに……」

泣き腫《な》《は》らした目から、再びぽろぽろと涙が溢れ、石となって絨毯に落ちていった。カダットは喉《のど》を鳴らし、歪《ゆが》んだ笑顔を浮かべた。

「そんな顔をするな、興奮するじゃないか」

かっとなってリュートはカダットの胸ぐらを掴《つか》み、据わった目で睨みつける。

「お前なんか……いつか殺してやる」

カダットは盃を投げ捨てる。ゆっくりリュートの後頭部と腰に手を回して、凶暴かつ妖艶《ようえん》に笑った。

「そんな生意気なことを言うと、犯したくなるじゃないか」

そう言うとリュートの喉元《のどもと》に噛み付き、そのまま絨毯に押し倒した。

絨毯にいくつも並べられていた柔らかい肘掛《ひじかけ》に、着ているものを全て剥《む》かれたリュートは頭を押し付けられ、うつ伏せになった。腰だけを高く上げさせられ、恥ずかしい部分が全て見られてしまっている。

カダットは自分の服を鬱陶《うっとう》しそうに脱ぐと、もうすでにそそり立っている自分の雄をリュートの尻《しり》に擦り付けた。熱くてビクビクと脈打っている。

「何でもうそんなになってんだよ……この変態野郎」

顔を上げて、リュートはつけるだけの悪態をつく。

「不敬罪で処刑されるようなことを、お前が簡単に言ってくれるものだからな。つい征服したくなる」

そう言ってまだしっかりと閉じられたリュートの後孔に、自分の欲望をあてがった。

「……っ？　え、なんっ……無理だぞ、何してんだっ、解《ほぐ》れてなっ……ぅあああああ！」

固く閉じたそこに、めりめりと凶暴な雄が侵入していく。リュートが身体をよじらせて逃げようとすると、腰を強く掴まれ取り押さえられた。

「ひぃあああっ！　痛いっ、痛いっ！　やめろぉっ!!」

「力を抜け、俺も苦しいではないか」

「お前こそ、それを抜け！」

カダットはそんな無駄なやりとりも楽しむように、腰を押し進めていく。

「うぐぅ……っ、し、死ぬ……っ」

カダットはリュートが苦しむ表情にニタリと笑い、お構いなしに律動を始めた。その結合している部分に、甘い香りの香油が垂らされるとぬめりが一気に良くなり、カダットの肉棒がリュートの最奥を難なく抉《えぐ》っていった。

「はっ、態度は悪いのに、ああ……お前の中はすんなり俺を受け入れてるぞ……リュート」

「っ、そんなわけあるか……!!」

じゅぐ、じゅぐ、とランプの火で照らされた部屋に挿入音が響く。カダットが腰を強く打ち付けるたびに、リュートの「あぁっ」という苦しげな声が漏れる。肉と肉のぶつかり合う音と、男二人の荒い息遣いが夜の帳《とばり》を満たしていった。

カダットはリュートの身体をひっくり返すと、向かい合うように自分の膝の上に座らせて、もう一度その蜜壺《みつつぼ》に挿入する。ずぶずぶと勢いよく入っていくカダットのペニスが、リュートの内壁を押し広げ蹂躙《じゅうりん》していく。

リュートは喘《あえ》ぎながら、その合間に紫色の瞳《ひとみ》に怒気をこもらせて呻《うめ》いた。

「カダット……ああっ……殺してやる……っ!!」

すると、リュートの中に埋められていたカダットのそれがぐんと質量を増し、さらに内壁を押し広げた。

「ひぃああっ」

「興奮させるのが上手いな、俺の側室は」

カダットは口の端を引き上げながら、膝の上で跳ねるリュートを思い切り突き上げ続けた。リュートの首や乳首にも強く歯を立て、追い上げていく。感じるまいと抵抗するリュートだが体内の最も敏感な部分を擦られて、ペニスはそそり立ちよだれを垂らしていた。

リュートはカダットに跨《また》がったまま、身体を後ろに倒された。胴体が橋のようにカーブを描き、顎と赤く膨れた乳首が天井を向く。カダットはそのまま律動を速め、そそり立ったリュートの肉棒も手で扱《しご》き始めた。

「んふぁっ……！　ああっ、殺す、あぁっ、お前なんか殺してやるぅ……っ!!」

「ああ……いいな。殺すと言いながら、中は俺に絡みついて離さない。俺をもっと喜ばせろ」

リュートはそのまま激しい突き上げを受け、絶頂を迎えた。

「あっ、だめだ……っやだ、こんなヤツにっ……やめ……ひあああぁぁぁっ!!」

白い精が勢いよくカダットの褐色の腹筋に飛び散る。後ろがさらに締め付けられ、カダットもリュートの中に欲望の塊を解放する。その瞬間、足を掴まれて尻を高く抱え上げられる。奥のさらに奥のほうにまで精液が流れ込むようにと、カダットは腰を押し込んだ。熱い体液が注がれるのと同時に、尾てい骨のあたりにカダットのビクビクと震える陰嚢《いんのう》が当たっていた。

「あ、ああ……」

リュートは身体を震わせながら、諦《あきら》めも含んだ喘ぎ声を漏らした。カダットは引き締まった身体を汗で光らせながら、ブルーグレーの目を細めた。

「次はどうやってお前を泣かせようか。両親でも連れてきて、目の前で殺してやるのもいいな」

冷酷に、そして愉快そうに言い放つカダットが、美しい人の皮をかぶった魔物に見えた。


寝返りを打つと、広い胸板が眼前にあった。長い腕と脚が、相変わらず自分に巻きついている。

『おい、邪魔だ。なんでそんなに無駄に長いんだよ』

悪態をつきながら巻きついた腕をどけようとすると、わざと意地悪をするようにその腕にぎゅっと力が込められた。

『起きてんじゃねーか、寝たふりすんな』

見上げると、青みがかった黒髪の間から翡翠《ひすい》色の瞳が眩《まぶ》しそうにこちらを見ていた。

『おはようリュート』

普段は精悍《せいかん》な顔つきの美丈夫が、困ったように眉根《まゆね》を寄せてふわりと笑った。リュートは顔を赤くして思った。いつもこんな笑顔を振りまいていたら、街中の女が妊娠するんじゃないか、と。

『まだいつもより一時間も早いじゃないか』

アドヴァルドは古びた柱時計を見て、文句を言ってきた。

『知るか、俺は目が覚めたんだよ。早く飯作れ』

『……生意気な口は塞ぐぞ』

そう言うとアドヴァルドはリュートに覆い被《かぶ》さり、唇についばむようなキスをした。そして思い出したようにこう言った。

『そういえば昨夜は結局泣かせるの、忘れてたな』

『そう簡単に泣いてやらねーよ』

『お前を泣かせるくらい、まさに朝飯前』

そう笑って、再びリュートの口を塞《ふさ》ぎ舌を押し込んできた。息をする暇も与えないほどに。

□□□

目を覚ますと、天蓋《てんがい》付きのベッドに仰向《あおむ》けになって寝ていた。

身体中が軋《きし》むように痛み、アドヴァルドと迎えた朝の一幕が夢だったと気付くのに時間はかからなかった。

「うぅ……っ」

嗚咽《おえつ》とともにリュートの目尻《めじり》からぼろぼろと涙が落ち、シーツにいくつもの魔石が転がっていった。

「アドヴァルド……」

リュートはやっと理解した。魔石を売って現金にすると息巻いていたアドヴァルドが、どれほど自分を大事にしていたかを。

『次はどうやってお前を泣かせようか。両親でも連れてきて、目の前で殺してやるのもいいな』

昨夜のカダットの言葉を思い出す。

アドヴァルドにとって魔石が全てなら、カダットのようにリュートの傷つくことをすればよかったはずなのに。アドヴァルドのしたことといえば、性技で追い立てることと絵本の読み聞かせ。傷つけたり大切なものを奪ったりすることはなかった。それどころか自分に向けていたあの笑顔は――。

(俺はバカだ、今ごろ気付くなんて……)

ただ、恋しかった。あの朝と、翡翠色の瞳が。

部屋にはカダットの姿はなく、リュートも身体を綺麗《きれい》に清拭《せいしき》されて寝間着を着ていた。きっと女官がしてくれたのだろう。もちろん、魔石の入った袋はカダットとともに消えていた。

リュートは軋む身体を起こし、寝間着のまま医務室へと向かった。

「カリム……」

カリムはベッドから身体を起こし、看護師に身体を拭《ふ》いてもらっていた。グリーンの丸い目をぱちぱちと瞬きしながら、リュートに昨日の朝と同じような明るい声で挨拶《あいさつ》をした。

「リュート様、おはようございます！」

「カリム……！」

駆け寄ってリュートはその小さな身体を抱きしめた。温かい。そして、密着した胸からカリムの鼓動が伝わってくる。生きていた。

「よかった……よかった……ごめんな俺のせいで……！」

「先ほどアリーヤ様が再び来てくださって『体力が回復したから』と、もう一度治癒魔法を施してくださったんです」

医師がリュートにカリムの状況を説明する。奇跡的に命が助かり、傷も魔法のおかげで大方治ってはいるが、背中の傷跡と動かした際の痛みはしばらく続くとのことだった。カリムを抱きしめながら、リュートは頷《うなず》いた。

「無理はさせません。先生もありがとうございました……！」

髭《ひげ》を蓄えた壮年の医師は首を振った。

「私の力など微々たるもの。しかし、アリーヤ様が治癒魔法をお使いになるのも驚きましたが、あの瀕死《ひんし》の傷で生還するカリムの生命力にも驚いていますよ……」

リュートは、カリムの黒髪に顔を埋めた。

「後でアリーヤ様のところにお礼に行こうな」

「はい！　リュート様」

カリムは無邪気に笑ってリュートの背中に手を回した。医師は「変わったご側室ですな」と困ったように、そして少し嬉《うれ》しそうに笑っていた。


リュートは部屋に戻って身支度をすると、カリムを連れて百花の間を訪れた。居合わせた女官長が駆け寄る。

「アリーヤ様から話は伺っています。まあ、カリム……よかったわね、痛かったでしょう」

女官長は目を赤くして、カリムの頭を撫《な》でた。目の前でカリムが斬られるのを見ていた彼女も、ひどく心を痛めていたのだ。カリムは「ご心配をおかけしました」と女官長の手をとって握りしめた。

「おばちゃん、カリムまだ背中が痛むみたいなんだ。俺、ほとんど自分のことは自分でできるし、カリムの仕事は半分くらいにしてあげてくれないか」

「では補佐の女官をつけましょう、午後にでもお部屋に向かわせます」

そう言うと女官長は、ある〝島〟へリュートを案内した。固まって朝食をとる後宮の女性たちから少し離れた場所で、一人で朝食をとっていたのは、カリムの命の恩人であるアリーヤだった。

「アリーヤ様！」

気付いたリュートが駆け寄る。アリーヤも見えないながら、その声に顔を上げた。

「まあ、昨日とは別人のような元気な声。それが普段のあなたの声音ね」

アリーヤは上品に口元に手を添えて微笑んだ。

「カリムの命を助けてくれて、ありがとうございました。ほらおいでカリム」

「あの、使用人の僕なんかを救っていただいて……もうなんとお礼を言ったらいいか」

アリーヤは手にしていたブドウの実を皿において、目を閉じた顔をカリムへと向けた。

「僕なんか、なんて自分を軽んじるようなことを言ってはいけませんよ。その証拠に、あなたの主人はあんなに一生懸命だったでしょう？」

「……はい、ありがとうございます……っ」

カリムは涙目を腕で擦り、リュートもつられて泣きそうになる。

「皇太子殿下をどうか許してあげてね、私からもきつく言っておきますから」

その言葉にリュートはピンときた。

「もしかして、カダットの母ちゃん……？　でも肌の色が違うよな」

この国の大半を占める褐色肌とは違って、アリーヤは透けるような白い肌をしていた。

「血はつながっていないのですよ。ご正室だった母君が殿下を産んで間も無く逝去されて……その後に後宮入りした私が後見を任されたのです」

リュートはふと、表情のないカダットの顔を思い浮かべた。思い巡らせているうちに、アリーヤから、魔法を使えることは内密にするよう頼まれた。「近しい者しか知らないの」と。リュートは頷くと、ぐう、と盛大に腹を鳴らした。そういえば昨日は朝食以外何も口にしていなかった。

「ご一緒にいかが？　えっと……」

アリーヤは名前を聞いていないことを思い出し、言《い》い淀《よど》む。するとカリムが「リュート様です」と紹介した。

「……リュート、いい名前ね。異国に同じ名前の、綺麗な音の楽器があるのよ」

アリーヤの微笑みにリュートもつられて笑う。彼女の手元からぽろりと落ちたブドウを拾って口に入れると、すかさず女官長にとがめられた。


食事を終えるとアリーヤたちと別れ、リュートはカリムと一緒に後宮内を散歩することにした。気分転換、とカリムには伝えたが、本当の目的は脱走できる箇所を探すためだ。しかし周囲は一面高い白壁。もちろん脱走防止ではなく、侵入者防止のために作られているのだが。

さらにもう一つ、リュートには精神的な脱走への高い壁が生まれていた。

(もし俺が逃げ出したら、カリムは本当に処刑されてしまうんじゃないか)

まだ背中に痛みの残るカリムのために、リュートはゆっくりと歩きながらその幼い少年の顔を見つめる。カリムは視線が合うと、向日葵《ひまわり》のような笑顔を見せた。

「あの、リュート様にお礼を言っていませんでした。二度も僕を助けてくださって……ありがとうございました」

「二度？」

リュートが聞き返すと、カリムは頷いた。

「奴隷にされそうだった僕に、リュート様が後宮の仕事を与えてくださいました。そして昨日、斬られた僕を懸命に助けようとしてくれて、あんなに泣いて……」

カリムは目を赤くして、はなをすすった。

「あの時、港にいる夢を見たんです」

カリムはゆっくりとその夢の説明を始める。


霧の深い港に行列ができていた。カリムもそこに並ぶよう係員に指導され、しばらくすると、大きな帆船が姿を現す。行列が、その船に架けられた乗船用の橋に向かって動き出す。

やっと自分の乗船の番がやってきた。傾斜のある橋を上って、船の甲板に足を踏み入れようとした瞬間、どん、とカリムは後ろに突き飛ばされた。橋を転げ落ちるカリム。見上げると、船から髭を蓄えた父と、優しい笑いじわのある母が自分を見下ろしていた。

『もう少し、夫婦水入らずの船旅を楽しませろ』

父親がそう言うと、母親も頷いた。船はゆっくり岸壁を離れ、霧の中を出航する。

『待って、置いていかないで』

カリムは追いかけようとするが、耳元でこんな声が聞こえてきた。

『こっちだ』

その瞬間、誰かに腕を引かれた。振り向いたが誰の姿もない。しかし、その声には聞き覚えがあった。

『リュート様？』

カリムは振り向いた方角から、リュートの泣き声がかすかに聞こえてくることに気付いた。心配になって、その声のほうに向かって走り出す。

『僕が……僕がリュート様についていてあげなくちゃ……！』


「――必死に走っていたら、目を覚ましたんです。医務室のベッドで」

カリムはその場に跪《ひざまず》いた。リュートは驚いて、身体を屈《かが》めてカリムを立たせようと手を伸ばすが、その手をぎゅっと握られた。

「斬られた後、カダット様とのやりとりも何となく聞こえていました。リュート様、僕は何があってもリュート様の味方です。涙の秘密もリュート様も、僕が絶対お守りします」

決意の固い眼《め》だった。リュートは胸が熱くなり、そこで初めて自分が孤独を感じていたことに気付く。目尻から一粒流れた涙が、グリーンの石となって手のひらに落ちてきた。

リュートはその石をカリムの手のひらに載せる。

「今のはカリムが俺を泣かせたんだから、これは責任を持ってカリムが持っていてくれ。緑は治癒魔法の魔石らしいから、また斬られたときのお守りに」

「もう斬られたくありませんよ！」

二人は鼻先を近づけて、笑い合った。

□□□

部屋に戻って、カリムが淹《い》れてくれたハーブ入りの茶をすすっていると、補佐に任命された女官が姿を現し、軽く自己紹介をした。昨夜の疲れからぐだぐだと寝そべるリュートを見て、気落ちしていると勘違いした女官は行商の話をした。

「月に一度出入りが許された行商が、本日午後から百葉の間で店開きをしますよ」

「いや、俺んち貧乏だから」

女官がおかしそうに笑う。

「ご冗談を。気に入った物を指差せば、あとは皇太子殿下がお支払いになりますよ。今月はラピスバルドからの行商ですので、珍しい宝石が見られると思いますよ」

女官はどうも自分が見に行きたいという思いもあるようだった。

母国の名を聞いて、リュートは勢いよく起き上がり、カリムと目を合わせた。

女官に行商の様子を見てくるよう頼むと、喜んで飛んで行った。その間に、リュートはカリムから紙と筆記用具を受け取り、小机に向かった。リュートは正しくないペンの持ち方で、何かを懸命に書いている。

「じゃーん、できた！」

何度か書き直し、納得のいった小さな紙切れをカリムに見せる。ラピス文字が十数文字並んでいた。

「バニスさんの地獄の勉強会がこんなところで役に立つとは……！」

感無量の面持ちで自分の書いた文字を見つめるリュートを、カリムは呆然《ぼうぜん》と見守った。

「僕、ラピス文字は分かりませんが……芸術的な字体なのですね……？」

そう言うと、カリムはその文字の下に、ドュゴの言葉でサラサラと何かを書き添えた。

「何て書いたんだ？」

「簡単な時候の挨拶《あいさつ》ですよ。念のため」

リュートはそれを持って、行商のいる百葉の間に向かった。そこには美しい織物や宝飾品、そして色鮮やかな鳥などが並んでいた。侍女を連れた後宮の女性たちが楽しそうに品定めしている。

リュートがカリムとそこを覗《のぞ》くと、周囲から怪訝《けげん》な視線を向けられる。「平民上がりには目の眩《くら》むものばかりでしょうね」と嫌味まで飛んできた。リュートは大げさに「豪華な物ばっかりだ、どれにしようかな」と声を上げて、行商に話しかけた。

「なあ、この鳥いくら？」

店主が男のリュートが当然のように買い物をしているのに驚きつつ、値段を答える。リュートはいくつかを適当に指差して「これ一つずつくれ」と頼んだ。

そして、カリムの持っていたグリーンの魔石を受け取って、店主に近づく。

「それと、これをペンダントにしたいんだけど、綺麗《きれい》な鎖と金具ないかな？」

「ええ、できますよ」

手を出した店主に、石と一緒に先ほどの紙切れを渡した。そして小声で言う。

「守銭奴騎士に渡してくれ」

店主は一瞬驚いたが、リュートが「金具、急ぎでお願いできる？」と尋ねるので「はい、すぐにでも」と頭を下げた。


その夜、湯浴《ゆあ》みを終えると、再びカダットが部屋で待っていた。「平民のくせに長風呂《ながぶろ》だな」と嫌味を言ってみせる。カリムが怯《おび》えて、リュートの横でカタカタと身体を震わせた。

リュートは表情を険しくして、カリムに言った。

「今日はもう自分の部屋で寝て。まだ身体が万全じゃない。明日また探検しようぜ」

カリムは顔色を悪くしながら、深々と頭を下げて部屋を出て行った。その姿が見えなくなると、カダットはリュートに話題を振った。

「買い物をしたみたいだな」

リュートは舌打ちをしながら、愛想のない返事をする。

「お前が困ればいいと思って、いっぱい買ってやったぜ」

カダットは喉《のど》をくつくつと鳴らして笑った。

「面白いな、これで俺が困ると思ったのか？」

「だってすげえ高いみたいだったし……」

カダットは飲んでいた酒を置いて、天を仰ぐような仕草をした。

「はぁ、飽きないなお前は。俺を困らせたいなら国ひとつぐらいねだってみせろ」

カダットはとても機嫌がいいようだった。いつも冷笑しか浮かべていない人間が、今日は本当におかしそうに笑っている。切れ長の瞳《ひとみ》がカーブを描いていた。

「皇太子って暇人なのか？　二日連続で後宮に来るなんて」

リュートはそう言いながら、ベッドサイドに置かれた水差しからグラスに水を注《つ》いで飲み干す。カダットは「そうかもな」と機嫌よく答えて、自分にも水を持ってくるようリュートに命じた。拒まない、という約束がある以上、逆らえないリュートはしぶしぶ水を注いでカダットに渡す。すると、手を引かれ目の前に跪かされた。

「飲ませろ」

その低い声は、絶対的な帝王の気迫を孕《はら》んでいた。リュートは手を震わせながらカダットの口元にグラスを運ぶ。傾け方を間違え、カダットの口元から水が顎《あご》を伝い、首筋へとこぼれていった。

「あ、悪い……」

灰青色の冷たい双眸《そうぼう》がリュートを睨《にら》みつける。ここで怒らせたら、再びカリムに何をされるか分からない。さらに言えばラピスバルドにいる両親の身にも危険が及ぶ。

「どうすればいいか分かるな？　お前が責任を持って舐《な》め取れ」

ふざけるな、と言いたくなる命令だった。しかし腕に食い込んだカダットの指が、その命令が本気であると伝えてくる。リュートは込み上げてくる屈辱に耐えながら、カダットの顎、首筋、そして胸元へと舌を這《は》わせ、溢れた水を舐め取っていった。それは傍《はた》からみれば、男を誘っている寵妃《ちょうひ》そのものだった。

悔しさで涙が込み上げ、視界がぼやける。カダットはその紫の瞳をぬぐいながら、愉快そうに笑っていた。


「昨日の魔石だが、どれも治癒系だったようだな。違うタイプの石も生み出せるのか」

カダットは、自分の顎に舌を這わせていたリュートの腰に手を回しながら、少し顔を引いてリュートを覗き込んだ。リュートは「さあ」と視線を逸《そ》らしたが、顎を強く掴《つか》まれて睨まれた。

「そっ、そのときの感情で色が違うってことぐらいしか……」

「ならば攻撃系の魔石も？」

「できるんじゃねーの？　雷みたいな魔法になったの見たことあるぞ」

カダットは「雷か……珍しい魔石だな」とブツブツ呟《つぶや》いている。そしてリュートに感情と魔石化の法則性を聞いてくるが、リュートは「俺だって知りてえよ」と首を振った。すると、突然身体が引き寄せられ、カダットと密着する。

「では様々な方法で試してみるしかないな」

彫刻のような顔にうっすらと冷酷な笑みを浮かべて。リュートは身体を硬直させたが、これだけは、とカダットに念を押した。

「じゃあ、もう治癒系の魔石は十分ってことだろ？　カリムが死にそうになって緑の魔石になったんだ。もうカリムのことで泣いても意味ねえよな？」

カダットは無表情で「何が言いたいのだ」と尋ねてくる。

「俺を泣かせるためにカリムを傷つけないでくれってことだ。俺、ちゃんと泣けるから。誰かを犠牲にしなくてもちゃんと泣ける。絵本でだって泣いたことあるんだし」

しばらくカダットは沈黙したあと、首をかしげた。

「なぜそんなにこだわる。取るに足らない使用人の命ではないか、しかもたった一人の」

リュートは、格下に向けるような視線を送って鼻を鳴らした。

「お前、皇太子のくせに俺より頭悪いんじゃねーの？　使用人の命でも皇太子の命でも一個は一個だろ」

カダットは嘲笑《ちょうしょう》した。

「馬鹿なのはお前だ。俺と使用人の命では、重みが違う」

「量ったのか？」

「本当の重量ではない、意味合いの重さだ」

「意味合い？　死んだら悲しいってことか？　俺はカリムが死にそうになってすげえ悲しかったし、お前が死んでもかわいそうに思って泣くと思うぞ、少しだけだけどな」

カダットは「殺してやる、と言っていたのはどこのどいつだ」と呆《あき》れた顔をする。

「まあお前のこと嫌いなのは間違いないけどな。それでも死んだら俺は泣くよ。ほら、重さ一緒だろ」

「……教養のない者と話すのは疲れる、もう黙れ」

そう言うと、カダットはリュートを担いで天蓋《てんがい》付きの寝台に投げ飛ばした。

「うわっ！　乱暴なヤツだなっ――んんっ」

言い終わらないうちに、リュートは口を塞《ふさ》がれた。焦点が合わない距離に、灰青の瞳がある。自分に覆い被さった状態で、カダットが顔を離した。頬をこげ茶の髪が一筋なぞり、その髪の持ち主がくすっと笑った。

「俺が死んで流れたお前の涙は……どんな色の石になるのだろうな」

横からランプの柔らかな光に照らされたカダットは、喜んでいるのか困っているのか分からない表情を浮かべていた。

リュートにその心情は理解できなかったが、これから行われることはもう想像がついていた。

（アドヴァルド）

鎖骨に歯を立てられながら、その名を心で呼び、ぎゅっと目を閉じた。このまま意識を失って、もう一度あの朝の夢を見たいと願いながら。


「はぁっ……、はぁっ……」

四《よ》つん這《ば》いになったリュートは、カダットの雄に後孔を抉《えぐ》られながら何かに耐えるように大きく呼吸をした。理由は自分の股間《こかん》にあった。扱かれて大きくなったところで根元をきつく紐《ひも》で縛られ、欲望を堰《せ》き止められているのだ。

「ああ……こうすると後ろがもっと締まるな」

カダットが腰を打ち付け、目を細めて恍惚《こうこつ》とした表情を浮かべている。不本意ながら秘孔の奥にある感度のいい部分を擦られて、リュートの縛られたペニスにもどんどん血が集まってくる。そうやって質量を増していくほどに、根元に巻きついた紐が食い込んでいく。

「ああっ……、もう、許してくれっ……苦しい、苦しいよぉ……っ」

リュートは紫の双眸からぽろぽろと涙を零《こぼ》した。カリムを斬られたあの日から、すっかり涙腺《るいせん》が弱くなってしまったようだった。瞳から落ちた雫《しずく》が濃紫色の石に形を変えていく。

カダットの肉棒は容赦無く内壁を蹂躙《じゅうりん》していく。その律動に揺さぶられて、リュートの縛られて赤くなったペニスが透明なよだれを散らしながら揺れた。

身体を回転させられ、両足をカダットの肩に掲げられると、結合部分が丸見えになる体勢になった。

「見てみろ、お前の肉ヒダが絡みついているぞ」

「ううぅっ、いやだ、見たくないっ……ひぃ、あああっ」

香油が手伝って、リュートの中で凶暴な雄が暴れ続ける。射精感がせり上がってきて限界なのだが、ペニスに食い込んだ紐がそれを許さない。

「ああう、出したい、出る、いきたい……っ、もう壊れちゃうよ……っ、これ、これ取ってくれよ、ううう……」

カダットはリュートに懇願されることに興奮を覚えながら「もっとねだれ、可愛くねだってみせろ」と低い声で囁《ささや》く。

「ひぃぃ、お願い、お願い……もう紐取ってぇ……あぁっぁ、出したいよぉっ、いかせてくださいっ……！」

満足そうに笑ったカダットは腰の動きは止めないまま、リュートの雄を拘束していた赤い紐を片手で解く。

「あっひぃいいいいっ……！」

瞬間、リュートの精が弾《はじ》けた。カダットもその収縮を待っていたように、リュートの奥に精を注ぎ込む。

「あっ……、あ……、まだ出ちゃうっ、ああ……っ」

かなりの量の精液を吐き出す自分のはしたないペニスを見ながら、リュートは意識を飛ばした。

カダットは一度達したものの再び硬度を取り戻し、気を失ったリュートを気が済むまで犯した。リュートも意識がないものの、口からは喘《あえ》ぎ声が漏れている。

「あっ……あ……アド……アドヴァルドぉ……っ」

リュートがその名を呼んだ瞬間、カダットは律動を止めた。

肉体は自分と交わりながら、夢の中でリュートは違う男と会っている。そう思うと、胃の底からどす黒い何かがこみ上げるような不快感を覚えていた。

王国の象徴でもあるラピスラズリ。それを顔料に塗装された円卓に、厳《いか》つい男たちが顔を揃えた。ラピスバルドの第二王位継承者となった、アドヴァルドこと本名・ジェダイト。その横には王属騎士団長のルドルフ、ギュールズから出向している、騎士団魔導士長のバニスが座っている。さらにその横には陸軍を束ねるダルス将軍と、海軍を率いるランスール将軍、そして第一王位継承者のシトリンが並ぶ。

王宮内の軍議用の部屋に予定していたメンバーが揃《そろ》うと、アドヴァルドは前置きもなく本題を切り出した。

「用意できた数は」

報告によると陸軍が騎兵三千と歩兵五千、海軍が二千と大型軍船が九十隻だった。人口が一千万人に満たないラピスバルドにしてはかなりの数を揃えていたが、相手は人口も国土も三倍以上あるドュゴ帝国。

「魔導士の応援を貰《もら》っても歯が立つかどうか……」

シトリンは呟《つぶや》くが、アドヴァルドは小さく首を振った。

「目的は聖女の子の救出であって、戦闘で大勝する必要はない」

併せてバニスが、ギュールズからの魔導士の増援も明日には到着すると報告した。

「あとはリュートの居場所ですね」

数人の間者を送り込んだが発見できていない。無精髭《ぶしょうひげ》を撫《な》でながらダルスが呻《うめ》いた。

「宮殿内か捕虜収容所しかないと思うのですが……」

その両方を想定した作戦はもう練り上がっている。あとは間者からの情報——つまりリュートの居場所と、ギュールズからラピスバルドに向かっている魔導士の増援を待つだけだった。

「海路で行くか、それとも陸路か……」

端整な顔付きの壮年、ランスールも腕組みをして悩ましげなため息をついた。

ラピスバルドの東側と陸続きのドュゴは、宮殿のある都が国境から最も遠い北東部にあり、海に近いため海路のほうが攻め入りやすい。一方の捕虜収容所は国土中央部の砂漠地帯に建てられているため、そちらを目指すなら陸路を選択することになる。

「魔導士の増援が到着し次第、どちらの計画でも出発できるように準備をしておいてくれ」

アドヴァルドの指示に、陸将と海将が頭を下げた。

会議は一旦《いったん》解散となったが、アドヴァルドは円卓に残って大陸の地図を眺めていた。その紙の、印のついた宮殿や捕虜収容所の場所を指でなぞった。

今にでも一人で出発してしまいたい衝動と闘っている。いくら自分の腕に覚えがあるからといっても、単身で乗り込んでは間違いなくリュートを助け出すことはできない。アドヴァルドは瑠璃色《るりいろ》の円卓に地図を叩《たた》きつけた。

「あちらが新たにリュートから魔石を手に入れていたとしても、希少な魔石が多いので使いこなせる魔導士はいないでしょう」

後ろからバニスが声をかける。ドュゴが魔法を使った戦争を不得手とする理由に、魔石が手に入らないのと並んで、魔導士不足がある。国内にはラピスバルドやギュールズを裏切って亡命した魔導士がわずかにいるだけだ。そこから技術の伝承がされたとしても、そう大きな数ではない。

アドヴァルドが気になったのは、ドュゴが手に入れた魔石の数よりも、その過程だった。一体どんなことをされて泣かされているのか、と想像するだけで狂いそうになる。

「アド……じゃない、ジェダイト様」

解散したはずのルドルフが、一人の騎士と一緒に軍議用の部屋に戻ってきた。騎士はその手に小さな紙切れを持っている。

「間者からの連絡か!?」

リュートの居場所に関する情報かと期待して、アドヴァルドは立ち上がる。

「いや、違うんだ。行商の男が『守銭奴騎士に』と訓練所にこれを持ってきたらしいんだよ。いたずらかもしれんが気になってな」

ルドルフが説明すると、同行していた騎士が跪《ひざまず》いてアドヴァルドに紙切れを渡した。

「アーサー、やめろよそんな態度。よそよそしい」

「いや、だって副団長がジェダイト王子だったなんて……」

この間まで一緒に訓練や馬鹿騒ぎをしていた上司が王族だったと知った騎士たちは、かなり動揺していた。表でも裏でも、その訓練のきつさから「鬼畜騎士」などと呼んでいたからだ。

「ちょっと実家に帰ってるだけで、俺は俺だ」

そう言いながら、折りたたまれた紙切れを開いて、アドヴァルドは目を見開いた。

「これは……！　バニス！」

呼ばれたバニスも手元を覗《のぞ》き、大きく息を呑《の》む。

二人にはこの字に見覚えがあった。バニスからスパルタ教育を受け、やっと三十四のラピス文字が書けるようになった、リュートのそれだったのだ。

「この右上がりの汚い字……リュートの文字です」

その場にいた全員が驚愕《きょうがく》した。

「しかし……」

アドヴァルドとバニスがそのいくつか並ぶ文字を見て、眉根《まゆね》を寄せる。

「読めん……！」

三歳児が書いたような芸術的なラピス文字は解読不能だった。

「くそっ、これだから識字率の低い国は……！」

アドヴァルドは頭を抱える。バニスも悔しそうにその紙を見つめた。

「おそらく居場所を伝えようと懸命に書いたのでしょうが……。そのおかげで国境の検問もすり抜けたのでしょう。子どもが書いた手紙だと思われて」

アドヴァルドはもう一度その紙を見る。そして、かなり間違えてはいるが最後の三つのラピス文字だけ、かろうじて読むことができることに気付く。そこには――。


『あいたい』

思わず声を漏らしそうになり、手で口を押さえた。飛び込んできたその文字が稲妻となって全身を貫いているようだった。


今どこにいる。

無事なのか。

腹は減っていないか。

つらくないか。

泣いていないか。

俺も会いたい。

抱きしめたい。

二度と離さない。

アドヴァルドの頭の中は、届けることのできない返事で埋まっていく。

「リュート……！」

アドヴァルドの目が赤くなって揺れていた。戦友の泣きそうな顔を初めて見たバニスは、訝《いぶか》しげに
もう一度その紙に視線を落として、声を上げた。

「端にうっすら何か書かれています！」

リュートの汚い字に気をとられて気付くのが遅かったが、確かにドュゴの文字が書かれている。博識のバニスが読み上げる。

「『美しい花々に囲まれた日々を過ごしています』……ドュゴ独特の時候の挨拶《あいさつ》文ですね、花盛りの季節によく使われる――」

しかし、今は実りの季節。その挨拶文を使う時季ではない。

しばらくの沈黙が続いたあと、アドヴァルドは表情を引き締めて立ち上がった。

「海路だ」

急いで軍議用の部屋を出ていくアドヴァルドに、バニスが「各陣営に伝えます」と相槌《あいづち》を打った。

そして手紙を持参した騎士に、届けに来た行商の男を捜すよう伝えた。

「届けたのはおそらくドュゴを出入りする商人です。ドュゴの商取引は詳細を他言してはならない厳しい掟《おきて》がありますので、どこまで聞けるか分かりませんが取れる情報は取りましょう」

ルドルフが、アドヴァルドに続いて部屋を出ようとしたバニスを引き留める。

「ちょっと待ってくれ。一体何でその手紙で作戦が海路になったんだ？」

「季節外れの時候の挨拶は、暗喩《あんゆ》です。美しい花々とは選び抜かれた女性たちのこと。つまりリュートは宮殿の後宮に囚《とら》われているということです。きっと彼に味方してくれている人がいるんでしょう。しかもかなり頭が回る人のようですね」

バニスは陸将や海将に海路での出発を伝達する手筈を整えながら、顔を綻《ほころ》ばせて思いを馳《は》せていた。


リュートの数奇な運命と、窮地で人に恵まれる幸運に。


城下町はざわついていた。聖女の忘れ形見が発見され、その青年がドュゴに拉致《らち》されたこと、その奪還にジェダイト王子が立ち上がったこと。街中がその話題で持ちきりだった。

「聖女はやはり亡くなっていたのか」

「ジェダイト王子は病弱だと聞いていたが、軍の指揮なんか執れるのか……？」

ジェダイト率いる一行が今日出立するという情報が出回り、街の連中は一目見ようと王宮から軍港へ向かう大通りをしきりに気にしていた。

リュートの育ての親であるダブリスとラミアには、昨夜バニスが店を訪れ、リュートがドュゴにいること、その奪還作戦を実行することを伝えていた。「必ずアドヴァルドと私が連れて帰りますよ」と言葉を添えて。

ダブリスは、ジェダイト王子が指揮を執ると聞いた瞬間、アドヴァルドが王家に掛け合ってくれたのだろうと思っていた。店の常連客たちはリュートがいなくなったことを知っていて心配してくれていたが、多くは家出だろうと踏んでいて、誰もリュートがその作戦の目的である聖女の子どもだとは気付いていなかった。

「来たぞ！　行軍が始まった！」

街の誰かが叫ぶ。ダブリスとラミアも、王子やアドヴァルドを見送ろうと大通りに駆け出た。通りを武装した騎士団が馬で闊歩《かっぽ》する。先頭は団長のルドルフ。その後ろを芦毛《あしげ》の馬に乗ったバニスが、白金の髪を風になびかせて悠然と進む。

続く騎士や魔導士にも、街中が歓声をあげて見送った。

「がんばれー！」「生きて帰ってこいよ！」

ダブリスは群衆の中で爪先立ちになって、頼りの男を捜した。騎士団最強、そして大陸最強とも言われるアドヴァルドを。しかし、なかなかその姿は見つからなかった。見逃してしまったのか、と不安になってきた時、瑠璃色の布地に翡翠《ひすい》色の龍が染め抜かれた軍旗がはためいた。今まで誰も目にしたことのなかった、第三王子ジェダイトの軍旗だった。

群衆が緊張で静まり返る。元々外に顔を出さない王子だったが、病に臥《ふ》せっているという話が流れてからもう何年も、ジェダイト王子の姿を誰も見ていなかったのだ。国民が、どんな人物か一目見たいと思うのは当然だった。

漆黒の馬に跨《また》がり、その人物は現れた。

群衆がひしめく城下町が、静寂に包まれるなか、石畳を蹴《け》る馬の蹄《ひづめ》の音が響く。

王家の紋章が地紋に織り込まれた緋色《ひいろ》のマントが風に揺れ、黒馬とのコントラストを強調する。風は青みがかった黒髪を揺らし、意志の強そうな翡翠色の瞳《ひとみ》が間から覗いた。その目はもう、遠くの軍港を見据えていた。

王族の移動は護衛が厳重で近衛兵《このえへい》が何人も囲んでいることが多いのだが、その人物には一人も護衛がついていない。それもそのはず、護衛対象であるはずの本人が、護衛などさほど意味をなさない〝大陸最強〟と呼ばれた男だったからだ。

「ア……アドヴァルド……!?」

彼を知っている誰もが声を上げた。

「おい、あれ守銭奴騎士じゃないか」

「どういうことだ?」

「アドヴァルドが何で王族の紋章を……」

ダブリスとラミアも事態が理解できず、二人で顔を見合わせる。そんな夫婦をアドヴァルドは群衆の中から見つけ、夫婦の目の前で黒い軍馬を止めた。

「あ……アドヴァルド……？」

アドヴァルドは翡翠色の瞳を細めて二人に声をかけた。

「リュートは無事だ、必ず連れて帰って来る。心配しないで待っていてくれ」

そう言い終わるころ、駆け寄ってきた他の騎士が「ジェダイト様、出航の時間が」とアドヴァルドを促す。ダブリスとラミアに片目を瞑《つぶ》って見せてから、馬の手綱を取った。

「ご無事で！　どうかリュートを！」

ラミアがやっと絞り出した声でその背中に言葉をかけると、アドヴァルドは振り向かずに左手を上げて見せた。

きつねにつままれたような顔をしているのは、ダブリスとラミアだけではない。城下町の連中はほとんどと言っていいほど、似たような顔をしていた。

「あの守銭奴……いや、アドヴァルドが王子だったなんて」

誰もがそう呟《つぶや》いている。絶句するのも当然だ。ついこの間まで、平民の集う場末の酒場のカウンターで、安酒片手に安い肉料理を毎日つついていたのだから。

「なんて王子だ……」

しかし、同時に誰もが胸を躍らせた。

第一王子であるカーネリアンが、王位継承権を剥奪《はくだつ》されて僻地《へきち》の領主にされたばかり。国民はこの国の行く末を案じていたのだ。頼もしい王位継承者の出現に、安堵《あんど》と高揚を覚えていた。

一行が通り過ぎると、ダブリスたちは街の連中から質問責めに遭った。

「拉致された聖女の忘れ形見って、リュートのことなのか？」

「あのアホが!?」

「国を挙げて奪還しに行くはずだな……」

アドヴァルドがリュートに惚《ほ》れ込んで、二人が一緒に住み始めたことは街中が知っていて「身分違いの恋」などと酒の肴《さかな》にされていたが、まさかそれが、最有力の王位継承者と聖女の忘れ形見の「運命の恋」だったとは、誰も想像していなかった。

街の連中から色んな疑問をぶつけられるダブリスとラミアだが、こう答えるほかなかった。

「俺たちも一体何が起きているのか、さっぱり分からないんだ……」

□□□

アドヴァルドは軍船に乗り込み、凪《な》いだ海を見つめた。日差しを海面が反射して輝いている。この光景をリュートにも見せてやりたいと思った。

（今度、一緒に船旅にでも出よう。誰にも邪魔されず、色んな国を旅しよう）

そんなことを記憶の中のリュートに呼びかけた。

気付けば、手のひらに汗をかいていた。騎士団として出陣する前は、早く戦いたくてうずうずしていて緊張などしたことがなかったのに。

「出航！」

アドヴァルドの目配せを受けて、海軍のランスール将軍が叫ぶ。こうして、大軍をそれぞれに乗せた九十隻の軍船は、ラピスバルドの軍港からドュゴへと向かった。

船団が軍港を離れる様子を、オブシディアン王とシトリンが王宮の最上階のテラスから見守っていた。シトリンはすぐ部屋の中に戻り、そばに控えていた宰相たちに指示を出していた。

「船団準備の影響で、国民の生活に影響がないか確認しておいて、食糧の流通なんかね。あとドュゴからの間者にも警戒を。それと、国内の戦力が手薄になるから、傭兵《ようへい》を臨時で護衛に雇いましょう、その際は一度雇った経験のある者を優先してね」

オブシディアン王はその声を聞きながら、小さくなっていく船団を見つめていた。そして、側近に小さな声でこう命じた。

「この事態が収束したら、譲位の準備を」

側近は一瞬目を丸くしたが、すぐに小さく頷《うなず》いた。王の表情は、船団が進むあの海のように穏やかだった。

リュートは誰かに呼ばれたような気がして、目を覚ました。

「……アドヴァルド？」

返事をするが、それが夢だったと気付く。

ランプの火がゆらゆらと揺れる後宮の一室。人肌の温《ぬく》もりを感じると思ったら、寝台で隣にカダットが眠っていた。美術品のように整った顔は、眠っていると本当に彫刻のようだった。

（こいつ、自分の部屋に帰ってなかったのか）

夜に散々リュートを抱き、朝には姿を消していたカダットだが、日を追うごとにこうやってリュートの部屋で就寝し、一緒に朝を迎えることが増えた。そういう日は、なぜかアドヴァルドの夢を見ることができないのでリュートは迷惑に思っていた。


リュートは寝台からそっと降りて、部屋の外に出た。

空を見上げると下弦の月とともに、無数の星が瞬いていた。アドヴァルドに初めて涙の秘密を知られた時も、こんな星空だった。

初恋が無残に散り、星を見上げて泣いていたところを見られたのだった。脅されるように同居をさせられ、自分が一番不幸だとさえ思っていたあのころが、実は今振り返ると一番幸せだった。

なぜ、自分はこんな異国の後宮に閉じ込められて、異国の皇太子に泣かされたり犯されたりしているのか。どうして自分の隣に寝ているのがアドヴァルドではないのか。

リュートは、また目頭が熱くなってきた。

すると後ろから、ふわりと肌触りのいい毛布にくるまれた。

「!?」

毛布と一緒に、長い褐色の腕が身体に巻きつく。

「何を考えている」

後ろから毛布ごとリュートを抱きしめたカダットは、リュートが見ていた方角の星を見ながら、そう問う。

「……なんだっていいだろ。ほっといてくれ」

カダットはそんなリュートの態度にため息をつきながら、呆《あき》れたように言った。

「どうしてそう強情なのだ」

「生まれつきだよ！　もうあっちいけよ、ひとりにしてくれ」

リュートにそう言われ、カダットはいっそう腕に力を込める。

「まだ分からないのか。囚われたお前が、生存を確実にする方法は一つ」

リュートはすぐ後ろにいるカダットを振り向く。星空を見つめていた灰青の瞳も、それに気付いてリュートを向いた。

「俺を受け入れることだ」

カダットの腕が、リュートをきつく抱きしめる。

「痛っ……、何が『生存を確実にする』だよ、俺が死ねば魔石は手に入らねーぞ」

「魔石があればより強大な力は得られるが、もともと豊かで勢力のある国だ。お前が死んだところでマイナスにはならん」

リュートは唇を噛《か》んだ。そして肩が小さく震える。心を浸食していくのは、何もできない悔しさと、死への恐怖。自分の身体に手を回しているのは、カリムを何の抵抗もなく斬って捨てた人間だ。異国の平民など、もっと簡単に殺してしまえることも分かっている。

「諦《あきら》めろ。そして忘れろ、過去は全て。あの男のことも」

月の光がカダットの横顔を照らす。「あの男」という言葉に反応したリュートは、涙をためた目をカダットから逸《そ》らした。すると顎《あご》を掴《つか》まれて、視線を戻される。

「お前は俺に縋《すが》って生きるほかに、もう手段はない」

カダットはそう言って、唇を塞《ふさ》いだ。

「んんっ……！」

口内に乱暴に差し込まれた舌が、歯列をなぞっていく。身体をよじって逃れようとすると、カダットは毛布でくるんだリュートを肩に担いで部屋に入る。

「何すんだ、放せっ！」

天蓋《てんがい》付きの寝台にうつ伏せに押さえつけられる。顔を上げると、獣のように殺気を放ったカダットが自分を見下ろしていた。

「俺を拒むなと言ったはずだ。頭が悪いようだから、もう一度言っておこう。お前と、お前の世話係の命を握っているのは、この俺だ。自害も許さん。その場で世話係も斬首にしてお前の後を追わせてやる」

身体中を鎖で縛り付けられたような感覚に陥った。逃げることも死ぬことも許されない。ただアドヴァルドを慕いながら眼前の冷酷無比な男に抱かれ泣かされるしか、リュートには選択肢が与えられなかった。


寝台の軋《きし》む音と男の荒い息が、夜の帳に満ちる。

「あっ……あぁっいやだ……あ、あ、あぁぁぁっ」

リュートはカダットにうなじを噛み付かれながら、体内にその雄を受け入れる。獅子《しし》の交尾のように荒々しい交わりを繰り返し、もう何度目か分からないほど内壁に精を放たれていた。

「あ、ひ、アドヴァルドっ……アドヴァルドぉ……た、たすけて……っ」

カダットは「いい度胸だ」と笑いながら再び体勢を変えて、リュートを犯し続けた。寝台には、いくつもの魔石が散らばってランプの光を反射していた。

□□□

「リュート様、少しお痩《や》せになりましたね」

朝、カダットが宮殿に戻ると、入れ替わるようにカリムが入ってきてリュートの着替えを手伝った。

「そうか?」

「毎晩のように皇太子殿下の御渡りがありますからね……お身体が持たないのでしょう」

リュートは忌々しそうに鼻を鳴らした。

「俺をもっと泣かせて魔石を増やしたいんだろ」

泣かされ続けて嗄《か》れた声が、余計腹立たしかった。

着替えを終えると百花の間に移動し、朝食をとった。今日も後宮の美姫たちからは、ひそひそと陰口を叩《たた》かれている。

「子どもも産めないのに、皇太子殿下のご寵愛《ちょうあい》を独り占めして……これじゃお世継ぎは無理ね」

「男の側室なんて、国の足を引っ張っているようなものじゃない」

そんな聞こえよがしな陰口に、リュートはふと不思議に思った。くるりと振り返って、その陰口を叩いた褐色の肌の姫に、聞いてみる。

「子どもを産むためだけに、正室とか側室って存在してるのか？」

その姫は自分と同じくらいの年ごろに見えた。一瞬黙り込んだが「当たり前でしょう」と高飛車に答える。

「それってつらくないか？　国のために子ども産むことが本当に自分のやりたいことなのか？　他にやりたいことなかったの？　やっぱ俺には理解できねえ」

「まあ、平民のくせになんて生意気な……！」

パン、という高い平手打ちの音が百花の間に響いた。カッとなった姫がリュートの頬を叩いたのだ。

周りがざわざわと騒がしくなる。

「喧嘩《けんか》はそこまでにしましょう」

落ち着いた女性の声が聞こえ、振り返ると皇帝の側室アリーヤが立っていた。

「アリーヤ様……」

「ヨアンナ様、身分の高い者に人を貶《おとし》める権利があるわけではありませんよ」

ヨアンナと呼ばれた第三皇子の側室は、黙り込んでうつむいた。リュートは叩かれた頬を押さえながら、アドヴァルド以外にも変わった考えの貴族がいるのだな、とアリーヤを見つめた。

「ごめんなさいね、あなたはここに来てからつらいことばかりね。傷になってない？　治癒魔法をかけましょうか」

アリーヤはリュートの頬に手を当てながら、優しく囁《ささや》いた。

「いえ、大丈夫です。アリーヤ様はどうして魔法が使えるんですか？　何年も修業しないとできないって知り合いの魔導士が言ってたんだけど」

アリーヤは、魔導士だった父親に『治癒魔法は身を助けるから』と幼いころから教えられていた、とこっそり教えてくれた。

「あなたこそ、どうしてそんなに魔導士に詳しいの？　ドュゴには魔導士が少ないのに……」

「俺、ラピスバルドの人間だから。攫《さら》われてここに来たんだ」

アリーヤは言葉を失って眉根《まゆね》を寄せた。リュートの手を取って握りしめる。

「それは……つらかったわね……何か困ったことがあったら言ってね」

リュートの手を握るアリーヤの指先が、小さく震えていた。

リュートがカリムと百花の間を後にすると、アリーヤは侍女に話しかけた。

「てっきりドュゴの子だと思っていたわ……ではあの子の肌の色は……」

盲目のアリーヤの代わりに、侍女が説明する。

「ええ、私たちのような褐色ではなく白い肌をしています。でも瞳《ひとみ》の色はラピスバルドでも珍しいと思いますよ、紫色なので」

それを聞いたアリーヤは、飲んでいたハーブティーを受け皿に戻しながら「そうだったのね……」と小さく頷いた。


後宮の最奥にあるアリーヤの部屋に、カダットが顔を出した。無表情を変えないまま入室すると、アリーヤは上座を空けカダットに座るよう促した。

「お呼びですか、アリーヤ様」

「ええ、殿下にお聞きしたいことが」

その緊張した声音で、カダットは察した。「リュートのことですね」と。

「ラピスバルドから攫われて来たと言っていました、殿下、彼は一体……」

アリーヤは、三歳のときから後見として母代わりをしてきたカダットを問い詰める。世話になっていてアリーヤにだけは逆らえないカダットは、小さくため息をついて、口を開いた。

「リュートはラピスバルドから私が拉致《らち》しました。あいつには涙を魔石化する異能がある。魔石が手に入らない我が国にとっては必要な存在です」

アリーヤは手にしていた紅茶のカップを取り落とし、絨毯《じゅうたん》にシミが広がった。慌てて侍女がそれを片付ける。

「……魔石……涙が」

「信じられないでしょうね。しかし真実です。すでにかなりの数を手に入れました」

アリーヤの手と声が震えている。

「まさか、あの子を拷問して……」

カダットはふっと口の端を引き上げた。

「ご想像にお任せしますよ」

アリーヤは閉じている目を、さらに強く瞑《つぶ》って胸の前で手を組んだ。顔は真っ青になっていた。

「ああ、なんてこと……」

「いくら私を育ててくださったアリーヤ様とて口出しは無用。これ以上詮索《せんさく》はしないでください、魔石の話も忘れてもらいます」

カダットはそう言いながら立ち上がった。

「待って、傷をつけるのだけは……！」

アリーヤは中腰になって、カダットの足音を追う。

「心配はいりません、私の唯一の側室ですからね。傷はつけませんよ」

そう言って部屋の扉を開きながら「ああ」と何か言い忘れたように立ち止まった。

「噛み跡ぐらいは、残っているかもしれませんね」

カダットはくすくすと艶《つや》のある笑い声を残して、部屋を後にした。アリーヤは「なんということを……」と顔を手で覆った。


そのアリーヤが部屋を訪ねてきたのは夕方のことだった。明け方までカダットに泣かされていたリュートは、まだ身体のだるさが抜けず部屋でうとうとしていたため、慌てて身なりを整えた。

「突然ごめんなさいね、どうしても話がしたくて」

アリーヤは侍女に手を引かれながら、リュートの向かいに座った。

「いえ、俺こそだらしなくってすみません……」

カリムの出した茶には手をつけず、アリーヤは自分の胸元の服をぎゅっと握りしめながら口を開いた。

「たくさん……つらい思いをさせてしまって、お詫《わ》びがしたくて……」

リュートが「アリーヤ様のせいじゃありません、カダットが」と答えると、アリーヤは首を振った。

「殿下を育てたのは私ですもの」

アリーヤは過去をぽつりぽつりと話し始めた。

アリーヤがカダットと出会ったのは、後宮に入ってすぐのこと。カダットが三歳のときだった。

カダットの母親である皇帝の正室は、カダットを産んですぐに他界。皇帝は、側室たちに後見を頼もうとしたが「自分の血を引かない子どもは育てられない」と拒否され、それまで使用人たちが交代制で育てていた。他の側室や側室候補は自分の血を引いた子どもを産んで帝位継承させたがったが、アリーヤはその出産レースに関心がなかったため、カダットの後見役として白羽の矢が立ったのだった。

「お会いした殿下は三歳なのにずいぶん大人びていました。必要以上に話すこともなく、子ども心をどこかに忘れてきたかのようでした。当然ね、それまで誰とも特定の信頼関係を築けないまま育ったんだもの」

三歳になるまで母親の温もりを知らず育ったカダットは、アリーヤには心を開き始めたものの、帝位継承を争う側室たちからたびたび命を狙われ、心休まる時は少なかったという。

「命を脅かされている恐怖の中で、殿下は自分の精神を守るように感情を消していきました。先を見通す聡明《そうめい》さと、卓越した剣の腕……そして私には見えませんが彼の美貌《びぼう》。全てを持ち合わせているように見えますが、その逆だと私は思っています。殿下の心は……その最深部は空洞なのです」

リュートはなんとなく理解できた。カリムを簡単に斬って捨てる冷酷さ、リュートの両親をリュートの目の前で殺すことも厭《いと》わない残忍さ、そして相手に選択権を与えない傲慢《ごうまん》さ。全ては感情を切り捨ててきた結果だということを。

アリーヤはリュートに近づいて、その顔に手を添えた。閉じた目尻《めじり》から涙がひとしずく流れる。

「ごめんなさいね……リュート、たくさんつらい思いをさせてしまってごめんなさい」

「アリーヤ様がそんなに謝らなくても……」

うろたえるリュートの頬を、アリーヤの両手が優しく包み込む。

「謝りたいのです」

頬を包んでいたアリーヤの指が顎《あご》、唇、鼻、そしてまぶたの形を確認するように丁寧になぞっていく。

「こんなお顔なのね……きっと可愛いわね、見られなくて残念だわ」

「か、可愛いと言われてうれしい男はいませんっ」

リュートは顔を赤らめて抗議する。するとアリーヤは「そういうところも、殿下を夢中にさせるのね」とくすくすと笑った。そしてリュートを優しく抱きしめた。とくとくと心臓の音がつたわってくる。アリーヤからは、陽《ひ》だまりの香りがした。


リュートの部屋を後にしたアリーヤと入れ替わりに、女官たちが続々と荷物を運び込んだ。宝石箱、一級品の反物、珍しい動物、菓子、珍味……。部屋がそんな豪華な品物でどんどん埋まっていく。

「何だこれ」

カリムが宝石箱を開いて歓声を上げた。

「わぁ！　リュート様、これ……！」

覗《のぞ》き込むと、無数の煌《きら》めく宝石がちりばめられた耳飾りと首飾りだった。

「これ、ダイヤモンドだ……！」

カリムの呻《うめ》きに、リュートは「なにそれ」と聞き返す。カリムが、遠い別の大陸でわずかしか採掘されない希少な宝石だと説明すると、リュートは身体を仰《の》け反《ぞ》らせた。

「えええええ!?　そんなのが何でこの部屋に？」

女官たちに尋ねると「皇太子殿下より、お届け物でございます」と頭を下げて退室していった。


「気に入る物はあったか？」

背後から、贈り主である低い男の声が聞こえる。

「はぁ？」

リュートは眉《まゆ》をしかめ、怪訝《けげん》な表情をカダットに向けた。

「一体何企《たくら》んでるんだ？　俺はもう贈り物には騙《だま》されねーぞ」

リュートは、ラピスバルドで商人を騙《かた》ったカダットに「喉《のど》に効く」と、眠りに落ちる薬を嗅《か》がされたことを忘れてはいなかった。

白い王族の衣装を揺らしながら、カダットの長い足がリュートに近づく。

「企みではない。お前は俺の側室だ。欲しいものは何だって与えてやる」

灰青の瞳がリュートを見据える。

「でも俺、こんなのいらねえ」

「では何が欲しいか言え」

リュートがすかさず「自由」と答えると、「後宮内ならば自由にしていい」と期待はずれの答えが返ってきて、盛大な舌打ちを返した。

首をかしげながらカダットは、指をリュートの頬に這《は》わせる。

「なぜお前は俺の手中にあるのに、そう反抗ばかりする？　贅沢《ぜいたく》な暮らしを与えてやると言っているのに、どうして喜ばない」

今まで接してきた相手はカダットの持つ美貌、権力、残酷さのいずれかにひれ伏していたのに。灰青の双眸《そうぼう》は、本当に不思議そうにリュートを見つめていた。

リュートはアリーヤの言葉を思い出していた。

（こいつ本当に空っぽなんだ）

アリーヤに聞いたカダットの幼いころの境遇を思うと、同情心が湧かないわけでもないが、リュートはこれまでにされた自分やカリムへの仕打ちを思い出し、それを追い出した。

「じゃあ一つ要求するよ。俺が首に下げてた魔石のペンダントを返せ。あれ母ちゃんから貰《もら》ったお守りなんだ」

「お守り、ね」

カダットは鼻を鳴らしながら胸元から小さな袋を取り出し、リュートに投げた。中には、件《くだん》の透明の魔石のペンダントが入っていた。リュートが生まれたときに流した涙の結晶。

「それだけはどの呪文も反応しなかったと、研究者から渡されたところだった」

「魔石じゃないってことか？」

カダットは、魔石探査の呪文には反応するため魔石であることは間違いない、と説明する。

「まあ、俺が魔法使えるわけじゃないし、どっちでもいいけどさ」と、リュートはさっそくそのペンダントを首に着ける。そして、グリーンの魔石を首に下げたカリムのほうを見て、ニカっと笑った。

「これでお揃《そろ》いだな」

カリムも酒を運びながら、嬉《うれ》しそうにはにかんだ。

そんな二人のやり取りを無表情で眺めていたカダットは、カリムに湯浴《ゆあ》みの準備を命じた。


白い花が無数に浮かぶ湯船に、リュートは服を剥《む》かれて放り込まれた。水しぶきとともに「ごばっ」という溺《おぼ》れかけた声が浴場に響く。カダットは浴場担当の女官たちに脱いだ自分の服を投げ渡して「呼ぶまで外に出ていろ」と命じた。

リュートが放り込まれて波紋が広がる湯船に、カダットが足を入れた。「人と風呂《ふろ》に入るなんて初めてだな」と言いながら。頭までしっかり湯船に沈んだリュートは、ざばっと顔を出して「公衆浴場なんか、この広さの風呂に何十人って入るんだぜ」と、口に入った花を吐き出しながら教えてやる。

カダットは「野菜の洗い場だな」と笑った。

湯船の中で、褐色の腕がリュートの身体に巻きついて、引き寄せられる。

「おい、こんなに広い風呂でひっつくな！　泳げねーだろ」

リュートの背中がカダットの厚い胸板に密着する。

「風呂で泳ぐとは、育ちの悪いヤツだ」

カダットは言葉とは裏腹に、目を細める。そして、リュートのうなじに残った自分の赤い歯型に舌を這わせた。

「……痛かったか？」

「っ……、当たり前だ。悪いと思ってんなら噛《か》むな！」

リュートはカダットの髪を一束引っ張って抗議した。されるがままのカダットは、引っ張られた方向へ頭を揺らす。

「では、どうしたらお前が俺のものだと印が付けられる？　俺が贈った耳や首の飾りも着けないではないか」

「あんなジャラジャラしたのいらねーよ！　大体あれダイナモンコとかいうすげえ石なんだろ？」

カダットが、そんな石を贈った記憶はない、と小さく答えているのを無視してリュートは問い詰める。

「そもそもどうして俺に印付けようなんて思うんだ？　ちょっと意味分かんねえよ、お前の行動」

「俺も分からない」

開き直った回答に、リュートは脱力する。

「人のこと頭が悪いとか言っておきながら、お前だって——んんっ」

罵《ののし》ろうとしたリュートの口をカダットが唇で塞《ふさ》ぐ。奥へ奥へと侵攻してくる舌をリュートは押し返そうとするが、それをキスに応じたと思ったカダットは、よりリュートを強く抱きしめた。

「ん……っ、ふっ……!!」

胸を腕で押し返そうとするがビクともしない。しばらく口内を貪《むさぼ》られて、やっと解放された。二人の唇の間に透明な唾液《だえき》の糸が橋を作る。

ブルーグレーの視線がリュートを捉《とら》える。

「泣かせたい。笑う顔も見たい。怒った顔も面白い。いつもお前の顔がちらついて今何をしているのだろうかと考えてしまう。お前の口から名が出た男を殺しに行きたい。この紫色の瞳《ひとみ》に俺だけを映したい。他の者の目に触れさせたくない」

長い口づけで身体の力が抜けたリュートに、カダットは真剣な顔で今の胸中を言語化していく。

「これは何という現象か、お前は分かるのか?」

リュートは顔が真っ赤になった。

「カ……カダット……」

「最初は後宮がお前を隠すのに都合がいいと思って連れてきたが、今はお前を側室にした判断を正解だと思っている」

その感情をリュートは知っている。アドヴァルドに抱いているものと似ていたからだ。

しかし、それを目の前の男に教えることはできなかった。自分の感情を殺して生き延びてきたカダットは、気付いていない。今、これ以上ない愛の告白をしていることに。

「お、俺、のぼせそうだから、もう上がる……」

視線を逸らして湯船から出ようとするリュートを、カダットは解放しなかった。

「なぜ逃げる、お前はなぜ俺を見ない？　どうしてお前は俺の意のままにならない！」

いつも無表情に歪《ゆが》んだ笑顔しか見せないカダットが、今は本当に怒っているのが分かる。向かい合わせにカダットの膝《ひざ》に座らされる。

「カダット……やめろ……っ！」

リュートは口を再び塞がれた。長い腕が巻きついて、大きな手がリュートの両手首を身体の後ろで拘束する。もう片方の手は身体の至る所を愛撫《あいぶ》していく。

「あっ、あっ……やだ……っ」

カダットはリュートの喉元《のどもと》に歯を立てながら、胸の突起を指で揉《も》み潰《つぶ》す。白い花の浮いた湯船が激しく揺れる。

「ひぃんっ……痛いっ、噛むなっ……痛いよぉっ」

生理的な涙をぼろぼろと零すリュート。

「すぐ悦《よ》くなる。慣れろ、俺の愛撫に」

乳首が解放されたと思ったら、今度はそこに歯が立てられた。乳首を蹂躙《じゆうりん》していた大きな手はリュートの臀部《でんぶ》に移動し、揉みしだく。

「あ、ああ、やだ、感じたくない……っ、やだ……っ」

カダットの欲望だけではない、剥《む》き出《だ》しの情熱を感じ取る。だからこそリュートは与えられるこの快楽に溺れてはならないと自分に言い聞かせた。欲しいのはこれではない。アドヴァルドの熱なのだ、と。

長い指が後孔にぐぶぐぶと侵入を始めた。

「あっ!! やだ、やめろ、お湯が入るだろ……っ!!」

「では、湯が入る前に別のもので埋めてやろう」

すぐに指が抜かれると、カダットのすでにそそり立った雄がそこにあてがわれた。

「ひっ、やだっ……! いやだよぉ……っ!」

リュートは目を閉じる。涙が止まらない。アドヴァルドが恋しかった。カダットの気持ちは理解できても、自分の心はアドヴァルドに捧《ささ》げたかった。

「俺は、お前のものじゃないっ……あ、あぁ……っ、アドヴァルド、アドヴァ――」

カダットの手がリュートの口を塞いだ。

「お前の主人は俺だ、リュート! 俺を見ろ! 俺の名を呼べ!」

いつも氷のような冷たさをたたえているブルーグレーの瞳が、燃えたぎっていた。そうしている間にも、肉棒がぐぶぐぶと奥へ奥へと侵入してくる。内壁を押し広げて。口を塞がれたリュートは、紫色の瞳を涙で濡《ぬ》らしながら、カダットに身体を揺さぶられた。

「んっ、んんぅ……っ、んんんっ……」

湯あたりのせいか交わりのせいか、カダットの頬は上気していて、リュートの口と両腕を拘束したまま、欲望をその体内に打ち付ける。腰の動きに湯船が揺れて、浮かんでいた白い花が浴槽の外へと打ち上げられていった。

「はぁっ……お前は俺のものだ、どこへも行かせない。ずっとここに閉じ込めて……」

リュートは後孔への刺激とともに、絶望を与えられる。目尻《めじり》からこぼれた涙が、石になって浴槽へと沈んで行った。

部屋に運ばれてからも、何度も楔《くさび》を体内に打ち付けられた。もう涙も声も嗄《か》れ果てて、ほとんど気絶したような状態でリュートはカダットに抱かれた。いつのまにか空が白んでいる。

(あぁ、もう朝だ……またアドヴァルドの夢、見られなかったな)

うつ伏せで身体を揺さぶられながら、リュートは差し込んでくる朝日に目を細めた。

泥のように眠るリュートの、赤いまぶたをカダットは指でなぞる。そして自問した。リュートの泣《な》き腫《は》らした寝顔を見て、罪悪感を覚え始めたのはいつからだろうか、と。

そのとき、女官に案内された側近が、部屋の入り口に跪《ひざまず》いた。ゆっくりと寝台から降りて用意されていた上着を羽織ると、カダットは側近に近づいた。

側近の囁《ささや》いた報告に、一瞬目を丸くしたが「面白い」と口の端を引き上げる。そして「この情報はリュートの耳には絶対に入れるな」と側近に伝え、宮殿に向かって歩き出した。

するとむかっている方角から、リュートの着替えを抱えたカリムがぱたぱたと小走りでやってきた。カダットを見ると、「あ……」と顔を強張らせながら廊下の脇に跪く。斬られた恐怖が蘇《よみがえ》っているようだった。

カダットはカリムの前で立ち止まり「おもてを上げよ」と視線を向けた。カリムはグリーンの瞳を恐怖で揺らしながら「はい、殿下……」と見上げる。

「……傷はもういいのか」

低い声でそう尋ねる。カリムは一瞬驚いたが、すぐに頷《うなず》いた。するとカダットはかがんで、カリムの首に光る緑の魔石のペンダントに手を伸ばした。

「リュートに貰ったのか」

「……は、はい」

カダットはペンダントから手を離して立ち上がった。そして、目を細めて困ったように笑った。

「お前はいいな。証《あかし》を貰えて」

「……？」

カダットはそう言うと、カリムの頭にぽんと大きな手を置いて、再び宮殿へと足を進めた。側近に何かの指示を出しながら。

カリムは優しく手を置かれた自分の頭に触れながら、その背中を視線で追った。

「カダット様……？」

そして、はっと自分の仕事を思い出し、おそらく疲れ果てているリュートの元へと急いだ。

【第四章】涙の秘密と運命の恋

海から岸に向かって南西の風が吹いている。

鎧姿《よろい》のアドヴァルドは軍船の甲板に立ち、百メートルほど先にある砂浜を見つめた。ラピスバルドの船団を発見したドュゴ軍が続々と集まっている。上陸を阻止するために、弓兵や投石機が多く集められていた。

「手厚く歓迎してくれそうですね」

潮風に髪をなびかせながら、ローブの下に鎧を着込んだバニスが話しかけた。手には自身の身長ほどの長さの魔装具を持っている。杖《つえ》の先にいくつもの刃物が付いた、本格的な戦闘用だ。刃物の中央に三種類の魔石を埋め込んでいる。

「お前の鎧姿、久しぶりだな。いつもは面倒臭がって着ないくせに」

アドヴァルドがそう言うと、バニスは「久々に前線で本気を出しますからね」と笑ってみせた。

「アドヴァルドこそ、戦場で笑っていないのを初めて見ましたよ」

アドヴァルドは風に吹かれてなびく緋色《ひいろ》のマントを鬱陶《うっとう》しそうに払って、こう言った。

「本気出すからな、初めて」

船倉からアドヴァルドの愛馬を兵士が引いてきた。走りたくてうずうずしているようだ。アドヴァルドは愛馬の名を呼んで、鼻先を撫《な》でた。

「セレンディバイド、今日は思い切り暴れていいぞ」

黒い宝石を名の由来としたその馬は、返事をするように身体《からだ》を震わせた。

「俺も、こんなに身体が爆発しそうなのは初めてだ」

翡翠《ひすい》色の瞳《ひとみ》が日差しを反射してぎらりと光った。

海岸には約二万の兵が集まりつつあった。海岸の岸壁の上に本陣を置いたドュゴ軍は、小舟に乗り換えて上陸してくるはずの兵士の掃討作戦を指示していた。

「皇太子殿下がご到着です！」

カダットが白馬を飛び降りて天幕付きの本陣に入ると、軍の幹部たちが一斉に跪《ひざまず》いた。

「挨拶《あいさつ》はよい、報告を」

カダットは説明を受けながら、鎧を身に着けていく。

「軍船は九十隻、おそらくあの規模からすると兵数は九千から一万。上陸用の小舟が軍船から海に降ろされ、着々と兵士が乗り込んでいます」

「まもなく仕掛けてくるな。向こうは魔導士がいる。どんな奇襲が来るか分からないから油断するな。俺の剣を」

側近がカダットに二本の剣を手渡した。すると軍の幹部たちが立ち上がる。

「皇太子殿下が手練《てだ》れとは言え、前線にお出しするわけにはいきません……！」

「俺の戦だ、口出しするな」

カダットは将軍を睨《にら》みつけた。

「しかし、おそらくあちらは大陸最強と言われる騎士、アドヴァルドが斬り込んできますぞ」

カダットはその名を聞いて、眉《まゆ》を動かしながら革の手袋をはめる。

「それでよいのだ。ヤツの本名はジェダイト、ラピスバルドの第三王子だ。あいつが王位を継いでは何かと不都合だ。俺が討ち取る」

軍の幹部たちが、カダットが間者を使って手に入れていた情報の暴露にざわめく。カダットの瞳にはアドヴァルドが政敵ではなく、憎い一人の男として映っていることを周囲は誰も知らなかった。


海から吹く風が一層強くなってきた。ジェダイトの軍旗が大きくはためいている。

アドヴァルドと視線を合わせた海軍のランスール将軍が、声を張り上げた。

「進軍！」

魔導士の一人が、黄色の光を放つ照明弾を魔法で空に打ち上げる。それを合図に兵士を乗せた上陸用の小舟が一斉に海岸に向かって進み始めた。

アドヴァルドは船の先端の甲板に姿を現した。黒馬に跨《また》がって。その馬は武者震いをするように頭を上下させている。海岸で待ち受ける弓兵たちが指を差した。

「あいつ、何で船の上で馬に乗ってるんだ？」

「格好つけてるんじゃないか」

笑い声まで上がっている。

陣営から望遠鏡でそれを見ていたカダットは眉根《まゆね》を寄せた。何かを企《たくら》んでいる予感がしたのだ。

アドヴァルドの前に、バニスがゆらりと姿を現した。先にいくつもの刃物が付いた長い魔装具を海岸に向けてかざし、呪文を唱える。かなり大掛かりな魔法なのか、真剣な表情だった。

杖の先端の赤茶色の魔石が、ギラリと鈍い光を放った。大地を龍《りゅう》が這《は》うような地響きが聞こえたかと思うと、アドヴァルドたちの乗った軍船の目の前の海が割れた。そこからいくつもの土柱が、まるで海中から空に向けて杭《くい》を打ち込むように姿を現す。それは船から海岸に向かって一本道を作るように連なった。

アドヴァルドの声がこだまする。

「俺に続け！」

船の先端から逞《たくま》しい黒馬に乗ったアドヴァルドが飛び出し、バニスが海の上に作った道に舞い降りる。アドヴァルドは背中から大刀をすらりと抜き、その土柱でできたなめらかとは言い難い一本道を、海岸に向かって駆け出した。後ろから芦毛《あしげ》の馬に乗ったバニス、そして騎士団が続く。

「うおおおおお!!」

アドヴァルドの咆哮《ほうこう》とともに大刀は炎を纏《まと》い、あたりの空気が殺気でビリビリと震えた。

ドュゴ軍の各兵団の指揮官が「弓兵、打て！」と叫ぶ。しかしその瞬間、海岸に積乱雲が発生し、雲間からあちこちに雷《いかずち》が降り弓兵たちが感電していく。バニスの雷撃魔法だった。

「海と空が割れた……!!」

ドュゴの兵士たちは、顔を真っ青にして雷から逃げまどう。その間にも「大陸最強」と呼び声の高いアドヴァルドが、炎を宿した大刀を振りかざして猛烈な勢いで向かって来る。

小舟で上陸しようとしているラピスバルドの兵団も、それぞれに防御魔法の使える魔導士を配置していて、弓兵の放った矢がかろうじて届いても難なく阻止されてしまう。

バニスの圧倒的な魔力とアドヴァルドの絶対的な突破力、そしてリュートが生み出した希少な魔石がなければ実現できない奇襲作戦だった。


「くそっ、やはり……！」

カダットは剣を手に、白馬に跨《また》がって海岸に向かおうとした。

そのとき別の側近が宮殿から馬で駆けつけ、カダットに急いで報告をする。カダットは目を丸くして叫んだ。

「リュートが……後宮から消えた？」

爆音とともに粉塵《ふんじん》が舞い上がり、数人のドュゴ兵が吹き飛んだ。男たちの悲鳴が響き渡る。粉塵の中からゆらりとそのシルエットを現したのは、漆黒の馬に跨がり片手で軽々と大刀を操る総指揮官アドヴァルド。船からバニスの大地魔法で作った一本道を駆け下りて、一人で敵陣に切り込み、火炎魔法を纏った大刀で兵士たちを蹴散《けち》らしている。

「カダット!! 出て来い、この盗人野郎!!」

アドヴァルドは皇太子の名を呼びながら、向かってくる騎馬隊を次々になぎ倒していく。右手で大刀を振り回しながら、反対側から飛んできた矢を左手で掴《つか》んだ。それが飛んできた方向を燃え滾《たぎ》る翡翠の瞳《ひとみ》が睨みつける。一括《ひとくく》りにした後ろ髪までも殺気で逆立って見えた。兵士たちが戦えば死が待っていると悟り、一人、二人と後ずさりを始めていた。そうこうしているうちにラピスバルドの騎士団も追いつき、小舟からも兵士たちが上陸した。

アドヴァルドを中央に、展開された右翼軍では、バニスが先頭を切っていた。戦闘用の長い魔装具を振り回し、半径三十メートルの敵兵の足元を凍結魔法で固め、すかさず天から雷撃を降らせた。これほどの速さで連続魔法が唱えられるのはバニスの他にいなかった。岸壁の上から、投石機が音を立てて巨大な石を投げ込んでくる。バニスは大地魔法を発動させ、板状の土壁を地中から築き上げ、巨石を受け止めた。

「邪魔をするな！」

赤い魔石の指輪を着けた左手を岸壁に向け、飛んできた巨石と変わらない大きさの火球を放つ。岸壁がえぐれ、投石機とそれを操る兵士たちが落下していった。

騎士団の魔導士が息を呑《の》んだ。

「今日のバニスさん、異常に強くないか？」

「バカ、普段は俺たちに経験積ませるために、自分は最低限しか動かないんだよ。あの人が間違いなく、ギュールズ共和国一の魔導士だ」

ラピスバルドの騎士や魔導士たちはごくりと喉《のど》を鳴らした。

「アドヴァルド……いやジェダイト王子やバニスさんを本気にさせる、聖女の子どもって一体何者なんだ……？」


アドヴァルドに兵士たちが近寄れず、取り囲むだけの状態で膠着《こうちゃく》していると、兵士たちの人垣が割れ、白馬に乗ったカダットが駆け込んできた。足と体幹だけで馬を操り、両手にはそれぞれ剣を持っている。利き手である右手には大ぶりの剣を、そして左手にはその三分の二程の刃渡りのものを。

「皇太子殿下の二刀流だ！」「すげえ！　俺初めて見る」

沸き立つドュゴ兵たちに向かってカダットは「下がっていろ！」と命じ、アドヴァルドに向かって馬を走らせる。馬が蹴《け》った砂が白煙のように舞い上がった。

「ジェダイト――いや、アドヴァルド！　お前の首、貰《もら》い受《う》ける！」

カダットの二本の剣が日差しを反射してきらめく。アドヴァルドも口の端を引き上げて、大刀の火炎魔法を消した。

「それはこちらのセリフだ、お前だけは俺が息の根を止めてやる！」

馬で駆け寄った二人が交差した瞬間、ギィンと耳をつんざく金属音が響き、小さな火花が散った。

互いの武器を交差させ、力任せの鍔《つば》迫《ぜ》り合《あ》いで睨み合う。

カダットは、怒りで我を忘れたかのように叫んだ。

「リュートをどこへやった！　上陸作戦は攪乱《かくらん》だったのだな、この卑怯《ひきょう》者め！」

アドヴァルドも怒りに任せて言い返す。

「リュートを返せ誘拐犯！　宮殿ごと粉々にするぞ！」

睨み合う二人。しばらく鍔迫り合いが続き、もう一度大きな金属音を立てて二人は間合いを取った。

「ん？」

アドヴァルドは拍子抜けした声を上げる。

「どういうことだ……」

カダットも混乱していた。

リュートは完全に姿をくらましていたのだった。

その数時間前のこと。

朝食をとり終えたリュートのところへ、アリーヤが駆け込んできた。そして人払いを命じる。その顔色は真っ青で今にも倒れてしまいそうだった。

「どうしたんですか、アリーヤ様」

アリーヤはリュートの両手を握ってこう言った。

「いいですかリュート、今からあなたを緊急避難用の地下道に案内します。それを使って外にお逃げなさい」

「ええっ！」

突然のことにリュートは大声を上げ、静かにするようアリーヤの侍女に注意された。アリーヤは小声で説明する。

「最北端の海岸にラピスバルドの船団が現れました。まもなく開戦するでしょう」

「戦争が始まるってことですか」

アリーヤが冷や汗を流しながら頷《うなず》く。リュートは服の胸元を握った。

（アドヴァルドだ、助けに来てくれた……！）

しかし、喜んでもいられなかった。脳裏に、検問所で刺された騎士や魔導士、そして切り捨てられ息絶え絶えのカリムの顔が浮かぶ。

「どうしよう、アリーヤ様。戦争が始まってしまうんですか？　もう嫌だよ、俺のせいで誰かが死ぬのは……！」

「リュート、落ち着いて。ですからあなたは逃げるのです。緊急避難用の地下道はとても長い道のりですが、一本道。そこを抜けたら、ラピスバルドの兵に保護してもらいなさい」

リュートは混乱を鎮めるように深呼吸したあと、口を真一文字に結んだ。

「分かった。絶対逃げてみせる。戦争、俺が止めるよ」

リュートの顔には、吹っ切れて覚悟の決まった表情が浮かんでいた。その凛《りん》とした声音に「さすが男の子ね」とアリーヤは微笑《ほほえ》んだ。

リュートがカリムを振り返ると、急いで荷物をまとめていた。

「必要最低限の物だけ持って行きましょう、走るから身軽なほうがいい」

「カリム……」

「何言っても無駄ですよ、僕もお伴《とも》します。リュート様を絶対お守りするって言ったじゃないですか。僕だって男です！」

グリーンの瞳には全く迷いがなかった。リュートは泣きそうになった自分の顔を、手のひらでぴしゃりと叩《たた》いた。

「ああ、行こう！」

「はい！」

二人はアリーヤと侍女に案内され、地下道へと急いだ。

地下道は、アリーヤの部屋の暖炉が秘密の入り口となっていた。戦争などで攻め入られたときに寵《ちょう》妃《ひ》たちを逃す隠し通路で、皇帝に最も信頼された妃に、この部屋とともに通路の秘密が受け継がれているのだという。

暖炉のレンガを一つ押し込むと、大人一人が身体を屈《かが》めてやっと通り抜けられるような形でレンガの扉が開いた。

覗《のぞ》き込むと、その先は真っ暗闇。ただ、わずかだが海の匂いが湿った風とともに吹き込んでいた。アリーヤの侍女が、風除《かぜよ》け付きのランプをカリムに渡した。そしてアリーヤがリュートに注意点を告げた。実際に使用したことのない通路のため所要時間は分からないが、大人の足で歩いても中々出口までたどり着けないほど通路が長いこと。ランプの火を消してしまうと、真っ暗闇となって精神的に錯乱してしまう可能性があること……。

リュートは力強く頷いた。

「大丈夫、俺ならやれる。アリーヤ様、本当にありがとう」

アリーヤはリュートの腕を引き寄せて、抱きしめた。また陽《ひ》だまりの香りが、リュートの鼻をくすぐる。

「アリーヤ様はいつもいい匂いだな」

「ああ、リュート……」

アリーヤの閉じた目から、涙が溢《あふ》れていた。

「アリーヤ様お元気で。カダットはあんまり甘やかさないほうがいいと思うぜ」

「そうするわ。リュート、これを……お守りです」

アリーヤは小さな布の袋を渡した。リュートは受け取って、不思議そうにアリーヤを見上げた。背後からカリムが「急ぎましょう」と声をかける。

「じゃあ」

リュートが踵《きびす》を返そうとしたとき、アリーヤがこう言った。

「リュート、強く生きるのですよ」

どこかで聞いたことのある言葉だな、と駆け出しながらちらりと視線を向けると、アリーヤは涙をためた目を大きく開いて微笑んでいた。

その瞳の色は、アメジストを思わせる紫色だった。

「アリー……」

何か言いかけたリュートの手をカリムが引き、二人は真っ暗闇の地下通路を駆けて行った。

地下道は、ランプがなければ本当に真っ暗闇のジメジメした細い道だった。カリムがランプで道を照らし、早歩きで進んでいく。天井から漏れた水がリュートの背中に落ちて「うわっ」と声を上げると、地下道の先のほうにまでその声がこだました。

「カリム……お前、暗いの大丈夫?」

「好きか嫌いかで言えば、大っ嫌いです」

「俺も」

足を進めながら、何かを話していなければ心が折れてしまいそうな闇と長い道のりだった。ランプに照らされた通路は、足元はかろうじて石畳が敷かれているものの、横壁はゴツゴツとした剥《む》き出《だ》しの岩肌で、触れると湿っていた。

「ヘビとか出そう」

カリムがぼそっと呟《つぶや》くと、リュートが半泣きで抗議する。

「やめろぉ、想像しちゃうだろ！」

リュートは横壁の穴から、毒ヘビがぞろぞろと姿を現す様子を想像してしまい、鳥肌を立てた。二人はアリーヤと別れてから、もう一時間ほど歩き続けていた。夜が明けるまでカダットに組み敷かれていたリュートは、息切れをしだした。

「リュート様、少し休憩しましょうか？」

リュートは渡された水を少し口に含み、首を振った。最近は夢で会うことさえ叶《かな》わなかったアドヴァルドが、もうすぐそこに来ている。そして、自分がアドヴァルドのもとに帰りさえすれば、両国は戦争をせずに済む。

「……」

「くっそ、俺は酒場の息子だぞ！　なんでこんな国同士の戦争の心配なんかしなきゃいけねーんだ」

ぐちぐちと文句を言いながら、再び歩き出すリュートに、カリムは「それだけ悪態がつければ安心ですね」と微笑んだ。

そう言えば、とカリムは話題を振る。

「皇太子殿下、少し雰囲気変わりませんでした？　今朝なんて僕、頭を撫《な》でられましたよ。傷の治りについても聞かれました」

「カダットが……」

リュートは思った。アリーヤが言っていた、カダットの心の空洞が何かで埋まりつつあるのではないかと。おそらく、自分に向けたあの情熱がその一端を担っていると思うと複雑な気持ちになった。

「……あいつ、変わっていくといいな」

そう呟《つぶや》いたのは本音だった。カダットのためにもアリーヤのためにも、そして彼が統べるこの国のためにも、これから少しずつ人間らしい感情を増やしていってほしいと願う。しかし、それをそばで支えるのは自分ではないとも思っていた。

リュートはもっともっとアドヴァルドに会いたくなった。カダットが自分を求めるように、自分の心が求めているのはアドヴァルドだった。早くあの広い胸に飛び込みたいと思った。意地を張らずに、悪態もつかずに、素直に。

そんなことを思いながら歩みを進めていると、カリムが叫ぶ。

「ああっ、ランプの油がもう……！」

油切れを起こし始めたランプは、少しずつその火を小さくしていく。アリーヤの侍女は、ランプの瓶一杯に油を入れてくれていたのだが、それでも足りなかったらしい。

「カリム、壁をしっかり触って。声をかけ合いながら、壁を伝って歩こう」

「……はい！」

ついにランプの火が消えた。一瞬で真っ暗闇に包まれる。自分が目を開いているのか、閉じているのか分からなくなった。

「カリム、大丈夫か？」

「はい！　転ばないようにゆっくり歩いて行きましょう」

二人で声をかけ合いながら前へと進むが、今度はこの方角で正しいか不安になってくる。

「なあ、俺たち、ちゃんと目的の方向に向かってるよな？」

「た、たぶん……」

リュートはアリーヤの言葉を思い出す。光がないと錯乱してしまう恐れがある――と。どくどくと心臓が跳ねる。

(大丈夫なのか、このまま進んでいいのか)

隣でカリムが息を上げている。緊張から過呼吸気味になっているようだった。リュートはカリムに、一旦《いったん》立ち止まって休憩をしようと呼びかけた。カリムと手をつないで、その場に座り込む。

「このまま、外に出られなかったら……」

そんな不安をカリムが口にする。

「そしたら俺たち、手をつないだ白骨死体になるかな」

リュートはそれを紛らわせようと軽口を叩いてみせる。

「ぐすっ……リュート様をお守りするって約束したのに……」

カリムがはなをすする。

「おい、もう終わったみたいな言い方すんなよ、頑張ろうぜ！」

そう言いながらリュート自身も暗闇にまとわりつかれて、思考がおかしくなりそうだった。

首に下がるラミアに渡されたお守りのペンダントと、胸元に入れていたアリーヤのお守り入りの袋を一緒に握りしめる。

（母ちゃん、アリーヤ様……どうか導いてくれ……！）

背中に水滴が落ちてきて、そこからじわじわと不安が広がるような感覚に陥っていた。


「おーい」

遠くから男の声がして、足音が近づいてくる。

「カ、カリム……こっちへ」

リュートはカリムを引き寄せて抱きしめた。追って来たドュゴの人間だと思ったからだ。二人の重なった動悸《どうき》が、緊張で速くなる。

足音はすぐ近くで止まって、ぱっと明かりがついた。

「こら、返事しろよな。自分で呼んだくせに」

光のついたランプを手にしていたのは、十五歳くらいの金髪の美少年だった。真っ白なチュニックと細身のこげ茶のパンツを穿《は》いて、生意気そうなブルーの瞳《ひとみ》でリュートたちを見下ろしていた。

「だ、誰だ……？」

兵士ではないと安堵《あんど》したものの、誰も知るはずがないこの地下道に突然現れたとあって、リュートは恐る恐る尋ねる。

少年はため息をついて、リュートの手元を指差す。

「誰だ、じゃねーだろ。お前がそれで俺を呼んだんだぞ？」

リュートの手元には、無色透明の魔石のペンダントとアリーヤから貰《もら》ったお守り袋があった。

「へ？　俺が？」

「まあいいや、出口まで連れて行けばいいんだろ？　こっちだ」

そう言うと少年は飄々《ひょうひょう》とした表情で踵を返し、歩いて行く。少年がランプをかざすと辺りが昼間のように明るくなった。

「すごく明るいランプですね……よかったら油を分けてもらえませんか？　切らしちゃって……」

カリムがそう少年に声をかけると、少年は「ああ、これ火じゃねーんだよ」と二人の顔に近づける。取手のついた透明の瓶の中で、光の玉のようなものがフワフワと浮いていた。間違いなくこれが光の源だった。光の玉からは、動くたびにリン……と鈴のような音が聞こえてきた。

「光の精霊を一匹呼んだんだよ。礼は後払い」

「せ、精霊？」

リュートとカリムは、目を丸くしておうむ返しをした。少年は不思議そうに首をかしげる。

「なんだリュート、お前こんな小さな精霊も使いこなせねーのか？　どんな教育受けて来たんだ」

「いや、俺、学校行ってないから」

するとカリムが「学校でも教わらないと思いますけど……」と正しい指摘をしてみせる。少年はそんなやりとりを、ふふっと笑ってまた歩き始めた。よく見ると、その少年は裸足《はだし》だった。短い金髪が、風も吹いていないのにふよふよとつむじのあたりで躍っている。明るい光のせいだろうか、その少年が歩いたあとは、なぜか地下道の不穏が浄化されるようになくなっていて、リュートたちも先ほどのような不安や悪い妄想を抱くことがなくなっていた。

カリムが怪訝《けげん》な顔でリュートに囁《ささや》く。

「この人について行って大丈夫でしょうか」

リュートは、大丈夫、と深く頷《うなず》いた。口は悪いし、不思議な力を持った少年だが、自分たちの味方であるということだけは、なぜか確信が持てた。


三人で一時間ほど歩いたところで、出口が見えて来た。

その間に、リュートとカリムは少年の愚痴に付き合わされるはめになった。

「一族でやっている家業を手伝わされててさあ」とか「任された支店で看板娘に手ぇ出しちゃって、親父《おやじ》大激怒」とか、「遠くの島に左遷されて、やっと最近こっちに戻ってきたんだよ。ほんと転勤めんどい」とか。

　おしゃべりな少年の与太話を聞きながら、リュートは酒場のカウンターで管を巻く中年を連想した。見た目が幼いだけで、もしかしたら年齢は上なのかもしれない、とうすうす感じていた。

　出口から差し込む光でランプが必要なくなると、少年が瓶の蓋《ふた》を開けて「ありがとな」と光の玉を解放する。そしてポケットから小さな魔石のかけらを取り出して手のひらに置くと、光の玉がそれを吸い込んで消えて行った。

「相変わらず光の精霊はナイスバディだ」

　そんなことを言っていたので、少年には光の玉が自分たちとは違う形に見えていたのかもしれない、とリュートは思った。

「さあ、出口だぞ。おつかれさん」

　少年は二人の背中を押して外に出た。

　太陽の光に一瞬目が眩《くら》む。やっと目が慣れて来たと思ったら、数多《あまた》の軍船が浮かぶ海が眼前に広がっていた。そこには瑠璃色《るりいろ》の軍旗がはためいている。ラピスバルドのものだった。

「あの船のどれかにアドヴァルドが……！」

　興奮して拳《こぶし》をぎゅっと握ると、アリーヤから貰ったお守り袋が汗でじっとりと湿っていた。そして、中に何か硬いものが入っていることに気付く。

「なんだ？」

　手のひらに出してみて、リュートは言葉を失った。

　そこには無色透明の石が入っていた。リュートが首に下げているラミアのペンダントと全く同じ形の——。少年が覗《のぞ》き込んで「魔石だな」と口笛を吹いた。

リュートはラミアの言葉を思い出していた。

『これだけは色も内包物もないの。リュートが産声と一緒に流した涙。二粒あったから聖女様が一つをペンダントにして私にくださったのよ』


聖女が持っているはずの、産声を上げたときの魔石。

陽だまりの懐かしい香り。

顔を確かめるように何度もなぞる優しい指。

『ああ、こんなお顔なのね。きっと可愛《かわい》いでしょうね』

そして最後に見た、自分と同じ色のアリーヤの瞳。


『リュート、強く生きて』『強く生きるのです』


いくつもの記憶と言葉と物証が集まって、その輪郭が現れる。

カダットの育ての母で、皇帝に最も信頼される側室で、自分とカリムを助けてくれた人格者——、アリーヤの正体は。

「俺の、本当の母ちゃん……生きてたのか……」

リュートはその場にへたり込む。カリムが駆け寄って心配そうに顔を覗き込んでいる。

その姿を、頭の後ろで手を組んだ少年が「運命的だねぇ」と呟きながら見つめていた。

すると、耳を塞《ふさ》ぎたくなるような激しい爆音があたりに響いた。

「何だ！」

見ると、海岸で戦闘が始まっていた。舞い上がる土煙、炎、そして響く咆哮《ほうこう》と悲鳴。砂浜には、どちらの国のものかは分からないが、すでに血だまりや倒れている兵士がいた。

「ああ、始まってる。やめろ！　アドヴァルド、俺はここだ！　もう誰も殺さないでくれ!!」

リュートは海岸に向かって走り出す。カリムが後を追おうとするが、少年に止められた。

「ここに隠れて待ってろ、チビちゃん」


リュートは海岸に向かって懸命に林の中を走った。

「殺すな、死ぬな！　俺なんかのために！」

そう叫びながら。

すると、腰に誰かの手が回され、身体がふわりと浮いた。

「『俺なんか』なんて言うなよ」

そう微笑みながらリュートを抱えたのは、あの少年だった。自分よりも年下のはずなのにとても力が強いのか、軽々とリュートを抱えている。それどころかリュートを驚かせたのは、二人の足がどんどん地面から離れていくことだった。

「と、ととと飛んでるっ……！　落ちる……！」

「アホ、飛んでるんだから落ちるわけねーだろ。つかまってろ」

少年はリュートを脇に抱えたまま、どんどん高度を上げていく。リュートはバニスの風の魔法を思い出した。

「お前、魔導士なのか……？」

「はぁ？　あんなヒヨッコどもと一緒にすんな」

そんな悪態にムッとしているうちに、戦場となっている海岸の全貌《ぜんぼう》が見えてくる。

「あ！　アドヴァルド!!」

漆黒の馬に跨《また》がり、爆音とともに大量の敵兵をなぎ倒しているアドヴァルドを見つけた。咆哮を上げながら戦う様は鬼神そのもので、その殺気のせいで、たなびく緋色《ひいろ》のマントが燃えているように見えた。陸側から白馬に乗った二刀流の剣士がアドヴァルドに向かっていく。

「カダットだ……！」

二人がぶつけ合った武器が火花を散らす。

「やめろ！　やめてくれ!!」

リュートが叫ぶが、その声は届かない。周囲にはいくつもの屍《しかばね》や、まもなくそうなるであろう重傷者が転がっていた。砂埃《すなぼこり》と一緒に上がってくる血なまぐさい風に、リュートはめまいがした。

自分が原因でたくさんの人間が死んでいく。軍にとっては一戦力かもしれないが、その一人は誰かの父、夫、そして子どもなのだ。カリムが斬られたときの、手についた生温かい血液や、小さくなっていく呼吸を思い出す。リュートの目から涙が溢《あふ》れ、魔石となって落下していった。

「いやだ、殺さないで。もうやめてくれ！　なあ、あそこに俺を降ろしてくれ！　俺が止める！」

そう懇願するが、少年は首を振った。

「できるかよ、お前が死ぬぞ」

「じゃあお前の魔法で止めてくれよ、すげー魔法使えるんだろ⁉」

少年は空を仰いで「うーん」と考え込んでから、リュートの首に下がっている透明の魔石を指差した。

「じゃあ、それをよこしな。二個ともな」

リュートは渡しながら言った。

「でも……これ魔法が発動できないって言ってたぞ」

少年は渡された二つの透明の石を、三本の指で器用に挟んだ。「人間には、な」と言いながら。

その瞬間、指の間に挟んだ透明の魔石が、凄《すさ》まじい光を放つ。リュートは反射的に目を閉じながら、少年のこんな呟《つぶや》きを聞いた気がした。

「しょーがねえ、俺の蒔《ま》いた種だしな」


アドヴァルドとカダットは、あと一歩で相手の間合いに入るというところで動けずにいた。

アドヴァルドが問いかける。

「おい、説明しろ！　お前のところからリュートがいなくなったっていうのか？」

「しらをきるつもりか、後宮から連れ去ったのはお前だろう！」

カダットも問い返す。それを近くで聞いていたバニスは「じゃありュートはどこに……」と呻《うめ》いていた。


その瞬間、凄まじい光が辺りを包んだ。無数の閃光弾《せんこうだん》が弾《はじ》けたような衝撃に、その場にいた誰もが目を反射的に瞑《つぶ》った。

その光は、浴びていて心地のいいものだった。そして誰もが全細胞を活性化させているかのように身体が温かくなっていく。

それは、十数秒程度でおさまった。

「うわ!!」

一人の騎士が悲鳴を上げた。なぜなら、自分の足下で死んでいたはずのドュゴの兵士が、血まみれの鎧《よろい》のまま、むくりと起き上がったからだ。

息絶えた戦友を腕に抱き、嘆いていたラピスバルドの兵士も、驚愕《きょうがく》の声を上げていた。その戦友が「朝か？」と目を開けて半身を起こし、首をストレッチするように左右に振っているのだから。

戦場のあちこちで、死んだはずの兵士が次々と起き上がっていく。そして負傷していた者たちも、自分の傷がふさがっていて、どよめきが広がっていった。

あまりの不思議な出来事に、その場のほとんどの兵士たちが戦意を失う。

「奇跡だ、奇跡が起きた……」

「神の御業《みわざ》か……！」

兵士たちは口々にそう言った。

リュートはその光景に絶句し、光源となった少年を見た。指に挟んでいた無色透明の魔石が粉々に散っていく。

「もう、お客さんったら欲張りさん。こんな大サービス、今回だけなんだから」

少年は場末の娼婦《しょうふ》のような口ぶりで、冗談めかした。

「……お前……人間じゃないのか？　もしかして……神様……？」

リュートが突拍子もないことを聞いてみると、いたずらっぽく笑った少年からこんな答えが返ってきた。

「え？　地下道でそう言ったよね。この大陸の支店長だったって」

「家業としか聞いてねえよ！」

「そうだっけ？」

少年はしらばっくれつつ、面倒くさそうな顔をした。

「リュート！」

足元から、その声は聞こえてきた。ずっと夢で反すうしていた低く太い声。

その声のほうに恐る恐る顔を向けると、必死の形相でアドヴァルドが叫んでいた。土埃《つちぼこり》で汚れてはいるが濡《ぬ》れ烏《がらす》のような黒髪と、意志の強そうな翡翠《ひすい》色の瞳《ひとみ》。もうずっとずっと恋しくてしょうがなかった男が、自分の名前を懸命に呼んでいる。

アドヴァルドのはるか頭上にいるリュートは、その瞬間、紫色の瞳から幾粒もの涙を流した。それはカラフルな魔石となって、雨のように兵士たちのもとに降り注ぐ。

「あ、あ……アドヴァルド……！」

それを見た少年はニカッと笑い、リュートの腰に回していた手を突然離した。

「じゃ、あとは自分でなんとかしてね」

リュートは落下しながら、そんなことを言われる。

「おわぁぁぁぁ！　人でなし――――！」

勢いよく落ちていくリュート。頭上から聞こえてきた「だから人じゃないってば」という返事が遠のいていく。

アドヴァルドが「バニス！」と叫ぶと、バニスが左手で即座に風の魔法を発動した。

強い風が地面から吹き上げて、リュートの落下速度が緩み、ゆっくりと落ちていく。まるで羽根がふわりふわりと落ちるように。

瞳からこぼれ落ちる涙も一緒に巻き上げられて、目の前で次々に石化していく。

赤、緑、黄色、白、紫、桃色――。リュートの周りで、色とりどりの魔石が太陽の光をキラキラと反射しながら、ゆっくりと、ゆっくりと落下していく。

兵士たちは幻想的な光景を目の当たりにしていた。

誰かが喉《のど》を鳴らして呟《つぶや》いた。

「神の子が……舞い降りているみたいだ……」


アドヴァルドが馬から降りて、ゆっくりと落ちてくるリュートに手を伸ばす。

リュートもアドヴァルドに向かって両手を広げる。あと数センチがとても遠い。

指先が触れた瞬間、思い切りアドヴァルドに引き寄せられた。

鎧でごつごつとした胸に、リュートは飛び込む。

「リュート!!」

もう名前以外に何を言っていいか分からないほど、アドヴァルドは胸がいっぱいになって、リュートをぎゅうぎゅうと抱きしめた。

対してリュートはと言うと――。

「アドヴァルドぉ――! 遅えよぉ――――!! 遅すぎて、自分で逃げてきちゃったじゃねえかよー! あほ! のろま! ぐず!」

リュートは泣いてその胸にしがみつきながら、アドヴァルドにつけるだけの悪態をついていた。再

会できたら、素直に気持ちを打ち明けて、その胸に飛び込もうという決意を綺麗《きれい》に忘れて。

アドヴァルドは両手でリュートの顔をつつみ、自分に向けさせた。

「顔を見せてくれ、ああリュートだ。遅くなってすまなかった、怖かっただろうな……いや、言いたいことはそんなんじゃないんだ……会いたかった、リュート。ずっと会いたかった、もう離さないからな」

アドヴァルドの目が赤い。泣いていた。苦しそうに、そして困ったように。

「おでもあいたかったじょあどぶわるどぉ……!」

涙と鼻水で顔をぐちゃぐちゃにしたリュートは、何を言っているのか分からなかった。

後ろでバニスが「なんとムードのない再会」と、つまらなそうに舌打ちをしていた。

死者が蘇《よみがえ》るという奇跡と、天からリュートが魔石とともに舞い降りた幻想的な光景に、その場にいた誰もが固まっている。

そして、アドヴァルドとリュートが抱き合う姿を目の当たりにして、言葉を失っている男がもう一人。

「そうか。俺は……」

カダットは納得するようにそう呟いて、白馬に跨がったまま二人の姿をじっと見つめていた。

リュートに対して湧き上がっていた不思議な感情が何だったのか、今アドヴァルドに抱かれて、幸せそうに涙を流すリュートを見てやっと気付いたのだった。

「ただ、愛していると言えばよかったのだな」

あんな幸せそうな顔を、リュートは自分には決して見せなかった。そのことにひどく胸を痛めていた。そして、まだ自分に痛めるほど心があることにも驚いていた。


カリムは小高い丘から、その一部始終を呆然《ぼうぜん》と眺めていた。

「こんなことって……」

喉を鳴らしながら、リュートから貰《もら》った魔石のペンダントを握りしめていると、背後から声をかけられる。

「カリム、迎えに来たぞ」

「あ、リュートさ――」

その声音が自分の主《あるじ》だと思って振り返ると、そこには先ほどの金髪の少年が立っていた。「久々に働いたぜ」と腕をストレッチしながら歩み寄る。

カリムは首をかしげ、思ったことを口にしてみた。

「地下道では気付きませんでしたけど、声……リュート様と似てますね、間違えてしまいました」

少年は「ああ」と答えて、リュートたちのいる海岸を見つめた。

「顔は似なかったけどな」

その言葉に、聡《さと》いカリムは気付いてしまった。

目の前にいる少年が本当の姿をしていないこと、そしてリュートに全ての真実を告げていないこと――。

「だからリュート様には、あんな不思議な力が……」

少年はブルーの目を細めて「お前は賢いなあ」と感心していた。

カリムは少年に軽々と抱きかかえられる。少年は涼やかな声でこう言った。

「お前の命を消さないようにするのも、魔石なしだったから骨が折れたんだぞ。黄泉《よみ》のお前の親が協力してくれたから何とかなったけど。聖女の治癒魔法は相変わらずヘボだし」

カリムは、カダットに斬られ瀕死《ひんし》の時に見た夢を思い出す。

どこかに向かう船に乗り込もうとして両親から突き落とされ、リュートとおぼしき声に呼ばれた、あの夢を。

「あれは……ただの僕の夢じゃ……」

少年は微笑んだ。

「夢だと思えば夢、現《うつつ》だと思えば現だ」

「じゃあ本当に、父さんと母さんが……僕の命を、救ってくれたんですね……」

いま脳裏に蘇るのは、家族で食卓を囲む風景や、一緒に宮殿の仕事を手伝った思い出。質素な暮らしだったが、両親には愛情をたくさん注いでもらった。そして、他界した後も、自分の命を救ってくれた――。

「うっ、うぅっ、うぇぇぇ……」

カリムは顔をくしゃくしゃにして泣いた。一度に両親を亡くし、気張って生きていかなければならなかった十一歳の、等身大の涙だった。少年は目元にキスを落とし、唇でその涙をすくう。

「今までつらかったな、お前の頑張りはずっと見てたぞ。俺の息子を守ってくれてありがとうな、カリム」

金髪の少年は、見た目とは大きくかけ離れた大人びた口調で、カリムにそう言葉をかけた。グリーンの瞳が大きく見開いて、瞬きのたびに雫《しずく》を落とす。カリムは首を振って、袖口《そでぐち》で顔を拭《ぬぐ》った。

「いえ僕のほうこそ……。ひとりぼっちになった僕をリュート様とめぐり合わせてくださって、ありがとうございました……」

少年は人差し指を自分の唇の前に当て、いたずらっぽく笑った。「今話したことは二人の秘密だぞ」と。

□□□

アドヴァルドはリュートを馬に乗せ、撤退の合図をした。もう戦場ではすでに戦っている者はおらず、ゆっくりとラピスバルド軍が上陸用の小舟に戻って行く。

リュートの後ろにアドヴァルドが座ると、リュートの視線の先にカダットがいることに気付いた。真剣な眼差《まなざ》しで、カダットを見つめていた。カダットも無言で見つめ返している。もうリュートを取り返そうとは思っていないようだった。

「おい」

リュートはカダットに声をかけた。

「イサーフとしてなら、またうちの店に来てもいいぞ」

その言葉に、アドヴァルドもカダットも目を丸くした。

「お前何言って……！」

アドヴァルドが後ろからリュートの腕を握るが、リュートはそれを制して、カダットに言った。

「後で理由はアリーヤ様が教えてくれる。あんまり母ちゃん……泣かせるなよな」

「……」

カダットは無言で、船に馬で戻って行く二人の背中を見送った。初めて、胸に穴が空いたような感覚を持った。

後宮に行っても、もうリュートはいない。生意気な口ごたえも聞けない。そう思うと、これだけ鎧《よろい》を着込んでいるのに、身体中に隙間風が吹き込んでいるようだった。

「これが喪失感、というやつか」

カダットは口の端を引き上げて、こう言った。

「俺をこんな気分にさせるとは……興奮するじゃないか、リュート」

そして、船に乗り込むリュートに向かってこう叫んだ。

「喉に効く香油を、土産に持って行ってやる！」

「なら出入り禁止だ、ばかやろう！」と元気な声が返って来た。

船が帰還を始め、カダットも兵たちの撤退を命じた。一部の兵士たちは残って、散らばったリュートの魔石を懸命に集めている。それを尻目《しりめ》に白馬を走らせ、後宮へと向かった。おそらくリュートを逃したであろう、育ての母の元へ。


アリーヤはカダットが来るのを待っていたように、部屋の上座を空けて座っていた。

「説明してもらいましょうか、アリーヤ様。ことと次第によっては、あなたでも許さない」

鎧は脱いだものの、鎖帷子《くさりかたびら》のままで座り込むカダット。横には細長い剣を置いていた。

アリーヤは目を閉じたまま、ゆっくりと話し始める。

自分の正体、後宮に入った経緯、そしてリュートとの関係を――。

そして同じ内容を記した手紙を、リュートに渡したお守り袋の中にも入れていた。


背中にアドヴァルドの鼓動を感じながら、バニスが作った海上の一本道を馬で駆け上がる。

アドヴァルドがしきりに「カダットはだめだ」「店に入る前に国境で仕留める」などとブツブツ言っている。それを尻目に、馬から降りて船縁《ふなべり》を乗り越えると、甲板の着地点でバニスが両手を広げていた。

「リュート！」

「バニスさん！」

そのまま飛び降りて、リュートはバニスに受け止めてもらう。

「無事で良かった……！　なんて子だ、私にこんなに心配させて……！」

力一杯抱きしめられる。リュートが礼を言おうと口を開いた瞬間、その端を引っ張られた。

「ところでなんですか、あの手紙の文字は！　まったく私の指導が生きてなかったじゃないですか！」

リュートはここで行商に預けた手紙のことを叱られるとは思わず、目を丸くした。しかし、再びこんな日常が戻ってくると思うと、嬉《うれ》しくて泣けてきた。

「リュート様！」

バニスの後ろから、子どもの明るい声が聞こえる。金髪の少年に肩車されたカリムだった。どこからともなく現れた二人にどよめく周囲を尻目に、カリムが駆け寄ってリュートに抱きついた。

「カリム！」

リュートに続いて甲板に降りたアドヴァルドが「なんだこのちっさいの」と聞いてくるので、リュートはあらましを説明する。するとバニスが深く頷《うなず》いてカリムの頭を撫《な》でた。

「『花盛り』の挨拶《あいさつ》文はあなたが書いたんですね？　いい判断でした。将来有望だ」

カリムは嬉しそうに微笑んだ。

全員揃《そろ》ったと判断したアドヴァルドが、腰に手を当てて叫ぶ。

「よし、帰るぞぉ」

先ほどまでの鬼神ぶりを微塵《みじん》も感じない腑抜《ふぬ》けた声で、出航を命じた。

船がゆっくりと動き出す。船縁《ふなべり》に腰掛けて再会を見守っていた金髪の少年に、リュートが礼を言おうと口を開くと、少年は遮るように立ち上がる。そして、リュートの胸元を確認するようジェスチャーをすると、片手をひらひらと振りながらその場で姿が見えなくなってしまった。

それを目撃した、リュートとカリム以外の人間が唖然《あぜん》としている。ルドルフが口を大きく開けたまま呻《うめ》いた。

「死者の復活といい、空から降ってくる聖女の子といい、消える少年といい……一体今日は何が起きてるんだ……俺は夢でも見てるのか？」

「あいつ、ここの支店長らしいぞ」

リュートの簡潔すぎる説明に、その場にいたカリム以外の全員が「何の店!?」と叫んでいた。

少年に示唆された胸ポケットから出てきたのは、アリーヤから貰ったお守り袋だった。もう魔石はなくなってしまったが、中には手紙が残っていた。ドュゴの言葉ではなく、ラピス文字で書かれていた。それをリュートはアドヴァルドに渡し、読み上げてもらう。

＋＋＋

リュートへ

この手紙を読むころには、きっとあなたは母国に向かっていることでしょう。

たくさんつらい思いをさせて、あなたにはとても申し訳ないと思っています。それは皇太子殿下を育てた責任からではないの。あなたを不思議な星のもとに産んだ、母親としての思いからなのです。

ギュールズからラピスバルドに派遣された魔導士の娘として、私は産まれました。十歳のときに聖女に選ばれ、神殿での生活が始まりました。神に嫁ぐという意味もあり、王族や神官以外の男性とは公式行事以外では会ってはいけなかったのだけど、十九歳のころ、少し年下の少年がたびたび私の部屋に遊びに来るようになりました。

どんな厳重な警備もするりとくぐり抜けて、いつのまにか窓に座っていたりするの。言葉は粗野なのに、優しくて何でも知っていて、雨を降らせたり人を眠らせたりと、少し不思議な力を持っていました。

当時私は神殿から逃げ出したいと願っていました。そんな時に現れた彼と交流するうちに、なぜか心は救われていきました。当然、私は彼に恋をしました。そして身ごもったのがあなたです。あなたの涙が魔石化するのはきっと彼の異能を受け継いだのだと思います。

彼と逃げようと思っていましたが、突然姿を現さなくなりました。一度だけ顔を見せに来たのだけど、とても切羽詰まっていて『一族の怒りを買ってしまい、この土地を離れなければならなくなった』と。

なので、私は一人で産み育てる決心をしました。ですが、神官たちに聖女の妊娠を隠蔽《いんぺい》するために殺されそうになり、ダブリスとラミアと一緒に逃げたのです。

きっと、ここからはあなたも聞いているかもしれませんが、神殿の追っ手とともに私は滑落しました。運良く川の下流に流れ着き、その村の人たちに拾われ、高熱を出したのですが一命をとりとめました。そしてその代わりに視力を失ったのです。

村の人たちにも、盲目では役に立たないと、奴隷として売られドゥゴの貴族に買われました。肌が白く若かったこと、そして盲目であった珍しさから、皇帝の慰み者として進呈されたのです。

しかし皇帝は私に無体をせず、頼みごとをしてきました。皇太子殿下の育ての親になってほしいと。

私はそれを受け入れて側室となったのです。

まさかこんな形であなたに再会できるとは思いませんでした。きっとこれも神のお導きね。いつも皇太子殿下の背が伸びると、あなたは今どれくらいかしらと、心の中で二人を背比べさせていたのよ。背は思ったより伸びなかったようですが、心はまっすぐに、純粋に伸びてくれていて、とても嬉しかったわ。

ダブリスとラミアには感謝してもしきれません。

どうかリュート、これからもまっすぐに、強く、生きてね。生まれてきてくれてありがとう。

アリーヤ　こと　アリアンナ　より

＋＋＋

「生まれてきてくれてありがとう、か……」

不思議な運命だと思った。自分の産みの母に育てられた皇太子に攫《さら》われて、再会することができたなんて。

それを察したのか、バニスがぽつりと言った。

「神様のいたずらでしょうかね」

「そういえば支店長が『俺のまいたタネ』って言ってたなあ。どういう意味だろ？」

消えた少年、目の前で起きた奇跡、そしてリュートの『父親譲りの異能』――。バニスは、脳内で疑問が一本の糸でつながり、目を見開いた。

「リュート、支店長とはもしや――」

そう言いかけて、カリムにローブの裾《すそ》を引っ張られた。カリムは人差し指を口の前に当てた。「内緒なんです」と。

■■■

夕陽が水平線に沈み、空と海面に鮮やかなグラデーションを広げていた。

リュートがラピスバルドに向かって進む船の縁に手を置いて景色を眺めていると、海面から顔を出して手を振る女たちに気付く。手を振り返しながら「溺《おぼ》れるなよー」と声をかけると、女たちはきゃっきゃとおかしそうに笑っていた。

「何を叫んでるんだ？」

後ろから鎧を脱いできたアドヴァルドが声をかける。リュートが女たちを指さすと、アドヴァルドは「海がどうした？」と不思議そうな顔をした。女たちに気付いていないらしい。

「??」

リュートが首をかしげ女たちのほうを見ると、アドヴァルドが後ろから抱きしめた。

「会いたかった」

低く、優しい声が全身に染み渡っていく。リュートもその逞《たくま》しい腕に手を添えて頷く。

「俺もずっと会いたかったよ。毎日アドヴァルドの夢を見ようって……。俺、あの部屋に帰りたいよ、アドヴァルド」

リュートが振り向くようにアドヴァルドを見上げると、夕陽に照らされた翡翠《ひすい》色の瞳《ひとみ》が目の前にあった。アドヴァルドは眉尻《まゆじり》を下げて笑っている。

「ああ、帰ろう。俺たちの部屋に」

リュートは目を閉じる。触れたアドヴァルドの唇は乾いていた。

海面から顔を出して見ていた女たちが、二人のキスシーンに顔を赤らめて海に潜り込む。その際に海面で跳ねた下半身は人間のそれではなく、虹色《にじいろ》の鱗《うろこ》とフリルのような尾びれが付いていた。


「んっ、ふぁ……っ」

リュートはアドヴァルドに持ち上げられ、船内の部屋に移動する。その移動時間も惜しむように、アドヴァルドはキスをやめなかった。

「ア……アドヴァルドっ、苦しっ、息できな……んっ」

アドヴァルドは、片腕でリュートを抱えながら、もう片方の手は背中の服の中に潜り込ませた。船内の一室の扉を開き、整えられたベッドにリュートはキスから解放されないまま押し倒された。

「リュート……リュート……」

アドヴァルドはキスとキスの合間に、うわごとのように名前を呼んだ。リュートはその舌に応えるのに精一杯。それでも、胸にじわじわと感動が広がっていく。

(ああ俺、帰ってきたんだ)

リュートは両腕をアドヴァルドの首に巻きつける。そして、唇を一度離すと、紫色の瞳を細めてアドヴァルドを見つめた。

「アドヴァルドの言うとおりだったよ」

アドヴァルドは「何のことだ」と言う代わりに、目を細めて鼻先にキスを落とす。リュートは、こう言った。

「俺を泣かせていいのは、アドヴァルドだけだった」

リュートの瞳がみるみる涙で埋まっていく。

「もう他のヤツに泣かされたくない。アドヴァルドがいいんだ、俺は、アドヴァルドじゃなきゃ嫌なんだ……」

目尻《めじり》から涙がいくつも筋を作り、シーツに真っ白な石となって落ちていく。

「リュート……」

アドヴァルドの目が赤くなっていく。リュートの鼻先を濡《ぬ》らしたのは、翡翠色の瞳からこぼれた一粒の涙だった。

「ははっ、今度はお前が泣かされてやんの」

アドヴァルドも困ったように赤くなった目を細めた。

「俺を泣かせられるのは、後にも先にもお前だけだ。心臓が握りつぶされそうだ」

リュートの手に、アドヴァルドの指が絡む。紫と翡翠色の視線も絡み合う。ゆっくりと翡翠色の双《そう》眸《ぼう》が近づいて、優しいキスを、リュートに落とした。

お互いの唇を貪欲《どんよく》に求めながら、互いの服を脱がせていく。アドヴァルドの乾いた手がリュートの肌を滑るだけで、リュートは「ん……」と甘い声を漏らした。

アドヴァルドのシャツのボタンを外していくと、厚い胸板が現れる。リュートはその胸に手を当てて、心臓の音を確かめた。とく、とく、とく、と規則正しい鼓動を感じる。

「心臓、潰《つぶ》れてないか？」

アドヴァルドは幸せそうに微笑んでリュートを見つめた。こんな笑顔を、もう一度間近で見られる日が来るなんて。リュートはそう思うと、喜びで胸が苦しくなった。

一糸纏《まと》わぬ姿になったとき、アドヴァルドの動きが止まった。リュートの首にいくつもの噛《か》み跡を見つけたのだ。

「あ……これは……」

アドヴァルドは無言でベッドサイドから小さな石を取り出して、小さく呪文を唱えた。すると首がじんわりと温かくなって、噛み跡が消えていく。

「便利だな、魔法って」とリュートが言うと、アドヴァルドは不機嫌そうに答えた。

「俺が使えるのは火炎と治癒だけだけどな」

「ありがと、治してくれて」

リュートが素直に礼を伝えると、アドヴァルドはにっこりと笑って、すぐさま不機嫌な顔に戻した。

「治すんじゃない、上書きだ」

そう言うとリュートの首筋に、がぶりと噛み付いた。

「あああぁっ！」

痛みでリュートは声を上げる。しかし、その噛まれた場所からじわりじわりと熱が広がって、喜びに変わっていく。リュートは恍惚《こうこつ》とした表情で、アドヴァルドの後頭部に手を回し、自分の首筋に押し付けた。

「いいよ、もっと噛んで。二度と取れないくらい印をつけてくれよ……」

アドヴァルドは興奮したように息を荒らげて、いくつも噛み跡をつけていく。

「あっ、あっ」

獣じみた交わりに、リュートも一緒に興奮を高めていく。太ももに当たるアドヴァルドの雄が、びくびくと震えていた。それが愛《いと》しくなって、そこに手を添えると、アドヴァルドは我に返ったように噛むのをやめた。

「ん……もっとしていいのに……」

「ああ、あとでゆっくりな」

そう言って、アドヴァルドはリュートの胸に舌を移動させた。期待で赤く膨らんだ胸の突起を舐《ねぶ》り、舌先で転がした。

「んんっ、あっ……」

もう片方の乳首は、乾いた指先でゆっくりと扱《しご》かれる。

「ひ、ひぃんっ……あ、だめ、おれ……」

「なんだ、堪《こら》え性《しょう》がないな」

アドヴァルドが上目遣いでからかうと、リュートは潤んだ瞳を細めてこう言った。

「だってアドヴァルドが触ってると思ったら……あっ……それだけで、俺嬉《うれ》しくてっ……きゅんきゅんするんだ、ナカが……っ、あぁっ……」

その言葉に、アドヴァルドは悩ましげに眉根《まゆね》を寄せた。

「ばか、俺だって抱きつぶさないように我慢してるのに……煽《あお》るな……っ」

堪えるように大きく息を吐《は》くアドヴァルドの顔を、リュートは両手で挟んで自分に向けさせた。

「我慢なんかいらねーよ。俺さ、攫われたときにすごい風景を見たんだ。夕日が色んな色を混ぜ合わせるみたいに、空と大地が溶け合ってたんだよ。アドヴァルドとそんなふうになりたい……溶けて混ざり合って、ひとつになりたいんだ。欲張りだろ、俺」

リュートの精一杯の告白だった。そんなふうに愛を打ち明けられるとは想像していなかったアドヴァルドは突然の不意打ちに、さらに身体を熱くした。

「リュート……壊れても知らないからな……！」

リュートは微笑んだ。

「泣かせるのも壊すのも、アドヴァルドなら俺は幸せだ」

香油で解《ほぐ》した後孔に、アドヴァルドの猛《たけ》った雄が埋められていく。

「あ、ひ、あ、あ」

寝台に四《よ》つん這《ば》いになったリュートが、呼吸を忘れて声を漏らす。

「あ、アドヴァルド……顔、顔見たいよぉ……」

懸命に後ろを振り向こうとする。

「もう少し待ってな、入れるときはこっちのほうがきっときつくないから……」

「いいんだよ、壊れても。アドヴァルドならいいんだって……！」

アドヴァルドはリュートのうなじにキスを落とした。

「壊すわけないだろ。こんなに愛してるのに」

ひゅっ……とリュートは息を詰まらせる。親以外に生まれて初めて言われた言葉だった。瞳をぎゅっと瞑《つぶ》り「俺も」と小さく答える。

アドヴァルドがゆっくりと雄で秘孔を押し開きながら、「何？」とわざと聞き返してくる。

「俺も……愛してる、アドヴァルド、好き、愛してる……」

そう口にしてみて、初めて実感する。滲《にじ》み合う夕空の青と橙色《だいだいいろ》のように、柔らかな光につつまれて地平線がぼやける空と畑のように……溶け合いたいという願いは「愛」と名が付くものだったのだと。それが鍵《かぎ》となって、心の奥底に閉じ込めていた最後の箱が開いたような感覚に陥った。

アドヴァルドは感極まって興奮も限界に達したのか、律動を激しくする。

「ああああっ」

タガが外れたように、リュートの漏らす声にも喜びの色がにじみ始める。アドヴァルドの逞しい上半身が背中に密着して、じわりと熱が伝わってくる。

「あ、あ、アドヴァルドぉ……動いてもっと……お願い……」

リュートはねだるように腰を動かした。その妖艶《ようえん》なしぐさに、アドヴァルドも「くっ」と声を漏らして、さらに突き上げのスピードを上げる。ぐちゅっ、ぐちゅっ……という水音が船室に響いた。

「ひ、あ、ああっ、中にアドヴァルドが、俺の中に……入ってる……」

リュートは身体を揺らしながら、頬を紅潮させて喜んだ。後ろから回されたアドヴァルドの手が、リュートの胸を揉《も》みしだく。

「あっ、あっ」

女のように豊かな胸があるわけでもないのに、リュートは与えられる刺激全てによがっていた。手のひらが乳首を押しつぶすように動くのも快感だった。アドヴァルドから与えられるものは全てが気持ち良かった。全身が性感帯のようになっている気がした。

「アドヴァルド、アドヴァルド、すき、すきぃっ！　あ、あっあっ」

ずぐずぐと中を擦《こす》られて、肉棒の熱で体内から溶けてしまいそうだった。

アドヴァルドもこれ以上ない快楽に酔いしれていた。思いが通じたこと、リュートが自分に全てをさらけ出していること、そして求めてくること。そのどれもが、アドヴァルドのたかぶりに過剰な供給をしていた。

「リュート……っ、俺だけの……っ」

「うん、うん……アドヴァルドだけ……だから、絶対離すなよ……っ」

リュートは愛しそうに手を後ろにまわし、アドヴァルドの顔に添えた。

「離さない。どこかに閉じ込めたいくらいだよ」

アドヴァルドは腰を打ち付けながら、リュートの反り返ったペニスも扱き始めた。

「ひぃぁっ……あっ、いいよ閉じ込めても……アドヴァルドなら……あひぃっ！　すごい……もう出ちゃうよ、出ちゃう」

「出せよ、俺の手の中に」

そう言いながら、扱く手の動きと雄の塊の出し入れのスピードを上げる。

「あっ、やら、出ちゃうよっ、んんっ！　あ、あ、あ、アドヴァルドぉっ……」

愛しい人の名前を呼びながら迎えた絶頂は、これまでにない快楽と幸福感に満ちていた。アドヴァルドの手に白い精が飛び散った。

息を整えたのもつかの間、アドヴァルドの肉塊はリュートの体内に沈められたままで、リュートは体位を変えて、再び激しい突き上げに遭った。


波で左右に揺れる船室に、ベッドの軋《きし》む音と男たちの荒い息遣い、そして水音が響く。

ベッドの上で膝立《ひざだ》ちになったリュートは、アドヴァルドの雄に後ろから貫かれていた。後ろから回された長い指が、両乳首を扱き、扱くのに飽きると、指先で揉み潰しながら引っ張る。

「んっ、んぅ……そんな強くしたら……」

リュートの中心は、先ほど精を放ったばかりなのに、もう硬度を取り戻して先から透明なよだれを垂らしていた。アドヴァルドは獣のように息を荒くして、リュートの耳朶《みみたぶ》をべろりと舐《な》めた。

「ここ触ると、お前の中がすごく喜んで動いてる……」

蠢《うごめ》く内壁を堪能するように、アドヴァルドはうっとりと腰を打ち付けた。そのたびに肉と肉がぶつかり合う音と、生々しい水音が響いた。

「あ……アドヴァルド、こっちむいて、俺にキスして……」

リュートが首を後ろに回し、アドヴァルドを見つめながら、開いた唇から赤い舌で誘う。アドヴァルドは誘われるままにリュートの舌と唇を貪《むさぼ》った。するとさらに後孔がうねる。

「ふっ、んんぅ……」

その唇を離すまいと、リュートはアドヴァルドの首に手を回した。アドヴァルドが片方の乳首を解放した手で、そのリュートの手を握りしめる。下肢、手、唇……。いくつもの場所がつながって、互いの熱が行き来する。本当に溶け合ってひとつになっているようだと、リュートは思った。

アドヴァルドも余裕がないのか、かなり性急に腰を打ち付けた。

「はぁっ……はぁっ……今夜は何度抱いても収まらないかもしれないな……」

そんなことを口走る。リュートは胸がきゅうと鳴った。自分を貪る目の前の男が、とても可愛く見えて、もっと侵食してしまいたいと思った。

リュートは身体をベッドに倒し、臀部《でんぶ》を突き出すように揺さぶって、自分からアドヴァルドの雄を出し入れし始めた。

「ん……っ、何度でもいいよ、俺……っ、いっぱい欲しい……っ」

リュートがアドヴァルドに懇願するような視線を送ると、中で暴れていた肉棒が、さらに質量を増した。これ以上ないくらいの律動が始まる。

「ああっ、あっ、ひ、もっと……あ……っ、ああぁぁっ」

リュートは口からよだれを垂らしながら歓喜の声を上げる。

アドヴァルドは一旦《いったん》動きを緩めると、結合を一度解く。ずるりと抜けたリュートのそこが物欲しそうにひくついた。

「あ、何で抜……ひっ！」

リュートは仰向《あおむ》けに寝かせられて、双丘の間が天井を向いてしまうほど腰を持ち上げられる。身体がくの字に折れ曲がって、自分の膝が顔の横に落ちてくる。アドヴァルドはそこに覆い被さるように跨《また》がって、上から欲望で後孔を串刺《くしざ》しにしていく。

「あぁっ、はぁあぁあっ……」

目の前で動く、割れた腹筋と厚い胸板。支配されていく快感。そしてその向こうに見えるアドヴァルドの切なく、余裕のない表情が、リュートの感度をさらに高めていく。

「アドヴァルド……、アドヴァルドぉっ……すごいよ、あぁっ、俺嬉しい……っ……嬉しくて死にそう……」

組み敷かれるのは男の矜持《きょうじ》が許さない、とリュートは心のどこかで思っていた。しかし、今は好きな人に体内を埋められ、満たされる喜びに酔いしれている。心が通じ合った性行為が、こんなに自分を素直にそして貪欲《どんよく》にするとは思ってもみなかった。

「くそ……っ、これ夢じゃないよな。リュート……会えなかった間、夢で何度こうやってお前を求めたことか……!!」

出し入れされている蜜壺《みつつぼ》が、さらにきゅうきゅうと締め付ける。

「俺も……俺もだよ……っ！　アドヴァルド……！」

アドヴァルドは極限に達したのか、リュートに身体ごと覆い被さり、激しく腰を打ち付ける。のしかかってくる重みと、耳元にかかる上がった息、そして雄の汗の匂いがリュートをくらくらさせた。

リュートは引き締まった脚をアドヴァルドの腰に巻きつけて懇願した。

「な……中に出してアドヴァルド……っあぁっ、お願い……、おれのなかに……っ」

「最初からそのつもりだ……いらんと言うまで注ぎ込んでやる……!!」

アドヴァルドは身体を揺さぶりながら、ギラギラした翡翠《ひすい》色の瞳《ひとみ》でリュートを見据えた。絡み合った視線は、もう解《ほど》けない。水音の混じった挿入音がリズムを速める。リュートの最奥でペニスが動きを止めたかと思ったら、熱いものが流しこまれた。

「んぁ、あぁっ、あ、あぁぁぁっ」

リュートはビクビクと身体を弛緩《しかん》させ、アドヴァルドと一緒に絶頂を迎える。目尻《めじり》から涙が溢《あふ》れ、アドヴァルドの腰に巻きつけていた脚は、いつの間にか天井に向かってつま先までピンと伸びていた。

アドヴァルドは恍惚《こうこつ》とした表情で、まだゆっくりと腰を動かし、最後の一滴まで奥に注ぎ込もうとする。

「あぁ……リュート……可愛い俺のリュート……」

うわごとのように、そう漏らしながら。

柔らかな日差しが窓から降り注ぎ、リュートはゆっくりと目を覚ました。目の前では、厚い胸板が呼吸に合わせて規則正しく上下していた。身体には長い手足が巻きついていて、ずっしりと重かった。

この体温、この匂い、この朝。何度も何度も夢で見た、リュートの幸せな日々の象徴だった。

もう、何度抱き合っただろうか。お互い体力が尽き果てるまで求め合っていた。もちろん体力はアドヴァルドのほうが圧倒的に上回るため、終盤は、リュートは気を失いながら、その愛を受け入れていた気がする。

身体中が軋む。しかしそれも嬉しかった。

リュートは、愛しい相手を目の前にして、いたずらを思いついた。

「ん……?」

アドヴァルドが生温かい感触にうっすら目を開けると、「おわ」と間抜けな声をあげた。なぜなら、リュートがシーツの中で自分の股間《こかん》に顔をうずめていたからだ。

「起きた?」

めくられた真っ白のシーツの中から、リュートが笑いかけ、鈴口にちゅっとキスを落とす。そこはもう刺激を貰《もら》ってしっかりと硬度を増していた。

「リュ、リュート……！」

口淫《こういん》されるのは初めてではないが、「でかすぎて顎《あご》が痛え」と文句しか言わなかったリュートが、恍惚とした表情で自分の雄を舐めているのに衝撃を受けた。もちろん、興奮とともに。

「びっくりした？　ずっとこうしてたのに全然目を覚まさないんだもん、お前」

そう言うと、意地悪に、そして妖艶に笑った。

アドヴァルドは我慢できずに、リュートを身体ごと抱え上げて、その唇を塞《ふさ》ぐ。

「ん……」

「飯作れ」だの「無駄に手足が長い」だの悪態をつくリュートもアドヴァルドにとっては可愛かったが、素直にキスを受け入れ、身体をすり寄せてくるリュートの可愛さは筆舌に尽くしがたかった。

アドヴァルドは翡翠色の瞳を細めて、優しく囁《ささや》いた。

「おはよう、リュート」

リュートも微笑み返す。

「ああ、おはよ……アドヴァルド」

二人が夢にまで見た、幸せな幸せな、朝。


しばらく互いの顔にキスを落とし合っていると、船室のドアが激しく叩《たた》かれ、バニスの怒鳴り声が響いた。

「いい加減に出て来なさい！　何日篭《こも》ってれば気が済むんですか！」

アドヴァルドとリュートは、船室で睦《むつ》み合ったまま三度目の朝を迎えていた。

珍しいバニスの怒声に二人は一瞬目を丸くし、額をくっつけてくすくすと笑った。


身なりを整えて船室から出てきたアドヴァルドとリュートは、ひとしきりバニスの説教を食らったあと、甲板に出て外の空気を吸った。天気は良好、風は追い風。あと二日もすればラピスバルドの軍港に到着するという。

「リュート様、おはようございます」

「ご朝食はどうなさいますか？　リュート様」

兵士や船員が、リュートに恭しく声をかけてくる。リュートはうろたえた。ドュゴでは後宮に閉じ込められていたので、側室扱いをされていたが、ラピスバルドではただの酒場の息子だ。

「み、みんな何なの？　なんか気持ち悪いんだけど」

リュートが肩をすくめて疑問を口にすると、バニスが「ああ」と思い出したように声を上げ、少し分かりにくく説明をした。

「リュートが聖女の忘れ形見だとみんなもう知っていますからね。しかも、その救出作戦は第三王子のジェダイト様が指揮を執りました」

バニスが少し笑いをこらえながら、船に掲げられた瑠璃色《るりいろ》の軍旗を指差す。中央に翡翠色の龍が染め抜かれていた。

「あれがジェダイト王子の紋章です」

「へえ、すごいな、王族が動いてくれたからこんなに兵隊がいるんだ。申し訳ねーな。ジェダイト王子って、この船にいる？　お礼言わなきゃ」

バニスが「どうぞ」とリュートの背後を手のひらで指し示す。振り返ると、先ほど一緒にバニスに絞られたアドヴァルドが船縁《ふなべり》に肘《ひじ》をついて笑っていた。

「どういたしまして」

「お前に言ったんじゃねーよ」

アドヴァルドは喉《のど》を鳴らして、おかしそうに笑った。

「言ったよ。どういたしまして」

「しつこいヤツだな」

先ほどまでの素直さはどこへやら、リュートはツンケンした口調でアドヴァルドを指差した。すると、アドヴァルドの背後に兵士が一人近づいてきて、こう報告をした。

「ジェダイト様、ランスール将軍が、ご報告があるとのことですが……」

アドヴァルドは振り返って「後で行くと伝えてくれ」と答える。

「え」

リュートが丸くした目で見上げると、それに気付いたアドヴァルドが「どういたしまして」と肩をすくめた。

「え？」

このあとリュートは「え」を疑問符とともに十数回繰り返し、横でバニスが腹を抱えて震えていた。

船縁に顎を置いて、リュートは不機嫌そうな顔で口を尖《とが》らせていた。

「黙ってて悪かったたって、機嫌直せよ」

後ろからアドヴァルドが包み込むようにリュートを抱きしめた。

「別に怒ってねー」と明らかに怒った顔で言い返すリュート。

「大体、王族がうちみたいな場末の酒場に来るなよ」

ぶつぶつと文句を言うリュートの髪にアドヴァルドはキスを落として、こう言った。

「だからこそお前と出会えた」

ぎゅうぎゅうに抱きしめられて、息苦しくなる。そして、ぱっと手を離したかと思うと、リュートの横に回り込み両手を広げた。

「その王族ごっこも戻ったら終わりだ。お前のおかげで二億ループ稼げたし、晴れて実家と縁が切れるんだ！　なあ旅に出ようぜ、二人で。船でのんびりと知らない国や街に行こう」

アドヴァルドの目は輝いていた。これから訪れる二人の生活に胸を躍らせている。

リュートは潮風に髪をなびかせながら、笑顔で即答した。

「嫌だ」

アドヴァルドは身体を折り曲げて、リュートに「え？」と聞き返す。喜んで頷《うなず》いてくれると思っていたからだ。

「なぜだ？　もう離すなって言ったじゃないか」

「言ったよ。でも俺には俺の生活があるし、お前にはお前の仕事がある。だから旅になんて行けないだろ」

紫色の瞳が、アドヴァルドを見据えた。

「お前は仕事なんてしなくていい、必要なら俺が傭兵《ようへい》でもして稼ぐよ」

アドヴァルドの説得にもリュートは首を振る。

「俺は自分の足で立って生きたい。アドヴァルドに頼って生活するなんて、後宮と一緒じゃねえか。そんなの全然嬉《うれ》しくねえ」

リュートの脳裏には、後宮で世継ぎを産むことだけを課せられた寵妃たちのことが浮かんだ。

「あと、お前がちゃんと自分の仕事しないのも気にくわねえ」

「してきたじゃないか、騎士団の……」

そう言いかけてアドヴァルドは、はあ、と大きなため息をついた。

「分かってるよ、お前が言いたいことは。王位継承者としての務めを果たせって言いたいんだろ？でも俺は嫌なんだ、あんな腐った所」

国家予算で豪遊し、何人もの側室を囲い込み、贈収賄を繰り返し、国政ときちんと向き合えない王族貴族たちを、アドヴァルドは反吐《へど》が出るほど嫌っていた。

リュートは人差し指を立てて、説教するように言った。

「近所のおばちゃんが言ってたぞ。腐ってる根っこは気付いたらすぐ引っこ抜かないと、畑も大変になるって」

アドヴァルドは、ぐっと言葉に詰まる。カーネリアンの失脚で、腐った根は随分抜けたはずだった。しかし、さらに宰相や貴族の思惑が絡み合うあの伏魔殿を一掃するとなると、かなりの労力が必要になるだろうと予想できる。

アドヴァルドは目を細めて、リュートの頬を撫《な》でた。

「リュート、俺は王位を継ぎたくない。お前のそばで、お前のわがままを聞いてやるほうが、国よりずっと大事なんだよ」

口にはしないが、王位を継げば必ず世継ぎの問題が出る。そうなれば同性のパートナーとなるリュートにも非難の矛先が向かうと考えたのだ。

すると今度はリュートが首をかしげた。

「王様にならないと畑は耕せないのか？　うちの店なんて、父ちゃんが店主って名乗ってるけど、本当は母ちゃんが切り盛りしてるぜ？」

その言葉に、アドヴァルドは瞠目《どうもく》した。脳裏には、もう一人の王位継承者の顔が浮かぶ。

「それと、せっかくそう言ってもらえたから、ひとつわがまま言っていいか？」

リュートは少し目を伏せて、恥ずかしそうに小声で尋ねる。アドヴァルドは破顔して頷《うなず》いた。

「何でも言え。龍退治でもドュゴ潰《つぶ》しでも」

「俺、学校に行きたい」

リュートは、真剣な表情でアドヴァルドを見つめた。横から潮風が吹き付けて、サラサラの灰茶の髪を巻き上げる。

「平民だし親もそんなに裕福じゃないから、学校に行く余裕なんてなかったけど、アドヴァルドやバニスさんに文字を教えてもらって、すごくわくわくしたんだ」

そう言って、凪《な》いだ海に視線を移す。水平線がキラキラと光っていた。

「なあ、アドヴァルド……俺みたいなヤツ、いっぱいいると思わねえ？」

リュートは水平線を背に微笑みかけた。アドヴァルドは完全に言葉を失う。

リュートの一本勝ちだった。


ラピスバルドの軍港が少しずつ近づいてくる。

リュートが、アドヴァルドの正体を知ってから二日が経過した。朝食をとり終えたころには、もう母国が見え始める。リュートは船の先端からじっと目を凝らす。港で手を振っている群衆の中に、目的の二人を見つけた。

「父ちゃん！　母ちゃん！」

「リュート！」

二人は泣きながら両手を振っている。

「父ちゃん、母ちゃん！　ただいま！　ああ、もうじれったいな。何でスピード緩めるんだよ、まだ着かないのか？」

「緩めないと座礁しますよ」とバニスが呆《あき》れたように指摘する。アドヴァルドはリュートの肩を抱いて「もう少しで下船だから」と落ち着かせるが、リュートは手すりから身体を乗り出して懸命に手を振った。

「待てねえよ〜あぁもう、泳いで行くっ！」

そう叫ぶと、耳元にふわりと風が吹いた。リュートの両脇に、白い服を着た二人の少女が微笑んで、自分の腕に手を回している。

『ジュニア、跳んでみて』

「へ？」

リュートは言われるがままに甲板を右脚で蹴《け》ると、身体がふわりと浮いた。すると急に突風が吹いたように身体が跳ねた。

「うわわわわっ」

両脇を抱えた二人の少女が、くすくすと笑いながらリュートを空中で走らせるように運んでいる。しかし、それが見えているのはリュートだけで、周囲にはリュートが驚異の跳躍力で岸壁に向かって跳んでいるようにしか見えていなかった。

少女たちはリュートを両親の元へゆっくり下ろすと、手を振りながら姿を消した。

「な、何だったんだ……？」

唖然《あぜん》としているリュートを、唖然とした顔の両親が見つめる。

「リュート！」

「父ちゃん……！　母ちゃん……！」

少しのタイムラグはあったものの、再会を喜んで抱き合う親子。それを船から眺めながら、アドヴァルドがバニスに尋ねた。

「バニス……今魔法使った？」

バニスは両手をひらひらと振って、魔装具や魔石を持っていないことをアドヴァルドに見せる。

「死んだ人間が生き返っていますから、もう何が起きても驚きませんけどね」

そう呆れたように言うバニスの後ろで、カリムが口に手を当ててくすくすと笑っていた。

□□□

大船団の帰還で賑《にぎ》わう軍港を、宮殿から眺めながら、オブシディアン王は横に立つシトリンに声をかけた。

「譲位の準備を始めるぞ」

シトリンは頷いた。

「ええ、ジェダイトはきっとお父様のような威風堂々とした王になるでしょう」

父王はシトリンを振り向く。

「何を言っている、戴冠《たいかん》するのはお前だ」

「……お父様？」

オブシディアン王は咳払《せきばら》いをする。

「シトリン……お前は一度も自分が王位を継承すると言わなかったな」

「ええ、だって女王なんて今まで……」

オブシディアン王はシトリンを見つめて、肩を抱いた。

「性別で国政の指揮を執る能力に差は出ない。前例を自分で作ろうとは思わないのか？　平和を愛し、国を豊かにすることを優先し、いつでも冷静さを忘れないお前は、誰よりも王の適性がある。私よりも、だ」

「でもジェダイトは……」

「好きにさせろ。ただ使えることは間違いない。お前の握る手綱次第だ」

そう言って、オブシディアン王はテラスを後にする。その背中をシトリンは呼び止めた。

「お父様は、ジェダイトに継がせたかったのでは？」

「ジェダイトが私に最も似ていたからな。自分の失政を、自分と似た子どもに挽回《ばんかい》させたかったのだ。しかし、今回の騒動で目が覚めた。私の意思より国益だと。そして最も国益を考えているのは、シトリン、お前だ」

シトリンの黄金色の瞳《ひとみ》から大粒の涙が溢《あふ》れ、両手で顔を覆った。そしてすぐに涙を拭《ぬぐ》い、まっすぐ父王の背中を見つめて不敵に笑った。

「お父様が掛け違えた内政も、暴れ馬の弟も、まとめて私が面倒みて差し上げます」

「……頼もしいことだ」

父王はそう言って、側近に支えられながら部屋を出て行った。シトリンは腕まくりをして自分の側近に声をかけた。

「さあ、忙しくなるわよ！」

こうして半年後、オブシディアン二世が退位し、ラピスバルド史上初めての女王が誕生した。その戴冠式《たいかんしき》には第三王子であるジェダイトも出席し、王弟兼宰相として新たな役割を任されたのだった。聡明《そうめい》かつ冷静で、絶世の美女と謳《うた》われるシトリンが頂きに立ち、大陸最強と呼び声の高いアドヴァルドことジェダイトが国政の指揮を執るトップとなったことで、国民は大いに喜び、これから迎えるであろう繁栄に胸を躍らせた。

営業時間を迎えたダブリスの酒場では、入り口のランプが明々と路地を照らした。そこにリュートが油壺《あぶらつぼ》を抱えて、駆け寄る。

「待たせたな！　油が切れちゃって」

ランプに向かってそう声をかけると、路地を照らしていた光がふわりと浮いて、ランプから出てきた。リュートはそこに油を足し、本当の火を灯《とも》す。もう片方の手に担いでいたカゴから、ナッツを練りこんで焼いたパンを取り出し、光の玉から手のひらサイズの女性に姿を変えた光の精霊に「ありがとな」と渡した。

光の精霊はリン……と鈴のような声で返事をして、豊満な胸にパンを抱えて飛んで行った。その様子にリュートは独り言を漏らした。

「光の精霊がナイスバディって本当だったんだな」

ドュゴから無事救出されラピスバルドに帰ってきたリュートは、自分の変化に気付いた。他の人が見えない生き物が、リュートには見えるようになっていたのだ。思い返せば、帰りの航路で海面から顔を出して手を振っていた女たちも人間ではなかったかもしれない。帰港時に船から離れた岸壁まで運んでくれた二人の少女も然《しか》り。その人ではない生き物たちは気まぐれに現れては消え、仲良くなれば今回のようにたまに力も貸してくれる。不思議なのは、みんなが声を揃えてリュートを『ジュニア』と呼ぶことだった。

それをバニスに相談すると、救出作戦の時に浴びた復活魔法の光のせいではないかと指摘された。そしてバニス自身もその光を浴びてから、自分の魔力や能力が格段に上がっているのを実感していたのだという。

「あの光はただの復活魔法ではなく、潜在的な力を呼び起こす作用もあったのでは……」

そんなことをぶつぶつと言っていた。リュートは、その魔法を使った金髪の少年の言葉を思い出す。

『お前こんな小さい精霊も使いこなせねーのか』

使いこなせて当たり前、という言い方に引っかかりを覚える。

「……うーん、分からん」

難しいことを考えるのが苦手なリュートは、そこで考えるのをやめてしまったのだった。


そのバニスが、酒場の扉を開いて顔を出した。

「いらっしゃい！」

後ろから、この国には珍しい褐色の肌をしたカリムが本を抱えて駆け込んできた。

「おかえり、カリム！」

リュートはそれぞれに声をかける。

カリムは、ダブリスとラミアが親代わりとなり一緒に暮らしている。とても聡《さと》い子どもだったため、今はバニスに弟子入りして魔導士になるための修業を始めている。習得に数年かかる治癒を半年で発動したと、城下町でも話題になっていた。

「戻りました、リュートさ……」

リュートがカリムの言葉を遮るように、唇に手を当てる。

「リュート兄様……」

顔を真っ赤にして、しかし嬉《うれ》しそうにリュートを見上げた。

「ああ、今日もお疲れさん！」

そう言って、リュートはカリムの頭をわしわしと撫《な》でた。この新しい弟が可愛くてしょうがなかった。

「彼の指導的立場にある私には、何かリップサービスはないんですかね？」

バニスが皮肉たっぷりにリュートに顔を近づける。

「ご注文は何にしますかァ」

「ではリュートで」

そう言ってバニスはリュートの手を取った。その指先を自分の唇に運んで、赤い妖艶《ようえん》な眼差しを送る。

「そろそろ私とギュールズに帰る気持ちの整理はつきましたか？」

「つっ……つかねーよっ！」

慌ててその手を振り払う。いつものやり取りだが、それでも慣れないリュートは顔を赤くする。それを見たバニスが満足そうにくすくすと笑った。そしてふっと表情を引き締めて、こう言った。

「私は諦《あきら》めていないからな」

リュートはその視線に身動きが取れずにいると、目の前に大きな手がにゅっと伸びてきた。

「はいはい、そこまでー」

腑抜《ふぬ》けた声で姿を現したのは、ラフな格好をしたアドヴァルドこと、ジェダイトだった。いつもはリュートの仕事が終わるころに顔を出すのだが、今日は仕事を早く切り上げてきたようだった。

王弟として宰相を任されたアドヴァルドは、騎士時代に築き上げた最強伝説さながらに国威発揚して内政をリードする……と国民は信じて疑わなかった。しかし、その予想は大きく裏切られた。

騎士時代に節約と荒稼ぎで磨き上げた高い守銭奴スキルを活かし、財政難を打開すべく国家予算の無駄を大幅に削った。シトリンの戴冠式でさえ無駄を削りに削り、オブシディアン王の戴冠式の四割の予算で行った。そうした様々な財政努力による余剰分で教育行政に力を入れ、身分問わず無償で学べる学校を各地に建てていった。官吏の腐敗にも着手し、国益とならない者は実力重視で採用した新しい者と総入れ替えした。

ついた異名は――。

「よお、守銭奴宰相！」

酒場の常連がアドヴァルドに声をかける。

「王族のくせに、毎日場末の酒場によく来れるな！」

「なんかおごれ！」

みんなは口々に適当な声をアドヴァルドにかけていく。

「誰がおごるか！　お前らなぁ、もうちょっと敬えよ」

アドヴァルドはカウンターに座り、ダブリスに塩漬け肉の炭火焼を頼んだ。

「敬ってほしいならおごれ」と文句を言う客たちに、アドヴァルドは吠《ほ》える。

「俺の生活費は国家予算だぞ、使えるか！」

鍛冶《かじ》職人の男がアドヴァルドに絡む。

「大体、王弟が城下町のアパルトマンに住むか？」

「俺だって宮殿のほうが使用人もいるし楽だよ！　けどリュートがあの部屋がいいって言うから……」

リュートとアドヴァルドは、二人で暮らしてきたあの部屋にまだ住んでいる。セキュリティを確保するため、一棟全てをアドヴァルドが買い上げたものの、そこでのつつましい暮らしがリュートはとても好きだった。アドヴァルドはそこから宮殿へと出勤する、前代未聞の王弟であり、異色の宰相となってしまった。しかし、その影響で急激に王族への親近感が上がり、国策に協力的な国民が増え、大きな波及効果を生み始めていた。もはや、神殿に頼らずとも、国民の王族への支持は最高潮に達していた。

鍛冶職人は調子に乗ってさらに絡んだ。

「住むところも飲み方もケチくせえよな。あのドュゴの商人を見習えよ、この場の全員に酒おごってくれたぞ？」

アドヴァルドは「ドュゴだと？」と片眉《かたまゆ》を上げてカウンターから振り返る。

テーブルには、褐色の肌にブルーグレーの瞳をたたえた美丈夫が、商人に扮《ふん》して酒を飲んでいた。

「カダ……イサーフ！　また来てたのか！」

商人イサーフに扮したカダットが、ザハ酒を片手に肩をすくめる。

「リュートが俺を呼んでいる気がしてな」

「呼ぶか！」

カダットの後ろで、忙しく料理を運ぶリュートが怒鳴る。カダットはリュートとの口約束をいいことに、こうしてふらりと商人のふりをして店にやってくるようになった。アドヴァルドは「国境警備を厳しくしたはずなのに」とぶつぶつと文句を言っている。

カダットは後ろを通るリュートの腕を掴《つか》んで引き寄せた。

「俺たちは同じ母を持ち、出会うべくして出会った運命の共同体だ。リュートがドュゴに帰りたくなったら、いつでも連れて帰ってやるぞ」

そう言って、愛おしそうにリュートの頬を撫でた。

「ちょっと何言ってるか分かんねえ」

カダットの過剰な口説きには慣れてきたリュートが、呆《あき》れた顔でそう言い返す。アドヴァルドが腕まくりして「今日こそ葬る」とカダットに歩み寄る。カダットも頭に巻いたターバンをほどき、応戦すべく拳《こぶし》を鳴らした。

酒場の連中が盛り上げようと囃《はや》し立てているところで、リュートが吠えた。

「喧嘩《けんか》するなら出禁にすんぞ！」

そしてアドヴァルドに駆け寄って、胸ぐらを掴んで引っ張った。

「うぉ」

そのままリュートは倒れてきたアドヴァルドの唇に、キスをした。翡翠《ひすい》色の瞳が見開く。そしてゆっくりと唇を離すと、生意気な紫色の瞳を輝かせてこう言った。

「帰ってきたら、ただいまの挨拶《あいさつ》くらいしろ」

周囲は一瞬静まったあと、大歓声と口笛と罵詈《ばり》雑言《ぞうごん》で大騒ぎ。カダットとバニスの舌打ちは、その歓声にかき消されていた。

そんな生意気で可愛い仕草に感極まったアドヴァルドが、目に涙をためて、最近いつも口にしているお決まりのセリフを叫んだ。

「リュートっ！　俺と結婚しろ！」

リュートは「はいはい」となだめながら、小声でアドヴァルドの耳元で囁《ささや》いた。

「学校を卒業したら、な」

□□□

今夜も騒がしい酒場の屋根の上では、毛づくろいする野良猫たちと並んで、金髪の少年があくびをしていた。

光の精霊が近づいて、先ほどリュートから貰《もら》ったパンを半分にして少年に渡した。

「くれるの？　サンキュー」

リン……と鈴音のような声で光の精霊が少年に話しかける。

「えー跡取り？　いらねーよ、まだしばらく支店長は俺。あいつにはあいつの人生があるし」

そう言って、野良猫たちと一緒に空を見上げながら、少年はパンにかじりつく。

色とりどりの魔石《ジェム》のような星が瞬く夜空には、酒場の喧騒《けんそう》が響いていた。

婚前旅行は南の島で

大型の客船が、オレンジ色に染まった大海原を突き進む。その船縁《ふなべり》で景色を眺めていたリュートの灰茶の髪を、潮風が撫《な》でていく。なびく毛先に蝶《ちょう》のようなサイズの精霊が戯れていた。

「あ、引っ張るなよ。俺髪少ないんだからな」

他の人間には見えない生き物たちに小声で注意すると、リュートは船縁に手をかけて水平線を見つめる。西日を反射した海面は、風に揺れる小麦畑に似ていた。

「到着まであと一日かあ……楽しみだな」

「俺はまだまだ到着しないでほしいな」

背後から太い腕が腹部に回される。慣れた体温と香りに、リュートは驚くことなくゆっくりと振り返った。

「寒くないか?」

婚約者であるアドヴァルドが、気遣う振りをしながら身体《からだ》を寄せてくる。その茶番に、リュートはくすくすと笑いながら付き合うのだった。

「ああ、ちょっと寒いかな」

「それはいけないな、今夜も夕食は部屋で済ませよう」

鼻先をリュートの首筋に寄せて、囁《ささや》く。その声にはもちろん、食事以外の誘いも含まれていた。

二人が、ラピスバルドの港から客船に乗って旅に出たのは二日前。「リュートの学校の夏休みに合わせて旅行をしよう」というアドヴァルドの発案だった。王弟としての仕事を部下や王である姉に押しつけて、もぎ取った休みは二週間。温暖な島国・ディラで過ごすことを決めたのだった。もちろん王弟とその婚約者という身分は隠し、傭兵《ようへい》と酒場のせがれ、として。

戻った一等船室での食事を終えると、リュートはぶつくさと文句を言い始めた。

「大体こんな豪華な部屋にしなくてよかったんだ、三等船室ならもっと安く済んだのに」

昼間、自分たちが他の客から「一等船室なのに身なりの粗末な傭兵と青年」と囁かれていたのを思い出したからだった。食べ終わったアドヴァルドは手招きしてリュートを膝《ひざ》に乗せ、頬を寄せる。

「三等船室は狭い上に他の客も一緒だろ、お前がそばにいるのに抱けないなんて拷問じゃないか」

低く甘い声でリュートに囁く。

「あ、アドヴァルド……お前船旅がいいってまさか……」

「ずっと船に乗っていてもいいくらいだ、俺は。こうしてゆっくり過ごせる時間が欲しかった」

そう言って耳朶《みみたぶ》に音を立ててキスをする。くすぐったさも手伝って、リュートはくすくすと笑い、そしてアドヴァルドの黒髪を梳《す》いた。

普段のアドヴァルドはもちろん政務で多忙。一方のリュートも、昼間は学校、夜は酒場の手伝い——という生活のため、同居していても丸一日一緒に過ごせる日はあまりなかった。そのせいか、船が出航してからというもの、アドヴァルドはまるで飼い慣らされた猛獣のように、大きな図体でリュートにくっついてばかりいた。

アドヴァルドがリュートの首筋に唇を寄せて言った。

「お前と過ごせるなら、どこだっていいんだ俺は」

その言葉とうなじへのキスで、リュートの身体がピクリと反応する。

「ん……俺も同じだよ、アドヴァルド……部屋に文句言ってごめん、な」

アメジストのような瞳《ひとみ》を婚約者に向けて、照れ笑いを見せた。その唇に、アドヴァルドがキスを落とす。鳥がついばむようなそれを一回、二回……そして三度目は恋人同士の口づけを——。

「ん」

息が苦しくなって鼻から声を漏らすリュートに、アドヴァルドはさらに窒息させるような激しいキスを仕掛ける。舌先を絡め合い、互いに服の上から身体をなぞる。素材はいいがシンプルなデザインのブラウスを脱いだアドヴァルドは、逞《たくま》しい肉体を露《あら》わにする。リュートのチュニックや下穿《したば》きも取り払い、ベッドへと抱いて移動した。

「なあ」

その間にもリュートは太い首に腕を回し、チッチッと鳥の真似《まね》をするようにキスをねだった。アドヴァルドは「賢くないインコのマネか？」と笑いながら、その要求を叶《かな》える。ゆっくりとベッドに下ろされると、そのまま大きな手が下腹部をなぞった。リュートの雄はすでに硬くなっていて、アドヴァルドの指先が触れるだけで先端から蜜《みつ》を垂らした。

互いの唇を貪《むさぼ》り合いながら、アドヴァルドの指の腹が、リュートの先端で円を描くように動く。

「あっ……」

思わず声が漏れる。アドヴァルドを見ると、翡翠《ひすい》色の瞳が情欲に揺れていた。

「ぅあぁッ」

驚いたような声を上げたのには理由があった。アドヴァルドがリュートの雄を口に招き入れたのだ。

「あ、あ、アドヴァルド……や……」

黒髪を引っ張って阻もうとするが、痺《しび》れるような快楽に力が入らない。ジュ……という水音が船室に繰り返し響くたび、リュートのあられもない声が上がる。

「あ、ばか、熱い……っ」

脚の間から、アドヴァルドが口淫《こういん》でよがる自分をじっと見ているせいで、愛撫《あいぶ》されているのは性器だけではない気がしてくる。息がどんどん上がり、自分の雄が氷菓子のように溶けてしまうのではと錯覚するほど感じていた。

「だ、だめ……ひっ……」

だめ、と言いながらも、もう分かっていた。アドヴァルドは口淫だけでリュートを絶頂に導こうとしているのだ。こうしてリュートが達する顔を見たいがために、アドヴァルドはリュートをあらゆる手段で愛撫するのだった。

どくッ……と股間《こかん》が疼《うず》くと、そこが最高潮に張り詰める。

「はッ……あ、アドヴァルド……！　で、出ちゃうっ……あああっ」

ダムが決壊するように、精が解き放たれる。それを口内で受け止めたアドヴァルドは満足そうに口角を上げ、先端に残る残滓《ざんし》まで舐《な》め取った。リュートはその刺激にも身体をピクリと震わせながら、アドヴァルドに抗議する。

「……お前、最近こういうの……多くねえ?」

「こういうのって?」

アドヴァルドはにやにやしながらベッドに乗り上げ、婚約者に覆《おお》い被《かぶ》さる。一つに束ねた後ろ髪がさらりと落ちてきて、リュートの顔にかかった。リュートはそれを憎々しげに引っ張りながら「わざと言わせようとすんな」と口をとがらせた。

「意地悪が過ぎたかな。気をやるときのリュートの顔、最高に可愛《かわい》いからつい、な」

「そうやってすぐ『可愛い』って言う……」

俺にだって男としてのプライドがあるんだぞ、と頬を膨らませたリュートは、身体を回転させ、ぷいとベッドにうつ伏せになった。

「ごめんごめん、リュートは格好いいよ、格好いい」

アドヴァルドがなだめるようにリュートの白い背中にキスをする。

「うるせぇ、取って付けるな!」

拳《こぶし》をつくってアドヴァルドの頭を小突く。「やったな」と悪い顔をしたアドヴァルドは、リュートの手首をベッドに縫い付けたまま、自分のたかぶった股間を婚約者に押しつけた。

そんな何気ない小突き合いですら、二人は嬉《うれ》しくてしょうがなかった。一緒に暮らしているとはいえ、明日の政務や仕事の心配もない状態でじゃれ合えることなど、ほとんどなかったのだから——。

「んッ……」

ベッドにうつ伏せになったままのリュートに、アドヴァルドが男根を挿入する。すでに相手の形になってしまったそこは、香油のぬめりも手伝って、猛々《たけだけ》しい楔《くさび》を簡単に飲み込んでいった。

「ああ……ずっとお前の中に入りたかった」

まるで長く身体を重ねていないかのような口ぶりに、リュートは頬を赤らめながら抗弁する。

「昨日もしたくせに……何言って……ッ」

「そんな昔のことは覚えてない」

アドヴァルドは意地悪に笑うと、腰をぐいと押し進める。「ひ」と悲鳴にも近いリュートの声が枕に吸収されていく。大きな手のひらが、白い身体をなで回し、胸の飾りを弄《もてあそ》んだ。その突起を指ではじいたり、押しつぶしたり、淡い色をした乳輪の縁をなぞったり――。

「あっ、あっ……」

シーツを掴《つか》んで声を上げている間も、後孔は深く深く蹂躙《じゅうりん》されていく。向かい合って挿入するより奥に届くような気がしていた。

「ああ……ずっとこんな日が続けばいいのに……」

アドヴァルドが身体を揺らしながら低い声で漏らす。その厚い胸板はリュートの背中に心音が伝わるほど密着していた。

「こんな日ばっかりだったら、あっ、俺が壊れ……ッ」

言い終えることができなかったのは、ピストンがさらに速まったからだった。

「ひ、ひぃん……っ」

「壊すわけないだろ、俺の宝物なのに」

そんな恥ずかしいことをさらりと言えるアドヴァルドが恨めしかった。

「誰の目にも触れないところに閉じ込めておきたいくらいだよ……」

その声が一層低くて、さらにリュートを蕩《とろ》けさせる。

「ばか……」

リュート一流の〝好き〟に、アドヴァルドは破顔した。

+++

船を降りると暖かく乾いた風が吹き付けた。大きな実を下げた背の高い木が深緑の葉を揺らす。アドヴァルドは「あれがディラの国樹だ」と教えた。実を割ると甘い果汁が飲めると聞いて、リュートは呟《つぶや》いた。

「うちの庭で育てて、果汁を店で出せねーかな」

「ははっ、商魂たくましいな！　残念ながらあれはディラの気候でしか育たないぞ」

一年を通して温暖な気候のディラ王国は、人口千人程度の小さな島国。そんな好条件の島が他の国に占領されず独立を保っているのは、この気候と水が豊富なおかげで農作物の貿易が盛んとなり、小国の割には力があったからだ。さらに昨年、ラピスバルドと友好条約を結び、安全保障面も強化された。

荷物を抱えて異国人用の関所へ向かうと、アドヴァルドが呼び止められた。

「お前、傭兵か？」

頷《うなず》くと、数人の憲兵のもとへ呼ばれた。遠巻きにリュートが見守っていると、アドヴァルドが「は？　嫌に決まってるだろ」と声を荒らげる。

「金が欲しくないのか、傭兵だろう？」

憲兵が詰め寄るが、一回り体格のいいアドヴァルドが詰め寄り返し、低い声で脅すように言った。

「俺は守銭奴だけどな、今はオフなんだよ！　婚約者とイチャイチャベタベタさせろ！」

恥ずかしいセリフを威張って言い放つ様子に、リュートは腹を抱えて笑ったのだった。

戻ってきたアドヴァルドに憲兵との話の内容を聞いてみる。

「ここの領主が野盗の討伐に行くから、仕事しないかってさ」

「げ、ここ野盗出んのか？」

顔をしかめるリュートの肩を抱きながら、アドヴァルドがウィンクした。

「森にいるって話だから、そこに行かなきゃいいだけさ。それにお前の婚約者は誰だ？」

大陸最強と呼ばれた騎士は、自慢げに口の端を引き上げる。リュートは目を細めてそれをからかった。

「分かんねーぞ、騎士団離れて一年だろ？　すげえ弱くなってたりしてな」

「弱い俺は嫌いか？」

試すようなことを口にするので、リュートはほどよく筋肉のついた白い腕で力こぶを作って見せた。

「心配するな、俺がアドヴァルドを守ってやるよ」

「頼もしいな」

視線を合わせ、くすくすと笑った。これから一週間、仕事も政務もない二人だけの生活が始まるかと思うと、リュートは腰のあたりがくすぐったいような、足下がふわふわするような、そんな気分だった。隣のアドヴァルドはさらに浮かれて、終始歌を口ずさんでいた。


関所から街に出ると、すぐ目の前に市場が開かれていた。青果はもちろん、一口大にカットしたフルーツ、パンや焼き菓子、地元料理の量り売りなど、さまざまな店のテントが並び大賑《おおにぎ》わいだ。

「うわ……すごいな、こんな賑《にぎ》わってるんだ」

瞳をらんらんと輝かせたリュートは、市場へ小走りで向かう。その後ろをアドヴァルドが大股《おおまた》で追った。この島でしか採れないという果実をリュートが味見していると、あたりに男の怒鳴り声が響いた。

「どうしてお前はいつもそうなんだ！」

その声に、賑わっていた周辺が一気に静まりかえる。怒鳴っていたのは小太りの中年だった。足下には黄緑の果実があちこちに転がっていて、その中央で褐色肌の少女が土下座をしていた。

そこでリュートは気付く。この島にはよく日焼けした者は多いが、初めて地肌の浅黒い人物を見た、と。

「す、すみません……すぐ拾いま――ヒッ」

男が振り上げた鞭《むち》が少女の腕をはじく。皮膚が破けたのか、じわりと血がにじんだ。

「お前なんかよりも高値の付く商品なんだぞ！」

中年の男がもう一度鞭を振り上げたので、リュートは思わず「やめろ！」と声を上げた。男の動きが止まっている間に少女に駆け寄り、男との間に身体を挟む。

「こんな小さな子を鞭で打つなんて、何考えてんだ！」

中年は舌打ちをして「どけ」とすごむが、リュートは引き下がらない。

「どくかよ、お前こそあっちいけ！」

「そいつはうちの領主様の持ち物だ。俺はその指導を任されてる、どう扱ったっていいんだよ」

――持ち物、という単語に嫌な予感がする。浅黒い肌の少女を振り返ると、まだ地面に頭を擦りつけていた。後ろで二つに束ねた長い黒髪の先が地面を這《は》う。その姿がカリムと重なり、ドュゴ帝国で出会った際の会話を思い出す。流行病で両親を失ったカリムは、こう言っていた。

『親族は誰も僕を引き取ってくれなくて、もう少しで奴隷として売りに出されるところだったんです』

目の前の少女が恐る恐る顔を上げる。その額には小さな焼き印がついていた。

「もしかして、この子……」

「ああ、奴隷だよ」

打ちのめされた気分になった。どうしたらいいのか分からず中年の男を見上げると、すでにアドヴアルドに腕をひねり上げられていた。

「どういうことだ？　この国の奴隷制度は終わったはずだ」

大刀を背負った傭兵《ようへい》――アドヴァルドに問い詰められ、中年の男は一気に素直になる。

「平民や貴族の奴隷所有は禁止になったよ！　認められてるのは領主様だけだよッ」

アドヴァルドは男を地面に引き倒し、踏みつけながら「おかしいな」と独り言を漏らす。リュートが首をかしげると、アドヴァルドはかみ砕いて説明した。

「災害とか侵略とか、この島に何かあったらラピスバルドが助けるっていう条約を一年前に結んだとき、『奴隷制度の廃止』が条項に入っていたはずなんだよ」

「なんだ、約束破りか」

「簡単に言うとそういうことだな――おいお前、領主のところに案内しろ」

アドヴァルドは中年を踏みつけた足に、更に体重をかけ、半ば脅すように案内を承諾させた。その様子を見守っていた観衆たちも、騒ぎが収まったと察してぞろぞろと解散していく。

リュートは、震えたまま膝《ひざ》をついていた少女を立たせ、腕に布を巻いて止血する。アドヴァルドに「頼む」と声をかけ、ポケットから緑色の石を渡す。治癒の魔石《ジェム》だ。

「俺のは素人に毛が生えたレベルだから、裸石だと傷跡までは綺麗《きれい》にできないかもしれないが……」

アドヴァルドが石を握り、もう片方の手を少女の傷口にかざす。小さく唱えた治癒の呪文でその傷が治っていった。

「す、すごい……」

少女が初めて口を開いた。リュートは「治癒魔法、初めて見た？」と優しく声をかける。

「はい、あの、私なんかを手当してくださってありがとうございます」

少女はユノと名乗った。九歳とのことだが、栄養が足りていないのか、リュートが学校で一緒に勉強している同年代の子どもたちより身体が一回り小さい。その細い手がまだ小刻みに震えていた。

「あの、私どうしたらいいんでしょうか……失敗したらお母さんやお兄ちゃんまでせっかんされてしまうんです……」

「ユノは家族で奴隷なのか？」

「はい、ドュゴから売られてきた奴隷同士の子どもです……もうお父さんは死んじゃったんですけど。これが奴隷の印です」

ユノは額の焼き印を見せる。そこには菱形《ひしがた》の跡がくっきりと焼き付いていた。生まれながらの奴隷――。その響きにリュートの背筋が凍った。それを察したのか、アドヴァルドが優しく肩を抱く。そして怒気を孕《はら》んだ声で囁《ささや》いた。

「すまん、リュート。観光は明日からでもいいか？」

それは〝為政者〟の表情だった。リュートはその横顔に惚《ほ》れ直しながら「もちろん」と頷いた。

奴隷の指導役という中年男とユノを、馬車に同乗させて領主の城へと向かう。その道中で中年男にこの国の現状を簡単に説明させた。

ディラ王国には王の下に領主がいること、その領主が奴隷制度廃止に反対したこと、国王は領主にのみ今いる奴隷まで所有継続を認め、それを暗黙の了解として運用するよう命じたこと――。

「そうだな条文に書き込めば、ラピスバルドにばれるからな」

アドヴァルドは苦い顔をして呟く。

「でも、お母さんが言ってました。ラピスバルドとの約束のおかげで奴隷は私たちで最後だって。これから生まれてくる子どもは奴隷にならないいんだって」

ユノは嬉《うれ》しそうだったが、リュートは不思議に思った。

「でもユノは奴隷のままなんだろ？　自由になりたくねーの？」

「分からないです、自由って何ですか？　奴隷じゃなくなったら私は何になるんですか？」

黒い瞳《ひとみ》を大きく開いて、不思議そうに尋ねてくる。

「『今日は何をしようか、明日は何をしようか』って自分で決められるようになるんだよ」

アドヴァルドが九歳にも分かるような言葉にかみ砕く。

「自分で決められる……この島の子どもみたいに海で遊んで、凧揚《たこあ》げとかお母さんごっことか、してもいいんですか？」

リュートはいつの間にか泣いていた。そしてユノを思わず抱きしめた。

「ああ、いいんだよ。犬も飼えるし、お菓子の買い食いもできるし、むかつくオッサンの家に落書きだってできるぞ……！」

学校に通えない平民だから字が読めない、と諦《あきら》めていたかつての自分を思い出す。生まれた時から

〝人として生きる〟ことを奪われていたユノの生活に思いをはせた。

アドヴァルドは小窓から外を眺めながら「あのペテン国王め」と悪態をついていた。


領主がリュートたちの前に姿を現したのは、城に到着してから数時間後のことだった。応接の間に連行され、アドヴァルドとリュートは近衛兵《このえへい》に跪《ひざまず》くよう命令される。それに従うと、見計らったように領主が上座に現れた。

「私に何か用かな。平民の謁見など認めないのだが、ラピスバルドからの客人と聞いてね」

太った白髪の壮年が、金糸を織り込んだ豪華な服装で椅子に腰掛ける。口元に蓄えたあごひげをゆっくりと撫《な》でながら。すぐにアドヴァルドが問い詰めた。

「奴隷制度はラピスバルドとの条約締結の際に終わったはずだ」

「傭兵のくせによく知ってるな。でも終わらせたのは間違いないだろう？　今いる奴隷をどうするか、という取り決めは条約にはない」

「俺らが国に帰って報告したら状況は変わるかもな」

「私が君たちを帰すとでも？」

同時にリュートとアドヴァルドは近衛兵たちに囲まれる。リュートが「げっ」と間の抜けた声を出す。一方のアドヴァルドはなぜか嬉しそうに片手で大刀を抜き、もう片方の手でリュートを抱き寄せた。

「いいねこの感じ、血がたぎるぜ」

領主は想像していただろうか。観光客のはずの傭兵が、十数人の近衛兵を一度に吹き飛ばす光景を――。

「オラァ！　かかってこい！」

ギラリと光る大刀を振り回すアドヴァルドの高笑いが、謁見の間に響く。合図の笛で続々と集まる近衛兵たちが、力では敵《かな》わないと分かると、縄をかけようと距離を詰めてきた。

「おいアドヴァルド、縄だぞ！」

リュートの声に反応したアドヴァルドは、懐に入れていた赤い魔石《ジエム》を大刀のくぼみにはめ込む。そして小声で呪文を唱えた。一瞬で大刀が炎に包まれる。

近衛兵が二人に向けて投げた捕獲用の縄を瞬時に灰にする。そのまま横になぎ払い、自分を囲んだ男たちを蹴散《けち》らした。兵士たちは「なんだ、あの技」「魔導士か……！」とうろたえて、中には逃げ出す者もいた。

「おい、逃げるなら財布を置いていけ！」

懐かしい〝守銭奴騎士〟のセリフを吐いてリュートに片目をつぶってみせる。出会ったころを思い出して、リュートは吹き出したのだった。

「大人しくしないと、この娘の首を落とすぞッ」

謁見の間の入り口から叫んだのは、奴隷指導係の中年男だった。腕の中にはユノがいて、首元に短刀が突きつけられている。

「くそっ」

アドヴァルドは大刀の炎を消すと、その切っ先を床に向ける。領主が安堵《あんど》した声で「捕らえろ」と近衛兵に命じると、数人が一斉に飛びかかってきた。アドヴァルドがリュートを守るように抱きしめる。

(どうしたら——)

ぎゅっと目を閉じた瞬間、耳元で幼い少女の声が聞こえた。

『呼んで』

目を開けると、蝶々《ちょうちょう》のような羽を背に持つ、手のひらサイズの少女が笑いかけていた。船で戯れていた精霊がついて来ていたのだ。

『私たちを呼んで、きっと助けるから。私たちの名は——』

その名を聞いた瞬間、なぜか身体が熱くなった。血液に浄化されたエネルギーが流れ込んでくるような感覚とともに、リュートは思わず叫ぶ。

「風の精《シルフィード》、助けてくれ!」

激しい破壊音とともに、謁見の間の窓という窓が割れ暴風が吹き込んでくる。割れたステンドグラスのかけらが、流れ星のように降ってくる。なのにリュートとアドヴァルドにはなぜか落ちてくることなく、近衛兵たちに降り注いだ。

「なんだ! 台風か?」

ユノを人質にしていた中年の男も、風に吹き飛ばされて横倒しになる。その弾みで解放されたユノも恐怖からへたり込んだ。

「ユノ！」

リュートは駆け出した。アドヴァルドがそれを追いながら近衛兵をなぎ倒す。

中年の男がよろりと立ち上がり「このガキ……！」と短刀をユノに向かって振り下ろそうとしていた。リュートはユノに手を伸ばし、振り下ろされた短刀とユノの間に、自分の身体を滑り込ませるしかなかった。

（刺される）

覚悟を決めて目を閉じた瞬間、自分ではない誰かの悲鳴が響いた。

「うわぁぁあッ」

目を開けると、男の腕が自分の目の前で止まっていた——いや、正確に言えば凍っていた。それを長い杖《つえ》がなぎ払い、男の片腕が凍ったまま床に落ちると、ガラス細工のように粉々に砕け散った。

「ぎゃあああッ」

——凍結魔法だ。

「人に仕事を押しつけてバカンスかと思いきや、こんな所で何をしているんでしょうか？　私の仕事を増やそうという嫌がらせですか？」

魔法の使い手で、こんな嫌味を感じ悪く言える人物をリュートは一人しか知らない。

「バニスさん！」

プラチナの長い髪を優雅になびかせた魔導士は、片眉《かたまゆ》をつり上げて腕組みをした。

「大きな破壊音がしたので来てみれば、また騒ぎを起こして——大人しく休暇を楽しめないんですかあなたたちは」

片腕を落とされた男がのたうち回っているのを気にも留めず、バニスはリュートの鼻先を指でついた。アドヴァルドが大刀を背中に戻し「助かったぜ」とへらへら笑っている。領主や近衛兵たちは、すでにバニス率いる騎士団に包囲されていた。

「バニスさん、なんでここに？」

「あなたたちと同じ目的ですよ、ディラの奴隷制度が完全に廃止されてないという話をかねてから耳にしてましてね。女王陛下にお話ししたら、条約違反を是正するよう命じられたのですよ。〝偶然〟ね」

アドヴァルドが白い目で「最初から俺たちを邪魔する気だったな」と問い詰める。

「いいえ偶然ですよ、偶然」

片手を頬に当て、優雅に笑ってみせるバニス。

「道理で、すんなりと俺の休暇に賛成したわけだ」

リュートはその会話を聞き流しながら、腕の中で震えるユノに声をかけた。

「ユノ、もう大丈夫だよ」

中年の男の短刀が掠《かす》ったのか、リュートの頬にうっすらと切り傷ができていた。それに気付いたユノは震えながら謝罪する。

「あ、私なんかのためにお怪《け》我《が》を」

人差し指でユノの口を塞《ふさ》ぐ。

「俺も前に変なヤツに言われたことあるんだけど、自分のことを『私なんか』なんて言っちゃだめだ。俺はユノを助けたかったからこうしただけだ」

「そうだぞ、もうすぐ自由の身になるしな」

アドヴァルドが付け加えると、背後から領主の悔しそうな声が聞こえてきた。

「何が自由だ、偉そうに！　傭兵《ようへい》や騎士団風情が国王に渡り合えるとでも思ってるのか」

アドヴァルドは騎士団に捕らえられた領主に歩み寄ると、ゆっくり脚を上げた。そのまま体重を掛けて頭を踏みつける。

「黙ってろ。うちとの友好条約が解消されて、ドュゴ帝国に侵略されたくなかったらな」

そう言うと、アドヴァルドは騎士団にあれやこれやと事後処理を命じた。傭兵が自分より身分の高いはずの騎士団を指示しているとあって、領主が怪訝《けげん》な顔をする。察したバニスがその美貌《びぼう》に笑みを浮かべた。

「さて、領主様。今後のあなたの処分ですが……『傭兵風情』と罵《のの》り襲いかかったのは、ラピスバルドの王弟殿下と、その婚約者だと知ってのことですよね？」

「おう、てい、でん、か……」

領主の大きく開けた口から、アドヴァルドに踏まれて折れた前歯がぽろりと床に落ちた。

国王と会談し大筋のめどをつけたアドヴァルドは、残りの仕事をバニスに押しつけて、リュートの待つ宿へと戻ってきた。

「明日、全奴隷の解放令を出すんだとよ」

その代わり、ラピスバルドとの友好条約は維持、という結論に至ったとも説明した。リュートは、先ほどまで一緒にいたユノたち一家のことを思った。これから彼らはどうやって生きていくのだろうか——と。察したアドヴァルドは、簡単に説明する。これまでの労働賃金を国庫から拠出するという約束を取り付けたため、解放されても当面の生活には困らない——と。

「額の焼き印はバニスが復元魔法で消してくれるが、しばらくは『元奴隷』っていう差別と闘うことになるだろうな」

「ああ……でも、海で遊んだり凧揚げしたりはできるようになるな」

リュートは突然、上着を脱いでいたアドヴァルドに抱きついた。

「どうした？」

「俺、嬉しくて」

分からず首をかしげるアドヴァルドの胸に、頬を押しつけた。

「お前、立派な王族やってんだなって分かったから」

なんだそりゃ、と呆《あき》れながらリュートの腰に腕を回す。そして「俺、弱くなかっただろ？」と低い声で囁《ささや》いた。入国時の会話を根に持っていたと分かったリュートは、笑いながら頷《うなず》いた。

「ああ、格好よかったよ、格好よかった」

「取って付けたな」

仕返しのようにアドヴァルドに押し倒される。二人でベッドに倒れ込むと、息継ぎもできないような激しいキスをした。戦闘をしたせいなのか、アドヴァルドの瞳《ひとみ》が発情期の獣のようにギラついている。リュートもなぜか、身体が熱くなって興奮していた。

アドヴァルドはリュートの首筋に甘く歯を立てながら、ふと思い出したように口を開いた。

「そういえば、領主のところで風の魔法使った？」

「魔法？　使えるわけないだろ――あっ」

風の精《シルフィード》に助けを求めたことを思い出し、口元に手を当てる。問い詰めようとするアドヴァルドの唇をごまかすように塞いで、いたずらっぽく笑った。

「友達が増えた……ってとこかな」

「意味が分からないが、奇跡を起こしたお前が言うならそういうことなんだろうな」

アドヴァルドがリュートの鼻先にキスをする。リュートもお返しのようにその真似をする。

「今度こそ、明日からは二人だけの旅行だ」

アドヴァルドが優しく微笑《ほほえ》みながら、リュートをきつく抱きしめた。触れ合う肌から伝わってくる熱量に呼応するように、リュートの身体も欲していた。

「ん……」

婚約者の股間《こかん》のたかぶりを感じ、リュートはそこに手を伸ばす。アドヴァルドの頬が赤くなるのを楽しみながら。

「これが〝最後の〟婚前旅行だといいな」

ぽつりと、漏れたアドヴァルドの本音。婚約者となり一緒に暮らしているとはいえ、まだアドヴァルドの願いは叶えられていないのだ。『夫婦になる』という——。

「なあリュート、もう五万回くらい言ってるが、俺たちそろそろ結婚しよう」

舌先を絡めながら、アドヴァルドが懇願する。リュートはアドヴァルドの太い首に腕を回し、その深い深いキスに応えながら、抗《あらが》う。

「だって、が、学校が……」

「結婚してからだって行ける」

「王族に嫁ぐのが、平民で、しかも俺は男で……」

「それを理由に結婚を拒むなら、俺は国を捨てる。お前と出会わなければ国の舵取《かじと》りなんかするつもりなかったんだ」

「アドヴァルド……」

「リュート、俺に国を担がせた責任を取れ」

まるで身ごもった女性のような口ぶりで詰め寄るアドヴァルド。それでもリュートは「学校を卒業するまで」と譲らない。

「頑固だな……今夜は『結婚する』って言うまで泣かせ続けるからな」

ブラウスを脱いで逞《たくま》しい上半身を露《あら》わにすると、再びリュートに襲いかかった。

泣かされると分かっていても、こみ上げる愛しさをこらえきれずくすくすと笑ってしまう。そして覚悟した。明日はどこにも出かけることなく、この部屋で濃密な時間を過ごすのだろう——と。

あとがき

初めまして、滝沢晴《たきざわはれ》と申します。このたびは「守銭奴騎士が俺を泣かせようとしています」をお手に取っていただき、誠にありがとうございます。「自分で濡《ぬ》れ場《ば》が書きたい」という不純な動機で書き始めた小説を、本にしていただけることになるとは夢にも思わず、今もまだ実感が湧きません。

このお話は小説投稿サイトが初出なのですが、書籍化にあたりアイデアメモを読み返しますと、人物設定のところには〝丸描いてチョン〟みたいな人間らしき顔と「リュート：アホ、調子のり」「アドヴァルド：いろいろでかい」「バニス：美人はらぐろ」「カダット：黒いいけめんク○やろう」（原文ママ、一部自主規制）という走り書きしかなくて、こんなざっくり設定で投稿していたのかと恐ろしくなりました（笑）。ただ、そのおかげかキャラが勝手にドタバタしてくれて、拙いながらも一度も行き詰まることがなかったように思います。少しでもこの物語を印象に残していただけたら幸いです。

最後になりましたが、リュートたちを生き生きと描いてくださった結川《ゆいかわ》カズノ様、この作品を最初に見つけてくださった電子レーベル・DeNIMO編集部のA様、この本をご担当くださった角川ルビー文庫のT様、この本に制作から販売までさまざまな形で関わってくださった皆様、しんどいときにこそ声をかけてくれた創作仲間、サイトのころから応援してくださっている読者の皆様、そして、この本をお読みくださったあなた様に、心からお礼申し上げます。本当にありがとうございました。

滝沢　晴

Ruby collection

守銭奴騎士《しゅせんどきし》が俺《おれ》を泣《な》かせようとしています

2019年4月1日　初版発行

著者　滝沢 晴
©Hare Takizawa 2019

発行者　三坂泰二

発行　株式会社 KADOKAWA
〒102-8177
東京都千代田区富士見2-13-3
電話：0570-002-301（ナビダイヤル）
https://www.kadokawa.co.jp/

印刷所　株式会社暁印刷

製本所　本間製本株式会社

デザイン　内川たくや（UCHIKAWADESIGN Inc.）

イラスト　結川カズノ

編集協力　DeNIMO編集部

初出：本作品は「ムーンライトノベルズ」（https://mnlt.syosetu.com/）掲載の作品を加筆修正したものです。

KADOKAWAカスタマーサポート
[電話] 0570-002-301（土日祝日を除く11時～13時、14時～17時）
[WEB] https://www.kadokawa.co.jp/（「お問い合わせ」へお進みください）
＊製造不良品につきましては上記窓口にて承ります。
＊記述・収録内容を超えるご質問にはお答えできない場合があります。
＊サポートは日本国内に限らせていただきます。

ISBN 978-4-04-108281-2　C0093　　Printed in Japan